阳光劫匪

日常与袭击

〔日〕伊坂幸太郎 著

代珂 译

南海出版公司

新经典文化股份有限公司
www.readinglife.com
出　品

目录

中文版序

写这个系列让我很开心。

在写最初的《阳光劫匪倒转地球》时，我还刚出道没多久，所以为了完成它很拼命。第二部作品《阳光劫匪日常与袭击》是以在杂志上登载过的短篇为基础重组的长篇，那是一个挑战，所以记忆中为了完成它也下了不少功夫。

但是写这个系列让我很开心。之前没有意识到，在写第三部作品时才感到——我一直很开心。

当然了，写哪部小说时都会开心（如果不是这样就没办法继续下去），但除了开心外也确实有感到辛苦的时候，那种“能不能完成好呢”的不安感会一直挥之不去。除了让读者感到有趣之外，我更想传达一种难以言表的感情（音乐可能比语言更好表现一些），其结果就是，在创作过程中，我会不停地思考“除了开心还有什么”，渐渐忘了创作本身就是让我开心的。

不过在写这个系列时，我只考虑到了“自己写得开心”和“让读者读后感到有趣”这两点。银行劫匪四人组漫无边际地聊着天，谋划着自己的事，不知什么时候就被卷入某个人的麻烦中，而我自己则在一旁笑着看他们。在创作时我有这样的感觉。

从前，我曾被人问起过："这些银行劫匪是好人还是坏人？"

我的回答是："可能，他们是一群认真的人。"

我喜欢认真的人，与此同时最害怕那些把自己的欲望放在第一位、给别人添了麻烦也毫不在乎的人。哪怕他们再遵纪守法，不顾他人感受并且不以为然这一点仍让我觉得可怕，不想和他们做朋友。我总在想，这个世界全靠认真的人才得以运转。

小说中的银行劫匪们肯定违反了法律，所以无论如何不能称其为好人，但他们一直在认真思考尽可能不给别人添麻烦。我也想过如果他们认真思考到那种程度，明明做别的事也可以，但最后还是决定让他们暂且先认真完成好自己的事吧。

而且，他们从不耀武扬威。

大概是我既不喜欢指使别人，也不喜欢被人指使吧。

所以写这个系列对我来说可谓很开心，日常中有让我感到害怕的事，未来也不免会让人担忧，但在描写认真的银行劫匪们叽叽喳喳地拌嘴、反反复复地来来回回、引发事端又被卷入其中时，我可以从这些事情中脱身。

只希望各位读者能和我有同样的感受，那就再好不过了。

伊坂幸太郎

二〇一七年十一月

两个人抢银行不够明智。你要向左，我要向右，那干脆各自行动，肯定会毫无悬念以散伙收场。

那么，一个人行动又会怎样呢？没有争吵也没有背叛，不管什么时候都可以按照自己的想法来，再自由不过了。但是，孤身一人的劫匪注定要被寂寞缠身。整天没有人说话会导致情绪低落，或许还会落下个自言自语的毛病。

三个人呢？确实还不错。有事可以少数服从多数，两个人争吵时，另一个人还可以劝架。但是，三个座位的车不太常见。既然用来逃跑的车上坐三个人和坐四个人差不了多少，那四个人不是更划算吗？五个人太挤了，管他什么少数服从多数。

所以抢银行需要四个人。

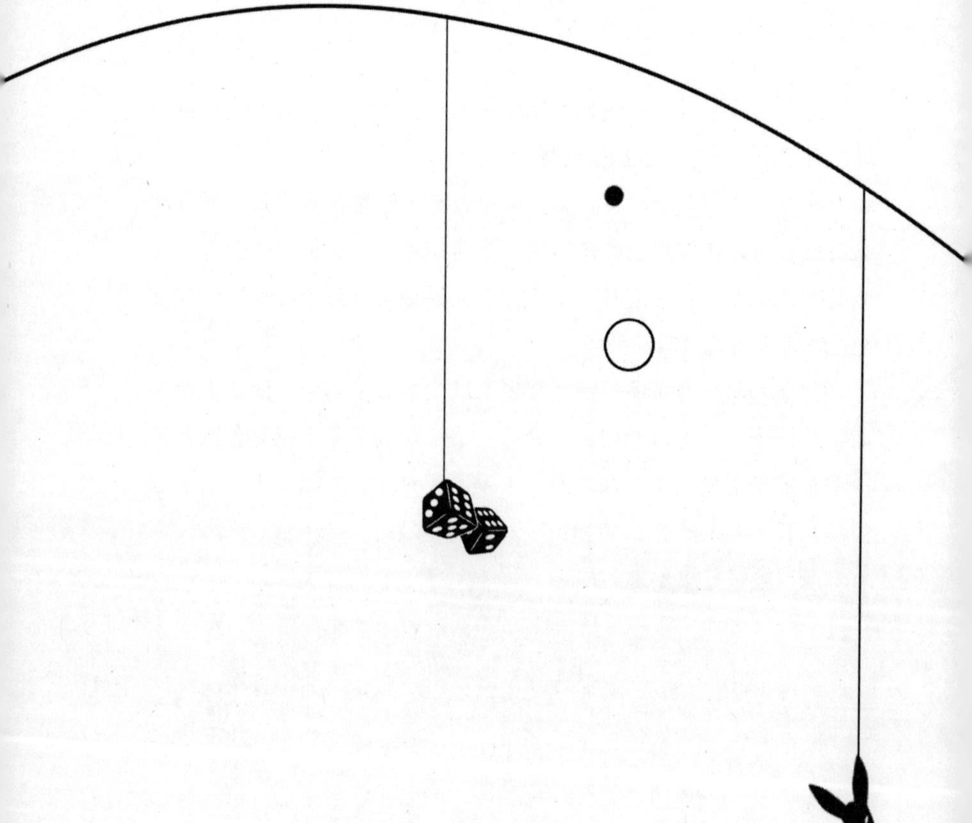

第一章

“坏蛋们”各自过着日常生活，时不时地助人为乐

“站在巨人的肩膀上，比巨人看得更远”

やく—にん【役人】①肩负某种职责的人。②在政府机关从事公务的人。公务员。“我还以为役小角[①]是～的职位名称呢。”③日本能剧等表演艺术中在舞台上担任某个角色的人。

1

“你啊，”柜台对面的男人站了起来，“你啊，是不是觉得我是个烦人的老头子？”

“怎么会。”大久保面对着对方，强忍胃痛。

这里是神奈川县某市政府四楼地域生活科的柜台。从四月的人事调动以来已经半年了，可是接待市民这个工作仍然让大久保感到痛苦，无从下手。

调过来没多久，这边一个比他年长五岁的女职员就告诉他：“你最好做好心理准备，因为这个部门来访的人很多。投诉、街道纠纷

---

①日本奈良时代咒术师，生卒年不详。

什么的，就算是芝麻大的问题，也都会踢到这里来。”

“可是，咱们不是有咨询窗口吗？”

他这样问，对方立刻交代了恐怖的现实：“想来咨询问题的人当然会去咨询窗口，可是想要指点政府工作的人就会到这里来。”

“我每天净被指点了。”周末，大久保跟女朋友抱怨的时候，女朋友却说：“那等到你跟我结婚的时候，也许就开窍了。”

“才二十八岁就得了胃溃疡，我也太早熟了吧。”

“等到你考虑怎么跟我爸谈咱们的婚事时，溃疡会更加严重的。”

“真是个烦人的笑话。”女朋友父亲的态度一直很强硬，好像还说过“我这么宝贝的女儿怎么可以嫁给公务员”“现在的不景气都是公务员造成的”这种歧视公务员的话，甚至最近还开始说什么“如果没办法，我只能采取棒打鸳鸯的强制手段了”。

“不管是工作还是生活，大久保都有大麻烦啊。”他的女朋友总是这种事不关己的口气。

眼前这个男人他是第一次见。“喂，我喊你呢。”他一进门就朝大久保喊，“我姓门马。”

他说今年三月份从干了四十年的食品公司退休后，就每天在市内自己的房子里过着悠然自得的生活。“最近，町里总有可疑的家伙出没。”

他手里拿着体育新闻，一直拿红铅笔在上面划来划去，大久保真想对他说：“可疑的家伙该不会就是你吧。”

“你肯定觉得我说的话是一个老头子的胡言乱语吧？”门马的眼睛下既没有凹陷也没有皱纹，看上去很威严。个子不高但身子也不单薄，就是声音很大。

“怎么会呢。”

“你们这些公务员啊……”

又来了！大久保摆好架势。在这个实在谈不上景气的年代，对公务员的抨击是很猛烈的。“拿我们的税金当工资”“抱着铁饭碗真好啊”“你们真的给市民做贡献了吗”，这些话他经常听到，其中的情感已经超越了厌恶之情，简直是一种赤裸裸的敌意。就好像世道不景气全都是公务员的错，市民们应该团结起来把所有公务员消灭干净似的。他甚至做过一个梦，梦见街道上到处是拿着火把的市民，嘴里喊着“公务员在哪儿，公务员在哪儿，躲到哪里去了”。他们就像在追捕巫婆似的，挨家挨户地搜查。

“你们这些公务员啊，为了市民，去干点地区巡逻警卫的工作怎么样？”

“但是现在还没有发生什么实质性的问题吧。”

“没发生实质性的问题你们就不管了吗？”门马的话如针一般，“那你们不就跟警察一个德行吗？”

“警察那边您已经去过了吗？”

“那些家伙真不像话。”

“是啊。”大久保想也没想就应声道。

“最近半个月，总有可疑的家伙在我们町走来走去，就在工作日的白天哦。工作日的大白天晃来晃去，还偷窥别人家里。”

“是看上去很明显的……可疑吗？”

“是啊，太可疑了。”门马很笃定，“我家啊，院墙很高吧？”

“很高吗？”

“我家的院墙当然高了。”

“这样啊。”受不了了！好想哭！

“那么高的院墙，却有个男人站在那里伸着脖子朝我家里看。我一出去，他就鬼鬼祟祟地跑了，不一会儿又跑到别人家做同样的事情。是不是很可疑？”

“确实不正常啊。”

“现在可不是慢悠悠地说什么‘不正常啊’的时候。戴着帽子，背着双肩包，太可疑了。”

“如果帽子和双肩包都不行，所有登山家不都成了危险人物吗？”

大久保无意中说漏了嘴，门马瞪着他。

“你们这帮政府机构的人，真是事不关己高高挂起啊。市民的生活你们就觉得无所谓吗？好，我懂了，下次再让我碰到，我就自己抓。”

“那怎么行。”

“你以为我不行吗？你别看我这样，年轻时我可是田径运动员。”

“不，我不是那个意思，我是说那太危险了。”

“但最近不是那个吗？闹得沸沸扬扬的事不是很多吗？”他很不高兴。

“啊。”大久保也立刻点点头。

这两个月，市内发生了三起恶性抢劫案。凶手用特殊工具撬开锁后闯进民宅，绑住住户，把钱和存折洗劫一空后逃走。而且前两天到底还是出了人命，不知道住户是因为想往外跑还是大声喊叫，总之最后被勒死了。

“那门马先生您目击到的人有可能是凶手啊。”

“是吧。”门马眼神严肃地点头。

“但是，最近好像出现了很多可疑的人，我还在新闻上看到有个说话莫名其妙、时不时忽然拍女初中生后背的男人。”

“说不定就是那人。”门马两眼放光。不管是哪种可疑的人都不能轻饶，他的热情在高涨。

就在这时，大久保听到了脚步声。门口附近有说话的声音。

“啊，成濑股长。”他终于松了口气。一直在别的楼层开会的股长成濑回来了。

成濑看了看大久保，又看了一眼站在柜台边的门马。他将包放到桌上，随即朝柜台走去。

“是来咨询吗？”成濑问门马。

不是，是指点。大久保心里答道。

“你是……”门马露出一丝警惕的神色。

“我是成濑，不好意思，我刚才有事出去了。让您久等了，您有什么事吗？”

成濑的口气并不温和，甚至从中可以感觉到冰冷。语气虽然恭敬，但是有种像子弹打在身上般的犀利，不过听上去也不会感到不舒服。既不是谦虚，也没有藐视。

“我正跟他说着呢。”门马将刚才对大久保说过的话又重复了一遍，“这世道已经让我都不能安心睡午觉了。那些家伙已经不是小偷那么简单了，是匪啊，匪，还不是占山为王的匪，是劫匪。”

“我也这么觉得。那样的罪犯实在太过分了。”成濑心里涌出一丝不快。

“我啊，浑身上下都是正义感，多到都可以分给别人用。”门马很骄傲地说，“所以才不能容忍这样的事。比起这些盯着公寓和独栋住宅的劫匪，那些银行劫匪还好些。最近不是常出现吗？不伤害任何人、光搞演讲的银行劫匪，他们行事虽然夸张，但至少本性是好的。”

“门马先生。”成濑仍然是那一成不变的平静声音。

“干、干什么啊？”

“我完全赞同。”成濑淡淡地微笑着，那架势好像要跟对方握手。门马见状，虽然有些疑惑，可还是满意地点了头。

“赛马吗？”成濑指着门马手上的报纸。上面做了些记号。

“退休后，除了赛马也没什么其他乐趣了。”门马得意地一笑。虽然没人要求，可他还是从口袋里掏出便笺。纸上排列着红笔写下的数字，如“1 － 3”“2 － 4”之类，共有五组数字和短横线的组合。

大久保看了过去，发现报纸上围棋和日本象棋的栏目边也写了东西。他真想对门马说，不光是赛马，围棋和日本象棋你不也玩得很开心吗?

“我得回去重新想想该怎么下注啦。”门马大声说完后就离去了。

“那个人，他真的看到了什么可疑的人吗？”大久保走回座位时问道。

“嗯，他没说谎。”成濑点点头，用很确定的口气说道。

“成濑股长，你能看穿别人的谎话吗？”大久保开玩笑似的说。

“算是吧。”

2

成濑是一个非常不可思议的上司。大久保在这里工作了七年，经历过好几个上司，但成濑算是另类。

“我们的股长非常冷静。”他曾经这样对女朋友说。女朋友是公司社长的独生女，没有正式的工作经验，不谙世事，身上带着某种脱离现实的纯粹，对于大久保关于工作的话题还相对喜欢。

“那个冷静具体是什么样的感觉呢？”

“就好像你告诉他明天横滨市要沉到海里了，他都不会着急的那种感觉。”

她笑了。“那不就是个迟钝又没有责任感的上司吗？”

这样的上司确实很多，这点大久保也承认，但是他毫不犹豫地否定道：“不是。”接着，他说起了以前跟外面的某个志愿者组织之间发生预算纠纷时的事情。

那是大久保的计算错误，而且他当初并没有送去让成濑确认。可是，成濑并没有责怪他的失误，而是去给志愿者组织赔罪。大久保朝成濑鞠躬说“对不起”时，这位股长却说：“反正我的工作也就是承担点责任什么的。”除此之外再没有说任何闲言碎语。

“待人接物的态度不算好，不和蔼可亲，但也不装腔作势。”

“很可怕的感觉？”

可怕？“嗯——”大久保努力思考着，“要说可怕也是可怕，是那种……好像看透了一切的那种可怕。”

“看透了一切是什么意思啊？”

“比如说，工作时有些电话必须要打，可我不是经常忘记嘛。”

“要是我的话就不会忘。”她开心地说。

“我就会忘。”大久保苦笑，“这种情况下，当股长问我‘电话打过了吗’，我总得说个谎回答他‘打过了’吧。”

“如果换成我就不会说谎。”

“我总是在想，我要像你一样多好啊。”大久保呵呵地笑着，“每当这时候股长就像能看穿我的谎言似的。他不直接道破，但总会说‘再打一次，先确认下日期比较好’之类让我多加注意的话，简直就像看穿了我在说谎，刻意找个台阶让我下。”

“可是我爸爸常说，做上司的如果不招人厌那就不是个好上司。”

“那是因为公司员工都恨你爸爸”——大久保几乎要脱口而出。女朋友的父亲经营的连锁店凭利益优先的方针强行进军全国市场，结果招来一片骂声，这一点大久保也有所耳闻。

“对了，你知道这样一句谚语吗？”她忽然说。

“谚语？”

“站在巨人肩膀上的矮子，看得比巨人还远。”

“你说的那个巨人，应该不是巨人棒球队的巨人吧。”

“借助比自己强大的人的力量，就可以获得成长。应该是这个意思吧。所以大久保你如果向那个股长多吸取点经验，可能也有独当一面的一天呢。”

“我会时刻注意不从肩膀上掉下来。”

3

时间到了下午，大久保和成濑一起外出去听关于地震的演讲。他开着单位的车往市民活动中心驶去，副驾驶座上载着成濑。整个演讲内容充实，一个半小时很快就过去了。

回来的路上，大久保因车内的沉默而感到窘迫。虽没人催他，他还是说起了自己的女朋友。

“其实，我有一个正交往着的女朋友。”

成濑闻言，表情放松下来。“我知道。”

“你知道啊？”

“办公室电脑桌面上放着那么大的照片，谁还能不知道？如果在街上碰到你的女朋友，我估计都能认出来。”

“那可不是我干的。”大久保苦笑。是旁边的同事半开玩笑地将他女朋友的照片设成了桌面壁纸。这行为招致周围一片“傻”“无聊”“不害臊”的揶揄声，他慌忙想换掉，结果众人又煽风点火地说他“没骨气”“这点程度就放弃吗”，最后他只得硬着头皮保持现在这样子。但习惯后也没什么别扭的地方，甚至都快以为这就是厂家准备好的桌面背景，没想到连成濑都注意到了。

“我想跟她结婚，但是她父亲可凶了。”

“可能会骂‘你浪费税金就算了，还想抢我女儿吗’之类的话吧。”

“那些已经骂过了。”大久保耸耸肩，“她父亲是公司社长，以态度强硬闻名。”他说出连锁店的名字，果然成濑也知道。

“看起来很有手段啊。”

“但我还是想结婚啊。”

“你别跟唱咏叹调似的。”成濑笑着，忽然觉得这对话挺像发生在相识已久的老友之间，“不过，也不是一定就要家长同意才可以吧。”

“我女朋友在考虑不同意结婚就不回家这样有勇无谋的应对方法呢。”

“这种方法能有效果吗？”

大约十分钟后，路上开始堵车。大久保走的是到市政府的最短路线。从商业街旁边穿过，进入一片老旧住宅区的时候，前面的车开始刹车。他也跟着停车。一开始他还以为是信号灯的缘故，可车始终只能在不规则的时间间隔中缓慢前进。前行和停车不断重复。

“事故吗？”旁边的成濑嘀咕。

大久保打开车窗，从车右侧探出头。他看见前方大约五十米处有红色的灯光在转动。“前面好像停着一辆警车。”

低速前进和断断续续停车的状况持续了一会儿。过了两个狭窄的路口，他们逐渐靠近警车停靠的地点，发现那里已聚集了一群人。

道路右侧的人行道上停着两辆警车，附近有很多人围观，可以看到几名穿着制服的警察。所有人都仰头朝上看。

“好像不是交通事故。”大久保顺着人们的视线朝上望去。那是一栋七层高的砖红色小型公寓楼，看起来有近二十年的历史，墙壁上可以看见裂缝。它的两侧也并排立着同样高度的公寓楼。

“啊！”大久保下意识地高喊一声，随即踩下刹车。

“怎么了？”

“公寓楼上有人。”他说着转动方向盘。

“大久保，你这是要去哪儿？”

大久保把车开到一处包月停车场，可能因为是白天，这里几乎没有车。“我就在这里稍微停一会儿。”

“公家的车还停到这里，要是被看到，估计会遭到很多批判啊。”成濑说着，脸上却没有慌张的样子。

“现在不是担心这个的时候。那栋公寓楼的楼顶上站着人呢。”

“人？”

“应该不会错。那是……”大久保将车停到停车场的角落，拉起手刹，“那是门马啊！”

4

大久保和成濑下了车，走出停车场，朝对面公寓楼的上方看去。砖红色的老旧建筑顶上只有一圈低矮的扶手。

“是门马啊。”在楼顶上的千真万确就是上午去过市政府的门马。他站在楼顶边缘。

“后面那人是谁？”

门马并不是独自一人。他后面站着一个男人，头戴棒球帽，体格很好。男人像是从后方抓住了门马的左肩，慌张地朝四周眺望。很明显他并不冷静。虽然距离很远，看不清楚他的表情，但这情况已经足够不正常了。不管怎么说，他正拿着刀顶在门马身上，这一点是肯定的。

“门、门马，这不是很危险吗？”大久保结结巴巴地说，看着左边的成濑。

“人质吗？”

两人穿过人行横道走到对面，挤进围在那里的人群中。有个警察正在用无线电通话。

“发生什么事了？”大久保问旁边穿制服的警察。

“好了，请散开。”警察面无表情地说。朝周围一看，为了驱散好事者，警方正在公寓周围拉起隔离用的绳索。“请散开！”时不时地可以听到警察的喊声。

大久保再次朝建筑上方望去，发现楼顶上也有警察，远远地包围着门马和那个男人，严阵以待。拿着刀的男人可能慌了，不知在喊些什么。听不清具体内容，但估计也就是“过来我就捅他”或者“过来我就把他推下去”之类的威胁吧。

“门马惹上大麻烦了。”

“那个男人可能就是他说的可疑人物吧。”成濑的口气很平淡。

“哎？”

“他后面拿刀的男人背着双肩包。”成濑用手指着。

凝神望去，大久保也发现了。背包和帽子，这是门马描述过的可疑人物的特征。

好事者被警察疏散远离了公寓。另外还有一些搬运器材的男人，也不知是来自电视台还是报社。他们正在架设摄像机。

大久保看了一下成濑的侧脸，再次朝楼顶望去。或许是错觉吧，他觉得门马面色发青。就好像恐高症患者在高处不敢看脚下一样，门马的视线也没有向下。

太阳躲到了公寓背后。天上没有云，那纯粹的蓝跟楼顶上惊险的氛围大相径庭。

“真吓人啊。”站在大久保前面的妇人正跟旁边的人搭话。可能是刚购物结束，她左手提着超市的塑料袋，一股韭菜味直扑大久保的鼻子。

“现在到底是什么情况？”大久保试着问。

看上去四十多岁的妇人似乎被这唐突的提问吓了一跳，一脸惊恐地转过头来。但她可能又觉得所有在场看热闹的都是志同道合的人，在这种伙伴意识的影响下，她亲切地开口道：“我一直在这里看着呢。”

“怎么闹成这样了呢？”

“那个年轻小伙子走在路边。”妇人指着旁边的一条路。那是一条夹在楼与楼之间的狭窄小路，车都开不进去。路的尽头并排立着几座外观相似的平房。“鬼鬼祟祟的，很可疑，总是朝别人家里偷看。估计啊，就是那个最近闹得沸沸扬扬、大家口中说的可疑分子。好像还吸毒什么的。反正他站在那里，很可疑。”

“然后呢？”成濑催促着，眼睛却一直盯着楼顶。

“然后啊，那个上了年纪的男人就走上去吼了他一声。”

“啊，”大久保愁眉苦脸地说，“门马确实做得出这种事。”

“那个人姓门马吗？总之，他朝那个年轻人怒吼‘你在偷看什么’，然后你们猜，那个大叔他干吗了？”

“跑着追上去了吧。”大久保立刻回答。因为门马曾经是田径运动员嘛。

“是啊。然后两个人就顺着那个公寓楼梯往上爬。”

“不知不觉就爬上了楼顶吗？”

“是啊。”

“那接下来又发生了什么？”

“应该是门马掏出刀了吧。”成濑插嘴说。

“门、门马？”大久保高声惊叫，“怎么不是那个年轻人？”

“就是啊。”妇人的脸上浮现出作为重大事件目击证人的骄傲，点了点头，“那个大叔掏出刀，叱责那个年轻人，估计不准备放过他。”

结果，刀还是被年轻人抢去了。光看体格，门马就没有胜算。

“两个人你争我夺的时候，警察来了，就成了现在这个样子。”

“是您报的警啊。”大久保一副明白了的样子，点了点头。

可妇人却噘起嘴说：“才不是呢。好像是对面公寓的住户报的。”她说着，指了指旁边那栋楼，“我太忙了，也没工夫打电话。”

“这样啊。”明明就是个看热闹的，到底忙什么呢？大久保强忍着没说出口。

“从对面可以清楚地看到这边公寓的楼顶，他们当然有义务报警了。”

大久保不禁想，如果这个妇人到市政府来投诉，他可受不了。

5

成濑和大久保站在那里观察了一会儿情况。可能是一直保持同一个姿势的原因，大久保觉得脖子很痛。他不时低下头，揉揉肩膀。

五分钟过去了，事态还是没有发生变化。既没有进展，也没有恶化。楼顶上，年轻人拿刀顶着门马，而警察则围着他们。

“那个背包的年轻人确实像磕了药，头脑看起来不是很清醒。”

“所以才不计后果，弄成这个样子吧。”

“不知道接下来会怎么样呢。”

“局势还不明朗啊。”成濑还是很平静，像是个正看着击球员做挥棒热身的解说员，“到这个地步就很难脱身了，在这种胶着状态下是不可能逃掉的。在被警察包围前不逃跑可不行。”

“这话说的，怎么听上去像是站在罪犯那一边呢？”

“确实啊。”成濑说着，脸上露出一丝掩饰般的苦笑，“我比较喜欢那种把该做的事做完就立刻消失的罪犯。”

“你说什么啊。”大久保一脸疑惑，“门马他不会出事吧？”

“很害怕，还非常紧张。”成濑似乎很肯定。

“看得出来？”大久保闻言问道。

“那是一副真正害怕的表情。”成濑理所当然似的回答。

大久保看了看表。已经过了下午三点。“虽然有些担心，但我们是不是该走了啊？”

“是啊。”

“反正我们在这儿也帮不上什么忙嘛。”

成濑侧过身，想从人群中抽身。大久保紧随其后。好事者的包围圈比刚才更大了，大久保只得伸手拨开人群。他转过身，又看了一眼楼顶。

这时，大久保发现门马的情况有些变化。“哎？”

“怎么了？”

“门马是不是准备采取什么行动了？”

矮小的门马被那个年轻人押在身前，他保持着那个姿势，转动脖子东张西望，似乎失去了冷静。

成濑也再次朝公寓看去。他眯着眼睛，像是要看穿一切。“确实，跟刚才的脸色不一样。”

“该不会是觉得与其被捕还不如跳楼吧？”大久保甚至觉得，那个顽固的门马还真有可能会这么做。刚才他还看着周围的警察，可现在似乎是在寻找降落轨道，视线落在下方。“不会真跳吧？”

“也不像是那种感觉啊。他的表情变了。”

“表情？”

“那表情像是在掩饰什么。”

“他在说谎吗？”

“是不是在说谎不知道，但是他那张脸显得另有隐情。”

“都这样了，还能有什么隐情呢？”大久保半信半疑地看着成濑。可是他又觉得，因为是股长说的，没准还真会说中。于是他又朝楼顶看去，如果要形容，他是用那种要放大画面的样子眯起了眼。

凶手的刀仍抵在门马的右脸上。

“在我看来，他只是在害怕而已。”

“之前的表情中确实有害怕，可是现在，他的注意力在别的什么事上。”

“真的吗？”

“真的。”

“这种东西都能看出来吗？”

成濑目不转睛地盯着门马，没有回答。他瞄了一眼手表。

此时，周围响起了“喔”的叫喊声。那场面就像足球赛的观众们看到自己支持的队伍传出了一记好球。或许大久保没有注意到自己也跟着发出了欢呼。

背包男的刀脱手了。原因并不清楚，可能跟醉汉摔倒时的情况差不多。大久保没听到那把刀落地时的声音，只看到男人慌张地弯下了腰。

门马，就是现在！大久保在心里呼喊。他觉得门马虽然已经退休，可既然能炫耀年轻时当过田径运动员，那么趁着凶手捡刀的时候一口气跑开也不是不可能。

楼顶上的警察可能也觉得这是个机会，一下子缩小了包围圈。时间如果再充分一点，或许他们就会朝凶手扑过去了。

可是，凶手出人意料地迅速捡起了刀，又立刻摆出原来的架势，将刀抵在门马的脸颊边，愤怒地叫着。

看到警察缩小了包围圈，凶手的危机感也似乎跟着变大了，表情多出了几分魄力。警察们又稍稍向后退了几步。

看热闹的人群中发出了叹息似的呻吟声，就像目睹己方球队的射门打偏般沮丧。“门马刚才明明能跑掉，可他太害怕了没敢动啊。”

“害怕倒是没有。”

“啊？”大久保觉得很不可思议，怎么能如此断定呢？

“门马在考虑其他事情。”

“其他事情？门马吗？”

“他趁刚才那个机会做了些什么。虽然没看清楚，不过他确实动了。”

“他还能干什么呢？”这种时候除了逃跑居然还有其他事可做，实在令人难以置信。

“他从刚才开始就东张西望。”

“啊，是啊。”大久保也注视着门马的动作，点了点头，“头来回转呢。”

他的脖子又痛了起来。他换了个姿势，不再朝上看，而是低下头看着脚边，右手揉着脖子。

这时候，成濑小声嘀咕道：“掉下来了。”

6

“掉下来了？什么掉下来了？”大久保再次朝楼顶看去。围观者中也时不时传来“好像有东西掉下来啦”的声音。

“是垃圾吗？”有人问。“是纸吧，纸。”不知是谁回答。“什么呀，搞了半天是垃圾。”大部分人觉得很无聊。

“是从门马的衣服里掉出来的吗？”

一团白色的东西从楼顶直直地掉了下来，还来不及在风中翻飞飘舞，就在一众好事者的目光中落到了公寓楼前的草皮上。

“一团纸。”成濑看着纸团落下的地方。那是一楼房间的阳台旁，周围开满了杜鹃花。

“纸又怎么样呢？”

“门马也许在上面写了什么东西。”

“哎？”大久保很吃惊，慌忙又仰起头。持刀的年轻人站立的方向似乎变了，他很难看清门马的情况。“纸上写了什么呢？”

“不清楚。刚才他不是有一次逃跑的机会吗？那时候我看到他有所动作。他说不定在纸上写下了什么留言，然后又扔了下来。这种可能性总有吧？”

“就算有这种可能性，”大久保觉得很迷茫，“那留言的内容是什么呢？”

“是什么呢？”成濑并没有支支吾吾。

“该不会事到如今还写什么‘请救救我’吧？”

“那也太可笑了。”成濑笑着说，“你能不能去把那个纸团拿过来？”

“我？”大久保用食指指着自己的鼻尖，“是在对我说吗？”

成濑既没有说是，也没有说不是。

“可是警察都拉绳子了，不会允许我进去啊。”纸团掉在警戒范围之内。

“我也知道太勉强。”

“非常遗憾。”大久保回答，但他又放心不下，“那个纸团，很重要吗？”

“还不能肯定。”成濑虽然嘴上这样回答，眼神却和肯定没两样，这让大久保很为难。

“站在巨人肩膀上的矮子，看得比巨人还远。”

他脑海里浮现出女朋友曾经教给他的谚语。成濑这个巨人到底在想些什么，他当然不知道。那么他是不是应该照成濑所说的去做呢？是不是该先爬到巨人的肩膀上呢？他下定决心，对成濑说：“我去试试看。”

一说完，大久保就钻进了看热闹的人群。他弯着腰，斜着身子往里走。警察将绳索拉成了半圆状，他顺着绳索朝右走。“请不要进来。”穿制服的警察说道。他装作没听见。

他总算拨开人群来到公寓门口附近。对面十米开外的地方可以看到花丛，伸展着可爱枝叶的杜鹃花丛上有一团白色灰尘一样的纸，就是那个。

“站远点。”一名警察敏锐地察觉到大久保想要翻身进去，随即挥着手走了过来。

“有个东西掉在那里。”大久保指着杜鹃花丛。

“不行。”警察不容分说地回答。

这是对市民该有的态度吗？他几乎要脱口而出。就你这样还算公务员？

警察像要挡在大久保前面似的一动不动，这让大久保很为难。他抱着胳膊想，这或许是对自己能力的一次考验。

大久保看着楼顶。和刚才不一样，现在楼顶几乎就在他正上方。拼了！他下定决心，就算被警察制止，只要胡搅蛮缠能闯进去就可以。对于大学时曾因美式橄榄球而小有名气的他来说，这也不是不可能。

他看了一眼警察的脸，那是一张瘦削、柔弱的脸。他脚底发力，觉得如果对手只有这个男人，也许能行。他在心里计算着跨过绳索的时机。

就在这时，情况发生了变化。

绳索内的警察一时间全部动了起来。理由很简单，安全防护网到了。应该是怕万一有人从楼上掉下来而准备的。消防队员们搬着大型蹦床一样的器材运往绳索内，警察正配合他们清空场地，帮忙搬运。

就是现在。抓住警察因搬防护网而离开的一瞬间，大久保的脚蹬向地面。他弯下身子，从绳索下钻过，跑了起来。他冲到花丛旁边，不禁怀疑自己会不会因此被逮捕，脚也像要断掉似的开始不听使唤。可他只能打起精神坚持。“警告开除”，他的脑海里浮现出这几个大字。

接着他想起了女朋友的脸。几乎同时，女朋友那身为公司社长的父亲的脸也浮现在眼前。他忽然想大喊“对不起，岳父大人”，然后鞠躬赔罪。

他伸出手，很容易就拿到了那团纸，于是立刻转身准备撤回。

“喂，那边！”他听到有人在呵斥。绝不能停下！他也担心自己会被几名警察同时拿下，但还是有惊无险地返回了原先的位置。他穿过绳索，挤进人群。如果成濑不在了该怎么办？他带着这个可怕的想法往回走，最终发现这一担心是多余的。成濑还是带着一如既往的从容不迫站在那里。“辛苦啦。”成濑慰劳说。

“这个纸团到底是什么呢？”大久保说着，将纸团递给成濑。

成濑打开抚平，发现那是一张不大的便笺。

“应该写了什么不得了的大新闻吧。”大久保忍不住说道。既然是自己冒着这么大的危险拿回来的，如果没有什么重要的价值，那也太不值得了。

成濑看着手中的纸。大久保也急忙看过去。没有什么所谓的大新闻，白纸上只写了几个难看的数字。

“3 －二”，白纸中间横向写了这样一对潦草的数字。

“这不是他自己推算的赛马投注吗？”大久保感觉浑身上下一阵乏力，几乎要瘫坐在地。

7

成濑无言地盯着那张纸，大久保则虚脱般站在他旁边。成濑将纸条翻过来，随后又递到大久保面前说："你看。"

大久保心想，莫不是背面写了什么重要信息？于是看了过去，结果还是只有一些排列在一起的数字。

"这不是他想要买的赛马券吗？"

"不是。"成濑说着，又将写有"3－二"的那一面朝上摆好，"这种情况下，他还能有心思想赛马吗？"

"反正我是干不出来。"可是门马说不定就干得出来。

"你不觉得从刚才开始，门马的注意力就一直在别的事情上吗？"

被刀顶着的门马不时地扭过脖子朝后看，这举动不起眼，但如果仔细观察，确实可以发现。"是啊。刚才我还以为他打算跳下来。"

成濑朝左边看去，接着又低头看着纸片，露出思考的表情。忽然，他说："大久保，你听说过这样一句外国谚语吗？"

"怎么啦，忽然这么问？"

"站在巨人的肩膀上，比巨人看得更远。"

"啊，这个……"这是我女朋友曾经告诉我的啊。话都已经到了大久保的嘴边，可成濑却先开口了。

"爬上了那座楼的门马，看到了我们看不到的东西。"

成濑迈开步子，大久保只得慌忙跟上。

8

成濑走出围观的人群，朝旁边的公寓楼走去。这栋楼紧邻门马所在的那栋，两栋楼的高矮大小几乎一样，可能建于同一时期，但外观上还是有所差别。

入口处，几个貌似住户的妇人正在看热闹，成濑从旁边绕过后朝楼里走去。

“你这是去哪儿啊？”大久保唯恐跟不上，加快脚步走到成濑旁边，“这边的公寓楼跟门马他们压根没有关系啊。”

成濑晃了晃那张皱巴巴的纸说：“我们从哪边开始呢？”

“从哪边……什么意思？”

二人来到电梯前，成濑按下向上的按钮。“是从左边呢，还是从右边？”

“你到底在说什么？”

“是这些数字。楼顶上的门马朝这栋公寓看了好几次，好像比起他自身的安危，这边的情况更让他放心不下。”

“是这样吗？”

“他目击到了什么不可忽略的事情。”成濑肯定地说着，脸上却露出一副恬淡的表情。他静静地等候着下行的电梯。

“目击？目击到什么？”

“门马想告诉周围的人这个信息，就在纸上写下地址扔了下来。”

“你说的是这些数字吗？”

“这应该代表着公寓的某个房间。你看，这纸上的‘二’是用汉字写的。这不是围棋和日本象棋里标注坐标的方法吗？”

大久保一时没有明白成濑的话，一脸茫然。过了一会儿，他才确认道：“也就是说，门马在那边的楼顶告诉了我们这边楼里某个房间的位置？”

“因为他在外边看不到门牌号啊。”成濑正说着，电梯到了。随着叮的一声，门打开了。里面没有人，两人立刻走了进去，按下六楼。

“从上面数第二层，是这个意思吗？”大久保注视着被按亮的六楼按钮，问道。

“不管是日本象棋还是围棋，都是先写横坐标再写纵坐标。所以‘3－二’就是从上面数第二层，也就是六楼。”

“那里到底发生了什么事？”

“最有可能的是入室抢劫。”

大久保倒吸了口凉气。“就是传说中的……”

早上和门马也聊到了，最近市内连续发生暴力入室抢劫案。

“能让门马在那样的情况下还能不顾自己安危分散注意力的，一定是那样的大事。我是这么觉得。”

“那他在那边的楼顶看到了入室抢劫？”

“最初门马很害怕。被刀子顶着，他还在发抖。”

“是的。”

“然后他的表情忽然就变了，好像被其他什么事吸引了注意力。”

“嗯，确实。”

“估计就是在那个时候，他看到了这栋公寓楼的房间。或许在那边的楼顶上刚好能看到。可能是被绑着的居民，也可能是把房间弄得一团糟的凶手。总之，他看到了案发现场。满怀责任心的门马想方设法要告诉大家的难道不是这件事吗？”

“在这样的时候？”

“他身上的正义感可是多得用不完，都可以分给别人用了。”

“只因为这个就……”大久保歪了歪头。成濑看起来知道一切真相，正准备陆续说出，这让大久保不知所措。他很想追问股长：你究竟了解到何种地步？“如果是这样，用点更好懂的方法不好吗？”他说着，指了指成濑手上的纸片。

“门马一开始可能也试着大声喊，希望楼顶的警察能注意到。但那种情况下，估计谁都没听到。”

“即便是这样，门马直接伸手指对面的犯罪现场也好懂些啊。”

“他们闹得那么沸沸扬扬，这边公寓楼里的凶手肯定也在关注他们的情况。如果发现被门马用手指着，他可能会匆忙逃走，还有可能伤害房间里的住户。”

大久保立刻想起了上午门马说过的话。门马提到了因入室抢劫而被勒死的受害人，他是担心事态发展成那样吗？所以才想偷偷把这个消息传出来？

电梯到了六楼，门发出声响打开了。成濑快速走了出去，似乎嘀咕了一声。大久保听到后问：“什么？”

“什么？”

“你刚才没说话吗？”大久保跟上成濑，“你没说什么在哪里之类的话吗？”他觉得好像听到成濑说了句“浪漫”还是“罗丹”之类的话。

成濑并没有回答他的问题，急匆匆地朝第三个房间走去。

“是从左边数第三间吗？”

“反正是二者之一。”成濑说，“日本象棋是对着棋盘从右边开始数，围棋是从左边。”

“哎？他们的方向是相反的？”

“先从围棋开始。”

成濑毫不犹豫地按下门铃。可以听到铃声在房内回响。

“就算凶手在里面，他会出来开门吗？”大久保小声说。对面的公寓闹得沸沸扬扬，入室抢劫的凶手又会作何反应呢？他想不出来。

“一半一半吧。”成濑的语气听上去甚至有些不负责任，“如果我是凶手，就在屋里不吭声。”

那不就没办法了吗？大久保正准备说出口，门咔嚓一声开了。

一张男人的脸出现在二人面前。他胡子拉碴，是一个眼神很凶恶的年轻人，穿着牛仔裤和长袖衫。他并未拔下防盗链，透过门缝不耐烦地问：“什么事？”

“我们是市政府的。”成濑拿出一张不知何时从哪里拿的关于垃圾回收的宣传单，“您是这里的户主吗？”

这男的不就是抢劫犯吗？大久保内心很确定。从他可疑的表情和在室内穿得如此整齐这两点，大久保做出了判断。

“是啊。”年轻人露出不快的神态，从成濑手中接过宣传单。

“您最近在生活上有什么麻烦吗？”

“没有。”男人说完便关上了门。

大久保压抑着心中的兴奋。“凶手出现啦！”他对成濑说。

对方却答复道：“不是这里。”

“啊？”

“他没说谎。”成濑很肯定，“下一个。”

大久保什么也说不出口，勉强问了一句：“要按日本象棋的来吗？”

“对。从对面数第三间。”

在大久保看来，如果刚才的男人都不算可疑，那还有什么是可疑的呢？他觉得很不可思议，但除了跟在成濑后面他也别无他法。

接下来从房间里出来的是一个穿着朴素的女人，戴着眼镜，皮肤白皙，中等个头，中等胖瘦，从外表判断不出年龄。“来了。”她也没拿下防盗链，只露出一张脸。

成濑和刚才一样递过宣传单，自我介绍说：“我们是市政府的。”女人听到后也回应道：“哦。”

聊了两三句关于垃圾回收的话题之后，成濑又问：“您最近生活上有什么麻烦吗？”女人则用十分清晰的声音回答：“没有，什么问题都没有。”

不管怎么看，这女人都不像是抢劫犯，也不像是惊慌失措的受害人。大久保觉得这次又没选对。

“接下来要按照奥赛罗棋的方法了吧？”

“不，”成濑走回电梯前，声音稳健地说，“就是刚才的房间。”

“啊？”

“她在说谎。她有麻烦，只是在隐藏。”

“为什么你会知道？”

“为什么你不知道？”成濑笑着。

“如果真是这样，那我们该怎么办？”

“报警。”这回答听上去是如此理所当然，“接下来他们总会想办法解决的。”

两人决定先下楼。刚走到外面，他们就听到介于欢呼与悲鸣之间的声音。就像自己支持的球队忽然莫名其妙地进了一球，球迷随即响起一阵阵“哇”的声音。

大久保仓皇之中望向楼顶，警察已经制伏了背着双肩包的年轻人。

9

“那，后来怎么样了？”大久保的女朋友问他。

当天晚上，大久保来到了市政府旁边的拉面店。工作结束后，他和女朋友约好在那里一起吃晚饭。比起看上去豪华高级的餐厅，女朋友更喜欢平民化的便宜拉面店。每当她认真地感叹“大久保你怎么会知道这么便宜的拉面店”时，他的心情都很复杂。

“被解救之后，门马由于过度紧张晕倒了。”大久保掰开一次性筷子说，“后来被救护车运走，但好像是血压的问题，没什么大碍。”

“不是问你这个。”

“啊，双肩包凶手？那个年轻人果然吸毒了。晚上的新闻也报道了。”公寓楼顶上的抓捕事件被电视台大肆报道，警察趁凶手不备飞身上前的镜头一遍又一遍地重复着。

“不，是入室抢劫。”她一边吸着面条一边说，额头上满是汗珠，“是你们股长预测的那样吗？”

“啊，那件事啊。最后我们通知了外面的警察。一开始他们都不拿我们当回事，但最终还是勉强说服了他们。”

当时公寓周围有很多警察。大久保带着其中两人进了电梯，结果到达从上往下数第二行，也就是六楼的时候，刚好跟从房间里出来的体格健壮的男人撞个正着。可能是被穿着制服的警察吓到了，男人立刻想跑，但还是被抓住了。

不知为何，那凶手竟梦呓般说什么“车……”，就好像要责备仆人“我都赶不上车了，你怎么做事的”。

“成濑似乎很讨厌警察，立刻就走了。”

女朋友此时正双手捧着面碗喝汤，也不知道是否在听。她喝得那么豪爽，大久保不知为何忽然心生爱怜，于是再次暗下决心：我一定要跟你结婚。

“哎，我昨天又跟爸爸谈了，可是根本说不通。”她擦拭着额头的汗说道。好像她爸爸一听到结婚的话题，就立刻喘着粗气再也不愿听她说下去。

“这样啊。”

“我还是觉得，不稍微吓吓他恐怕不行。”不谙世事的她永远是这样脱离现实，“离家出走两个星期怎么样？”

“来我家？”

“那我爸爸肯定能找到。他要是认真起来，什么都查得出来，很可怕的。”

“真恐怖啊。”

“换着住各处的商务酒店怎么样？反正我也一直想住住看。”

“又不是什么好玩的地方。”大久保温和地说着，将筷子送到嘴边吸起了面条，“不过，今天真是太倒霉啦。上午接到两个投诉，先是有人反映信号灯的红灯时间太长了，接着又有人抱怨绿灯时间太长了，还发火。”

大久保学着女朋友的样子捧起碗。拉面的热气如浓雾般扑到脸上。

“住在玻璃房子里的人绝对不可以扔石头”

まぼろし【幻】 ①实际上并不存在，但看上去又像是实际存在的事物。幻影。比喻虚无缥缈、极难得到的东西。②使用幻术的人。魔法师。

まぼろしのおんな【幻の女】 威廉·艾里什执笔的推理小说《幻女》。“《~》的开篇文字真是令人印象深刻啊，虽然我忘记了。”

1

“所以啊，就应该按照我说的，先吃西班牙海鲜饭。”站在吧台对面洗杯子的响野说，“所以啊，遇见幻女实在是件麻烦事。”

“可是菜单上没有西班牙海鲜饭啊。”藤井答道。

这个店主说话为什么总像消防队的喷水龙头似的滔滔不绝呢？而且是面对客人。响野比藤井大五岁，应该是年过三十五甚至快四十的人了，却总喜欢说些毫无内容的话，就像高中生在谈论前一天的电视节目。或许正因为这样，藤井也忘记了响野比自己年长这回事，不知不觉像朋友间聊天般说起话来。

“幻女？那是什么？”响野旁边的祥子插嘴说。刚从外面回来的她此时正抱着一个大碗站在吧台内侧，右手挥舞着打蛋器，动作娴熟地开始芝士蛋糕的准备工作。

“我告诉你啊，西班牙海鲜饭的米之所以会变成黄色，是因为里面加了藏红花。而藏红花里面呢，又有一种叫藏红花素的营养成分。藏红花素可是对提高记忆力很有效哦。”

“对什么有效？”祥子将耳朵凑过来。她手里的打蛋器发出令人感觉很舒服的细微声响，那迅速而轻快的声音跟响野说话时的节奏很像。

“记忆啊，记忆。藏红花素会刺激海马神经元。”

“这跟藤井的幻女有什么关系？还有藤井，你怎么穿便装呢，今天公司休息？”

时间已经过了下午四点。藤井到这家咖啡店来，一般都是外出跑业务途中休息的时候，或是跟交易方谈生意的时候，不管是哪种，他总穿着西服。

“早上我给公司打电话请假了。今天不知道为什么，忽然不想去上班。”

“不想去？”

“昨天晚上喝多了，好多事情都想不起来，脑子里一片混乱。”

“所以我才会给他忠告，让他喝酒之前先吃海鲜饭。”

“忠告？”祥子追问。

“是啊。昨天傍晚他来过，说过一会儿要去喝酒。于是我就告诉他海鲜饭可以预防酒精性健忘症。”

“可店里没有海鲜饭，我就试着吃了些辣椒粉。”藤井有些不好意思。

“你到底有没有听我说话？重要的是海鲜饭里的藏红花素，因为它会刺激海马神经元。辣椒粉里有藏红花素吗？还是说辣椒粉是海鲜饭的朋友？”

“名字倒是挺像啊，[1]也许是朋友。”

“嗯。”

“如果只是名字像就可以，那可爱的安娜·卡里娜和可悲的安娜·卡列尼娜岂不是一样了。”响野嘀嘀咕咕地说着让人摸不着头脑的话。

“但是，”祥子重新转向藤井，“失忆怎么跟幻女扯上关系了呢？”

“早晨起来的时候，我发现了一张留言。”藤井有些犹豫，最终还是说了出来。

“留言？”

“其实藤井是个不折不扣的花花公子，每次去喝酒，都会找女人搭讪，然后带回自己的公寓。每次都这样，可是第二天早上又什么都不记得。该说他奢侈呢，还是浪费呢？”

“哎？”祥子停下手中的打蛋器，“藤井，原来你是这样的人？我还真没看出来。”

“这样的人是哪样的人……”藤井苦笑。

“我可得重新审视你一番了。”

“是吧。”响野不知为何，口气变得有些得意，“总之啊，他昨天也去喝酒，也做了同样的事。”

“同样的事？”

“昨天他跟同事桃井去喝酒……”

---

①日语中“辣椒粉”和“海鲜饭”的第一个和第三个音一样。

如果让响野一直说下去，他会跳过重点，一味强调些无关紧要的细节。意识到这一点，藤井立刻自己解释起来："我们公司每到秋天都会搞什么营业强化月，现在这段残酷的时间过去了，我们两个人准备发发牢骚，就一起去喝酒了。开始时我还为了不失忆而听从了响野的宝贵意见，吃了好多辣椒粉。"

"不吃海鲜饭是没用的。"

"所以呢，接下来你就跟某个素不相识的女人睡了？"

"他自己也不记得啦，反正就是醒来的时候发现了一张留言。"

藤井伸手摸向棉质裤子，从后裤兜里取出一张叠起来的纸。他将纸展开，递给祥子。

"'藤井你睡着了，我就先回去了。望。'"读完纸条上的内容，祥子说，"哎，藤井，这样的事经常发生吗？你确实长得挺可爱，应该会招女孩喜欢，看上去也像只有二十几岁。"

这一切在藤井听起来都像笑里藏刀。"总之，因为有这张留言，我知道自己又带女人回家了。虽然我完全不记得。"

"这就是你们所说的幻女？这不就是一个中途回家的普通女人吗？"

"但是，凌晨四点之前，那个女人是怎么回去的呢？"响野歪着头说。

"凌晨四点？"祥子瞪圆了眼睛。

"我醒的时候是凌晨四点，那时候人已经不在了。"藤井说。

"凌晨四点？藤井你平时都起那么早啊？"

"我是被电话吵醒的。桃井凌晨打来电话说，他造成了一起交通事故。"

2

当天凌晨，藤井感觉电话铃声仿佛在摇他，不禁睁开眼睛。他坐起身，感觉到一阵头痛，立刻明白自己又喝多了。他揉着双眼，在记忆中来回翻找，试图弄清自己到底还记得多少，可是什么也记不起来。一开始他甚至连自己和谁出去喝酒了都想不起来，只好望向旁边墙上的挂历。“昨天是公司营业强化月的最后一天啊，”他想了起来，“那么，肯定是想发泄心中苦闷，于是出去喝酒了。”他继续推理，“这种仓促的邀约，能陪我去的也只有一起进公司的桃井了吧。”他通过这种悠然的三段式证明法得出结论，自己是和桃井一起去喝酒了。

桃井虽然酒量不行，几乎不能喝酒，却非常愿意在一旁陪着。不管是居酒屋还是夜总会，他都会爽快地答应。

电话一直在响。藤井看了一下钟，才凌晨四点。他被这个时间吓了一跳，但还是接起了电话。凌晨四点居然会有人打来电话，这件事本身就令他难以置信。

“藤井？”话筒里传来桃井的声音。

“哦，桃井，正好。”可能是睡糊涂了，藤井并不理会主动打来电话的桃井，先说起自己的事，“我啊，昨天是跟你去喝酒了吧？”

“你又忘了啊？一直喝到一点左右。你从店里出来后就打车回家了。”

“完全不记得。”藤井挠头。

桃井并没有立刻回应。像是在思考着什么，又像是呆住了说不出话，两人之间出现了短暂的沉默。

“我们去了哪家店？”

“先去了‘天天’，然后又去了‘黑矶’。哎，我不是为了跟你说这些。”

这时藤井才发现，对方的声音跟平时不一样，听上去严肃又阴沉。

藤井回想起这两家店来。天天是全国连锁的居酒屋，最近在公司背面那座细长大厦的三楼开了家大概只有阁楼大小的分店。黑矶是离那里不远的商业街上的地下酒吧，由一个姓黑矶的人独自经营。

“就我们两个人喝的？”藤井没有理会桃井的话，继续问道。

桃井沉默了一会儿。“就两个人，你跟我。你真的不记得了？”他加强了语气。

“真是的，明知会这么丢人，我还喝。”

“别管了，比起你的事情来……”桃井快速地用激动的语气说了起来。

藤井这才意识到这是桃井打来的电话，于是坐正了身子。凌晨四点钟打来的电话应该不一般。

“我捅娄子了。”桃井咂着嘴说，“我刚才造成了一起交通事故。”

“啊？”为了消化他这句话的意思，藤井稍微花了些时间，“真的假的？”他下意识地望向旁边的窗户，窗帘只拉了一半，可以看见外面。黑暗。与其说是黎明，更像是深夜。似乎还下着小雨。“在哪儿？”

“在区政府背面的路上。”桃井声音颤抖着说出了地点。那条路藤井也知道。两车道的双行线，虽说不算窄，可是没什么路灯，是条昏暗的路。“这下麻烦了，是辆摩托车。”

“摩托车？对方没事吗？”

“不知道。我正开车呢，他忽然一个转弯就冲到了路上，我踩了刹车，可根本来不及。”

“慢着，你还没把那个开摩托的送去医院？你没叫救护车吗？”藤井已经睡意全无，“总之你赶快叫救护车，还有警察。说不定还有救。”

“果然还是这样比较好啊。”

“什么果然还是，这不是理所当然的吗？”藤井又一次觉得这个人果然没有常识。

桃井的父亲是一家大型演艺公司的董事长。可能是因为公司将来会由桃井接手，他选择现在的职员工作看上去纯粹是为了玩乐和体验社会，一到周末便为了跟女人厮混而在夜晚的街头流连忘返，还将所有的带薪休假都用在出国旅游上。

藤井有时候调侃他“国外就有那么多美女吗”，结果他就大声嚷道：“虽然这事不能大声宣扬，但是在国外可以弄到日本没有的药物啊。”日本弄不到的药，那应该不是用来治病的吧？每次藤井这样问，他就一副很了不起的样子说：“那当然。”

“事故原因在哪边？”

“哪边？”

“事故原因啊，或者说是谁的过失。”

“是对方闯红灯拐到这边来的。”桃井一字一句说得很清楚，好像这才是他唯一想主张的。

“是真的吗？”藤井当然知道，桃井不是那种一身正气又光明磊落的人。

“真的啊。他那样过来我根本避不开。”

“你的车速呢？”

“挺快的。”桃井似乎也受惊不小，含含糊糊地答道。

“总之先报警。如果能证明是他闯红灯，你也许就没事。”幸好桃井没喝酒，应该不会被认定为危险驾驶。

“是吧，是吧。”桃井一改以往自信满满、居高临下的态度，慌张地说着。

而藤井则将能想到的建议告诉他：“附近有目击者吗？有没有谁能够做证是他闯红灯？”他本想说这一切都是以对方闯红灯为前提的，可最终还是忍了下去，“不过，这种时候也不能指望附近刚好有人路过。还有，你给你爸打电话了吗？”

“还没有。”

“那快联系他啊，应该会帮你一把吧。”虽然藤井不乐意承认，但如果是桃井的父亲，一定可以替他找个优秀的律师。

“是啊。跟你说了会儿话，我也冷静下来了。”虽然听上去完全没有冷静，不过桃井还是在说完这番话后挂断了电话。

桃井挂断电话后才凌晨四点多，可藤井发现自己已然睡意全无，有一种穷途末路的感觉。没办法，他只得继续挖掘昨天晚上喝酒时的记忆。

他想起昨天傍晚他去咖啡店的时候，响野十分肯定地告诉他：“只要吃了西班牙海鲜饭，就一定不会失忆。”

在天天时的记忆还在，隔着下陷式的餐桌，他和桃井面对面坐着。他记得自己翻开菜单，一边嘀咕着“海鲜饭、海鲜饭”一边找。两人说着上司的坏话，桃井还跟他说起自己刚买的进口车。那段时间应该还没喝那么多酒。

他记得桃井跟他提起在国外尝试过的奇怪药物，还有最近闹得沸沸扬扬的事件。

可是，从在天天付完账开始，他的记忆就忽然变得模糊，到了黑矶时就已经完全没有记忆了。

他移动着视线，感觉头很重，酒精似乎正在里面沉淀。就在这时，他发现桌上有张小纸片。他咂了咂嘴。迄今为止，一夜情后的女人留下纸条这种事已经有过好几次。

果不出所料。藤井看着桌上写有“望”这个名字的纸条，嘴里嘀咕着：“原来如此。”

他扫视房内，已经没有女人的踪影。

留下了纸条意味着那个女人一定来过这个房间。他一定是跟往常一样，不知在什么地方搭讪了什么女人，还带回了家。但是他完全记不起来。这个叫望的是个什么样的女人，他们在屋子里做了什么，一切都不得而知。他带回来的女人基本都跟他一样烂醉如泥，因此两个人什么都不做只熟睡到天亮的情况时有发生。当然也有很多时候，两个人会像即兴表演般发生关系。他想确认自己的身体上有没有留下证据，于是摸了摸胯下，可还是无从判断。有的只是弥漫在屋里的酒气。不过从字面上判断，应该可以确定在他昏睡不醒后，女人就扫兴而归了。

3

“所以，那个女人到底是谁，到底是在哪儿认识的，我全都不知道。”藤井露出痛苦的表情叹息道。

“因为那个女人的事心烦意乱，于是就请了假。”响野说得好像他了如指掌。

“唉，算是吧。”藤井也表示认可，“还有桃井的事故也让我很在意。”

“直到在第二家店喝完，都是你跟桃井两个人？”祥子问道，“如果是那样，无非就是你从那家店出来后又跑去搭讪了嘛。”

“别说什么无非就是啊，怎么叫无非就是了？”藤井苦笑，“桃井打电话时说，我从店里出来后就直接打车回家了。”

“啊，我刚想起来，你说的那个桃井，是不是曾经带来过一次的那个高个子？”祥子轻轻拍了拍手，之前捧着的碗和打蛋器已经不见了。

藤井闻言也想起来了。“啊，对。我是带他来过一次。”

“我没印象。”响野皱着眉头。

“不是来过嘛。穿的西装好像很名贵，戴着高级眼镜，对咖啡也很熟悉，我磨咖啡的时候他还指手画脚呢。”

“啊。”响野忽然眼睛一亮，随即整张脸皱作一团，“很自大，那个男的，就是那个点了咖啡后还说什么‘要磨得粗一点’的家伙吧。”

“他还问我‘这个咖啡豆是 Washed 吗’，问咖啡豆处理方式的客人还真是很少见。”

“他如果别装模作样地说什么 Washed，直接说水洗式还好些，而且还问了一句‘为什么是 Washed’。”

“你做事明明没有理由啊。”祥子笑了。

“这样啊，原来是他碰上事故啦。真可怜。”

“可是你却一副幸灾乐祸的表情。”

“不如说响野看上去很开心啊。”

“因为我对他印象不太好。”响野立刻承认。

藤井也立刻附和道："嗯，因为他属于上流社会。"

"上流？"祥子问，"河的上流？"

"这个桃井，说他算上流阶级，是因为他看别人时总是一副居高临下的样子。"

"啊，确实。就是那一小撮装腔作势的家伙搞得世界不得安宁。你居然还和那样的人去喝酒。"响野调侃道。

"他不能喝，但我们关系还不错。"藤井苦笑着点头。在营业部里，桃井和他是同一批入职的，年龄也相近，两个人"不为一棵树而放弃整片森林"的恋爱观也不谋而合。

"跟有缺点的人交朋友也是一种善举。"祥子像在诵读《圣经》的段落，忽然这么说道。

"什么意思啊？"

"从前啊，这个人的朋友曾经这样说过。"她指着响野答道，"一个姓成濑的，他的同班同学。"

"这样啊。"藤井使劲点了点头，"响野的朋友估计会想这么说。"

响野装出掏耳朵的样子。"那个桃井的爸爸是干什么的？开的什么公司？"

"演艺公司，旗下有很多歌手和艺人。"

"听上去很可疑啊。"响野说，"总让人联想到那些黑幕、吸毒之类的事。"

"偏见。"祥子笑着，责备似的朝他指了指。

"在桃井那里未必就是偏见。"藤井双颊紧绷，"他确实经常在国外参加一些与药物有关的可疑聚会。"

"那和演艺公司也没什么关系吧，"祥子说，"演艺公司又不是万恶之源。"

“是啊，确实。”那绝对只是桃井自己的人生观和道德观的问题。

“反正啊，我一直都这么认为，如果真想禁毒，那么吸毒就判死刑，藏毒也判死刑，就好了。”

“极端。”祥子再次朝响野伸出食指。

“我只是说如果真下决心要禁，就应该那样。”

“但好像真有那样的国家。”藤井想起以前听来的话。

“那样的国家是哪样的国家？”

“只要稍微碰一点毒品就立刻判刑，说不定就判死刑。”

“那也太荒唐了，”响野不顾自己刚才的提议，立刻批判道，“太不现实。”

“好像是个南美洲的国家，而且昨天我跟桃井一起去的黑矶的老板也说起过。”那个老板喜欢旅行，对当地的语言也很熟悉，经常会说些不知算旅行见闻还是算恐怖怪谈的事。“据桃井说，最近好像有个日本演员在那边被捕了，到现在还没放出来呢。”说完之后，藤井意识到，这是昨天晚上才听到的消息。

“日本演员？这种事新闻上没报道吗？”

“好像被经纪公司压着，还没有报道呢。说是会造成负面影响。”

“要是所有犯罪者都进这样的公司不是挺好吗？但那家伙为什么特意跑到法律那么严格的国家去吸毒呢？”

“可能是去寻找刺激吧。”

“也可能是没当回事吧。”祥子笑道。

“不过啊，真的很严格。据说任何借口理由都没用，就算死刑可以免，最少也得判二十年，只要你有毒品。”

“我还以为南美对毒品管得很松呢。”

“那是偏见，响野。而且每个国家都不同嘛。”

"没准是个阴谋。"响野打了个响指。

"阴谋？"

"有人想陷害那个演员，所以故意让他藏毒，在那种国家被捕。二十年足够抹去一个演员的存在了。"

"为什么要做那样的事呢？"

"因为那个演员碍事啊，接下来顶替他的人就是幕后主使。"

"可是，如果事先藏毒，那在日本出境的时候不就应该被发现了吗？"祥子问。

"这种东西基本都是在入境时才会被查到。"响野回答。

"喂，"祥子立刻说，"你啊，下次一个人去那个国家转转吧？"

"为什么？"

"你就好好放松一下呗。"

"你是想往我箱子里塞毒品吧？"

"没想到你直觉还挺敏锐。"

"那，那个骑摩托车的真闯红灯了吗？"响野问道，似乎想换个话题。

"好像对方现在还在昏迷，也没有找到目击者。"

"没有目击者啊。"

"刚才桃井还给我来过电话。他一直在警察那里录口供，现在已经告一段落。按照他说的，似乎有一个刚巧从那里路过的人提供了证词。"

"那不是很好吗？"响野嘴上这样说，可他的脸却告诉每一个人，这话语背后藏着无尽的遗憾。

"桃井的事故就到此为止，我们的话题还是回到藤井的那个幻女身上吧？”祥子将碗放到吧台上，“我对这个比较感兴趣。”

“你真的感兴趣？”藤井苦笑，“我完全不记得到底是什么时候见到的那个叫望的女人。在天天时的事情我还记得一些，那时她肯定还没在。而且桃井说，在黑矶的时候也只有我跟他两个人。”

“那果然是从第二家店出来后的事了。你是不是上了出租车后，在等红灯时跟车外路边的女人搭话啦？‘喂，小姐，要不要坐我的车？’”

“因为不知道是在哪里见到的，就把那个女人叫作幻女？”祥子用围裙擦着手。

“是啊，就是这么回事。”藤井耸了耸肩，“其实这样一个女人是否真的存在，我都搞不清。”

“那，你看是不是这么回事。”响野伸出食指。那自信满满的表情不管怎么看都像是在宣称“从现在开始我就要胡说八道了”。藤井严阵以待。果不其然，从响野口中说出来的是毫无根据的台词：“这个望，难道不正如字面意思一样，是一种虚幻的渴望吗？”

“什么意思啊？”藤井立刻反问道。

“我觉得是你自己写下的字条。”

“我？”

“你并不只有酒精性健忘症，还有梦游症吧？”

“我根本没有什么酒精性健忘症。”

“这只是你本人想这么认为而已。大多数情况下，如果健忘症太严重，就会引发虚构记忆的症状。这是一种自己捏造记忆的症状。患者并不是有目的地那样做，而是一种下意识的行为。你难道不是因为这个病症而捏造出了一个女人？”

“可是，我为什么要这样做呢？”藤井并无任何厌恶情绪，只是单纯地问道。

“你的潜意识中是不是希望有女人到自己家来住？”

“不是自吹自擂，我还真没因为女人的问题烦恼过。”藤井反驳。其实就算是没喝酒的时候，他也经常在闹市区找女人搭讪，然后带她们去酒店或者回家。所以就算是无意识的情况下，他也很难相信自己会对女人饥渴到要捏造的程度。

“哇喔——”祥子半开玩笑地发出感叹的声音。

“说不定就因为这样才有可能。”响野丝毫没有退缩的意思，继续说道，“平时总和女人睡在一起，偶尔旁边没有人，可能就会觉得不舒服。所以不惜自己写一张留言，也要捏造出有女人来过的事实。”

“可是这跟我的字完全不一样。”藤井指着吧台上的纸条。

“真可怕啊。”响野若有所思地点头，“另一种人格出现的时候，连字迹都会变。”

“响野，”藤井十分困惑地说，“你就饶了我吧。”

“你啊，就别开玩笑了，稍微说点可靠的也好啊。”

“好像我现在说的就一点都不可靠似的。”

“藤井，以后为了搞清楚自己都去了什么地方，你不如在身上装个追踪器之类的东西，到过的地方都会被记录下来。”

“追踪器？弄得跟小孩看的漫画似的。”藤井向后一仰。

“真的有那种东西哦。我开始也很意外，只要贴上像小纸条一样的东西，就可以发射电波。”

“还有那么方便的东西？”藤井想也没想就问旁边的响野。

“总之就是极度微型化的GPS。前不久我一个朋友买了。通过液晶屏接收器一样的东西就可以随时定位，还可以把目标的移动过程打印出来。”

“那是要派什么用场的？”

“那家伙是个银行劫匪，担心自己抢来的钱袋被别人带到什么奇怪的地方，便用那个来监视。”

“响野，你说的笑话一点都不好笑。”藤井板起脸。

“那这样吧，你就帮藤井调查一下，那个女人到底是虚幻的，还是实际存在的。”祥子拍了拍手，“就用你那过人的智慧帮帮他吧。”

“我？用我过人的智慧？为什么？”

“因为我今晚约了雪子啊，所以你也找点事做不是挺好吗？和藤井一起去他昨天去过的店转转怎么样？”

“你接下来要和雪子见面？我怎么没听说？”响野答道。

“现在不是告诉你了吗？”祥子若无其事地说。

看着面前这对夫妇你来我往，藤井十分想告诉他们，如果非得借助某个人的智慧不可，他希望不是响野而是祥子的。

4

因为被祥子赶出来而十分恼火的响野到了闹市区后，心情已然大好，还吹起了口哨。

“你还有闲心哼歌。”

“是《圣母颂》啊，《圣母颂》。舒伯特的。还是说你比较喜欢古诺的《圣母颂》？”

“不是那个意思。”

“但揭开幻女的真面目还挺有意思啊。”响野干劲十足。

“那就从较新的记忆开始找起吧。从黑矶开始怎么样？”藤井说。

“喂，藤井，你喝酒的时候，能把握自己到底醉到了什么程度吗？”响野在一旁边走边问，“假设醉到失忆的程度是山顶，那喝的时候总会有种正在登山的感觉吧？现在爬到了海拔多少米之类的。”

藤井挠了挠鼻尖，回想过去喝酒时的情况。“没有啊。”他回答道，“忽然就那样了。没喝酒的时候，或者说刚开始喝的时候，还有早上醒来之后的记忆倒是很清楚。”

“刚踏上登山之旅，就一下子站在山顶摇旗呐喊了啊。”

两人穿过专为行人准备的拱顶走廊，进入一条狭窄的小道，在前方二十米的拐角处停了下来。右手边是通往地下的台阶，地下一层就是黑矶。

“这店你经常来吗？”响野问。

“嗯。”藤井回答，“这里的老板黑矶比较照顾我。”

“照顾？”

“说起来挺难为情的，就是给我介绍些女人，或者我搭讪时，他也会站在我这边帮我说话。”

“帮你说话？怎么帮？”

“比如语气很自然地告诉对方，我和桃井是多么老实忠厚的男人。”

“老实忠厚？那不是骗人吗？”

“所以啊，这就是照顾。”藤井说着，自己也不好意思起来，“我也不是想给自己找理由，但桃井他经常会冒出这些点子来。”

“而且桃井有实现这些点子的实力。”

“是啊，其实就是靠钱来买通。”

“就因为他是公司老板的儿子啊？”

“也不是所有公司老板的儿子都这样。”

“因为他是公司老板的儿子，并且本性丑陋，是吧？”

“这说法真过分。”

“是否真的丑陋我也不知道，但表面上确实如此。”

台阶前立着“黑矶”的招牌，黑白花纹的塑料招牌正散发出艳丽的光芒。

“啊。”

“怎么了？”响野看着藤井。

“昨天，我好像撞到这个招牌上了。”藤井摸了摸膝盖，发现那里有一块肿起来的瘀青，“没错，还肿了。昨天果然来过这里。”

“这不是个很好的开端吗？”响野满意地点点头，“那我们继续前进吧。”说着，他迈步踏上通往地下的阶梯。

走进店里，黑矶正用抹布擦拭木桌。“哎呀，居然可以看到没醉的藤井，真难得啊。”他抚摸着留着胡须的下巴，咧开嘴笑着。藤井的心情一下子灰暗了许多：第一句话就说这个啊。

“说不定是个好兆头啊。”

“把人说得跟茶叶梗似的。[①]对了，黑矶，这位是响野，是我经常去的咖啡店的店主。”

“今天我是陪他来进行记忆之旅的。”响野演戏似的说着，然后慢慢地打量起店里的情况来。那态度就像刑警在案发现场搜查一样。

“记忆之旅？”黑矶动了动粗粗的眉毛，“藤井，你该不会又不记得昨天的事情了吧？又这样了？”

藤井叹了口气回答道：“是啊。”他的嘴一会儿噘一会儿瘪，最后还是承认：“跟以前一样。”随后又问，“对了，黑矶，你知道桃井那

---

①日本人在泡茶的时候，最后倒出来的茶水中有茶叶梗漂浮被视为好兆头。

家伙出事故了吗？”

“哎？”黑矶瞪大眼睛，嘴也张开来。他保持这个姿势没有动，过了一会儿才说：“昨天晚上你们俩不还在一起喝酒吗？”

“是那之后。今天一大早，嗯……是凌晨四点左右。”

“对了，”黑矶望向天花板，好像那里写着过去的事，他只是照着读出来而已，“昨天桃井说他要一个人开车出去。”

“他一个人？凌晨吗？为什么？”

“你不是一直在跟桃井说话嘛。真是老样子啊，什么都不记得。”

“事故先不说，昨天这里来过一个叫望的女人吗？”响野在店里转了一圈，又走回吧台边问道。他搓着双手，举止好像在模仿电影里的侦探。

“响野，你都查了些什么啊？”

“我测了一下从这儿到里面的距离，以我的步子要走多少步。”

“这，跟我的记忆有什么关系吗？”

“我想知道跟我的咖啡店比起来到底哪个大。”

“啊，是吗。”

“昨天不是只有桃井和藤井两个人吗？”黑矶像是要刻意强调似的，加强了语气，“那个叫望的是什么人？”

“我有没有在什么地方和女人说话，或者有没有趁桃井去厕所的时候跟女客人搭话？”藤井确认道。

黑矶抱起胳膊。“应该一直就是你们两个人。昨天晚上基本没什么客人，我记得很清楚。你出了店门后就立刻坐上出租车了。”

“是吗？”藤井哼哼着，“我昨晚坐在哪里？”

“那边的四人桌。”黑矶马上指了出来。是靠墙最里面的位置，紧挨着桌子右边的墙壁上挂着一幅裱在画框里的抽象画，藤井记起昨天入座时，他还注意过避免将画碰掉。“我，是坐在这边的吧？”

“是的。”

“好像勉强能记起一些。”

“据我的印象，藤井你一直跟桃井面对面说话。每当桃井要说自己的意见，你就打断他，然后说个没完。”

“哎？是吗？”

“藤井，沟通这种事情是从听别人说话开始的。”响野说道。他一副父亲教训儿子的语气，还配上惟妙惟肖的表情。“最好的方法就是少说关于自己的话题。所谓说话，说出自己想法的三成刚刚好。听对方说十，自己说三，那样正好。”

藤井眉头紧锁。“响野，你不是从没尝试过听别人说话吗？你说的是十，听的是零。”

“你知道这样一句谚语吗？”响野竖起手指，“‘按照我说的做，别按照我做的做。’”

“简直是为你量身定做的啊。”

“算是吧。”响野挺了挺胸。

接下来，藤井的视线落到了自己脚边。他甚至开始觉得，那个叫望的女人或许真是自己捏造出来的人物。就在这时，地板上的一块斑点吸引了他的注意。地上铺的是木地板，可就在靠外边的桌腿附近，有一块看上去被水泼过似的颜色不一样的地方。藤井开始琢磨。乍一看那里只是因为光的折射而导致颜色发生了变化，可是盯着它看一会儿，又觉得只有那一小块似乎缓缓地浮了起来。与此同时，他隐隐约约感到自己的记忆恢复了。

“啊，对了对了。”响野凑到黑矶身边，“真的有对毒品异常严苛的国家吗？”

如此突兀的发问让黑矶十分茫然，不过，什么样的话题都要顺着往下说，这恐怕是他的职业病。他答道："是啊，真的有。我懂得那边的语言，要不要下次一起去？"

"果真，"响野皱起眉头，"你是想陷害我吧？"

5

"怎么样，接下来去哪里？既然在这个店里一直只有你跟桃井两个人，那你应该是从这里出来后才遇到那位幻之望女士的吧？"从黑矶出来后，响野一边爬楼梯一边说。简直就是他一个人在马不停蹄地做调查。

"是啊。"藤井含糊地答道，"是这样啊。"他说着，觉得脑子在什么地方卡住了。就像映在水里的景色一般，他的脑中也有一幅看不清轮廓的画面。回过神时，他发现自己正盯着鞋尖。右边那只皮鞋的鞋尖略有变色。

"怎么了？"响野将头凑过来。

"没什么。"藤井自己也不能十分确信，"刚才，在店里的桌子边，我忽然记起来了。"他说，"虽然只是红酒洒到地上的事。"

"红酒洒到地上的事？"

"昨天我跟桃井喝酒的时候，红酒被打翻过。我朝摆在桌上的碟子伸筷子时，胳膊碰到了酒杯。"

"然后呢？"

"当时应该有个女人在我旁边。那女人喊了一声'闯祸啦'，我还记得那个声音。"

"那就怪了。"

"然后女人慌忙扶起玻璃杯，擦干桌上的红酒。刚才地板上还留有印迹，所以我记起来了。除了我和桃井，还有一个女人。"

"但是，刚才老板说……"

"你看，我的鞋上也还有痕迹呢。"藤井伸出右脚给响野看，"这应该也是当时的红酒。确实，我有印象。"

"要我说，这种宿醉的人忽然回忆起来的东西，绝对值得怀疑。"响野眉头紧锁，"还死不认账。我看你还是适可而止，赶紧承认吧。"

"承认？"

"那个叫望的女人，其实是你捏造出来的虚无的存在。如果承认了，你自己也会轻松些。拼命逞强的都是些傻瓜，勇于承认错误才是聪明人。"

"你自己不就是死不认错的人吗？"

"'按照我说的做，别按照我做的做。'"响野似乎十分喜欢这句谚语，又重复了一遍。

这时，藤井忽然觉得脑子里像是闪过了一阵电流。"井底之蛙。"他嘀咕道，"我又记起来了，'桃井和藤井两个人的名字里都有井字，我夹在中间，觉得自己好像井底之蛙。'"

"你说什么呢？"

"昨天那个女人这样说过，那声音应该是跟红酒洒了时的喊声一样。果然，那个女人不是虚幻的。"

"能说出那种话的女人怎么看都不像是实际存在的啊，绝对是幻女。这台词不管怎么听都像是虚构出来的。"

"但是，我确实记得。"藤井说着，又担心这是否真的是响野所说的"虚构记忆"，心里闪过一丝不安。"响野，你觉得这个叫望的女人并不存在？”

“十分遗憾，除此之外我得不出其他任何结论。”

这时藤井发现口袋里的手机响了，慌忙拿起手机放到耳边。

“啊，藤井哥？”电话那头传来的声音听上去很年轻，又很熟悉，而且语气轻佻，他觉得应该是公司里的晚辈。果然如他所料，电话那头的声音说：“是我啊，田宫。”是坐在他旁边的晚辈。比起工作成绩来，他对去见老客户那边的女员工更有兴趣，是个轻佻浮夸的晚辈。说白了，他跟藤井和桃井是同类。

“不好意思啊，今天忽然请假。”

“没事啊，没关系。肯定是昨天喝多了吧？”田宫说得很亲热。

“你知道得还挺多。”

“藤井哥，你昨天不是从黑矶打电话过来了嘛，跟往常一样。”

“是吗？”当然已经没有印象了。可是藤井也知道，自己有在酒兴正浓的时候给公司晚辈打电话的坏习惯。“什么时候打的？”

“嗯……”田宫似乎在思考，过了几秒后答道，“大概夜里十二点左右吧，应该是，而且是用店里的电话打来的。”

“用店里的电话？”

“因为藤井哥你如果半夜用手机打电话来，谁也不会接啊。大家早都熟识了，你那套不显示主叫号码的把戏最近也被大家识破了。你肯定是想找个大家都不认识的号码，所以才用店里的电话打。真是不择手段啊。”

“啊哈。”藤井苦笑着答道。说起来，他确实有印象，曾从老板那里借过一部老旧的黑色电话，但又觉得好像并没借过。记忆是暧昧的。“对了，那时候我都说了些什么？”

“你抱怨跟桃井两个人喝酒真无聊什么的。”

“真的？”藤井的声音下意识地变大了，“我真的那么说过？”

“是啊。”田宫被藤井这架势弄得有些不安，“但不是一直都这样吗？藤井哥，你不总是打电话来说桃井的坏话，或者半开玩笑地发牢骚嘛。”

“不，不是问你那个。我是说只有我们两个人在喝酒吗？”

“嗯，你说过。”

接下来，藤井又应付着就工作聊了几句，然后挂断了电话。

他将刚才和田宫的对话内容跟响野复述了一遍。

“这就可以断定了。那个叫望的女人是你虚构出来的。”

6

为慎重起见，响野还是提议去第一家店看一眼。“也不能否定你在第一家店碰到过望的可能性嘛。或许那时你和她事先约好了另外的碰头时间和地点，这样就可以跳过黑矶，在别的地方见面了。”

“确实。但是在第一家天天时的记忆大部分都还清晰。”藤井觉得当中似乎没有出现过女人。

“总之先去看看吧。”

不知不觉间，二人再次路过商业街里的拱顶走廊。时间已经过了下午六点，路上有很多刚放学的年轻人的身影。仔细看才发现，楼与楼之间的天空已经变得十分昏暗。

他们的右手边是一个家电超市，里面摆着大量超薄电视。走过这家店时，响野发出了“哦”的一声，随即停下脚步。

“嗯？”藤井也看过去。

响野一声不吭地看着电视里的新闻。藤井没办法，只得也停下来转向画面。傍晚的新闻节目正在播放来自各个地方电视台的新闻，现在刚好是神奈川县的。出现在画面里的横滨市区似乎被一层不安笼罩。画面右边显示着标题——“楼顶男子被捕，人质平安无事”。

藤井感叹道：“居然发生了这么大的事。”

大概就在几小时前，一名吸毒者在楼顶上用刀指着一位年过半百的老人，跟警察对峙。经过一番僵持，警察趁其不备冲了上去，将其逮捕。

“真是桩不讲究的犯罪。”响野用少见的严肃语气说。

藤井有些意外。“不讲究？”

“在楼顶上挟持人质，还被警察包围，不就是走投无路了吗？再怎么挣扎都没用。这种做法太不漂亮了，我不喜欢。”

“响野，你的喜好还真够另类啊。”

“是啊。”说完，响野又将脸凑向电视画面。他将耳朵贴上去，听着播音员的声音。“噢，有意思。”他说。

“什么有意思？”

“这起事件发生的同时，在旁边的公寓发生了入室抢劫案。”

“啊？”

“那边的凶手好像也被逮住了。”

“这么巧？”藤井一脸怀疑。

“新闻上是这么说的。”响野稍微停了一会儿，“只不过，这应该不是偶然。”他两眼放光。

藤井知道他又要做一些毫无根据的推测了，于是暗自在心里做好准备。

“这两件事是有关联的。楼顶上的凶手，恐怕是公寓入室劫匪的同伙。”

“楼顶上的凶手跟公寓里的劫匪是同伙？”

“没错。”响野的话里夹杂着一种强有力的自信，让人觉得他说的话就是真相，“恐怕他是为了吸引警察的注意力，才在对面的楼顶上制造事端。这样一来，旁边的公寓就不会被人注意到。他应该是想让对面的同伙借机作案逃跑。”

“但还是两边都被抓住了。”藤井说，“如果像你说的，他们是同伙，那看起来似乎只起到了反作用。”

不管再怎么试图在楼顶上吸引警察的注意力，如果到最后这个楼顶上的共犯被抓了，那也是一场空。藤井觉得，这应该只是响野想得太多。

“愚蠢的罪犯会为了掩盖罪行做出傻事，其实只需要堂堂正正地去做就好了。你知道那句谚语吗？‘住在玻璃房子里的人绝对不可以扔石头’。”

“我可没听说过。”

“住在玻璃房子里的家伙可以扔石头试试看，别人把石头扔回来，自己的家立刻就变成一片废墟。自身有弱点的人不能批判别人，反过来说，就是要你时刻警惕这种被别人批判的可能性。”

“哦。”

“只不过，我倒是觉得，越是住在玻璃房子里的人，越喜欢朝别人扔石头。”

“什么意思？”

“过分想掩饰自己的弱点，反而会让人做出多余的举动，就是这么回事。这就是人的心理。所以说，这些凶手原本什么都不做就好，却故意跑到楼顶上闹得沸沸扬扬，结果呢，就是全灭。越是心里没底的人，越可能做出违反常理的事。”

“听上去好像有一定的道理，又好像没道理。”藤井说道，“有时间考虑这些，还不如想想我的事呢。”他又回到正题。

“你的什么事？”

“就是幻女的事啊。”

“啊，是你！”听到旁边有人语气粗鲁地朝自己打招呼，藤井转过身。眼前是一个皮肤白皙的男人，顶着一头烫卷的长发。说他是高中生或大学生，他显得太老，说他是已经步入社会的人，穿着打扮又太过奔放。他身着皮夹克，耳朵和鼻子上还穿着环。

藤井皱着眉头思索这人到底是谁。对方背着一个看上去像是吉他盒的东西，很可能是音乐人。

“该不会是……”响野从旁边插了进来。他喘着粗气，像是已经发现了真相。“你是望吗？”

“怎……”藤井因这突如其来的结论而吃惊不已，“怎么可能？你就饶了我吧。为什么我要和这样的男人一起过夜？”

“是吗？光看望这个名字就断定是个女的，很失败啊。这是个盲点。”

“你们说什么呢？”卷发音乐人有些恼火，但是表情又立刻转为亲切，“喂，你不记得我了？”

“该不会是昨天晚上吧？”

“对、对，你不是还夸我弹得好嘛。”卷发音乐人说着指了指后方，是一间此刻正拉着卷帘门的居酒屋。估计那里就是他的表演场所。

“你不是和另外一个男人，还有一个看起来很轻佻的女人，三个人一起路过了嘛。啊，我说话不好听，对不住啊。但那不就是刚刚搭讪钓到的女人嘛，应该没关系吧。那种吵吵闹闹、喊着‘被搭讪啦’的女人真是没救啊。你不是说我‘真摇滚’，夸我弹得好嘛，我当时可开心了。”

完全不记得——藤井强忍着没有说出这句话。应该是朝黑矶去的路上没错。醉得一塌糊涂，跟街头音乐人套近乎。“你刚刚说的是真的？”

“当然是真的，你夸我弹得好。”

“不是问那个，我真的是和一男一女，三个人一起路过的？”

“你啊，这不是你自己的事吗？”卷发音乐人眼神中露出一丝不快。

“其实这个人昨天的记忆全没了。”响野在旁边字正腔圆地说。

“失忆？”音乐人瞪圆了眼，“真的？”

“真的。”响野用力点头。

“真摇滚啊。”音乐人发出莫名其妙的感慨，“总之，是有一个女人跟你勾肩搭背，歪歪扭扭地走着。”

“歪歪扭扭啊。”响野看上去挺开心。

“响野……”藤井挠着头，为难地说，“我已经完全糊涂了。幻女到底存不存在？”

“这么难的问题你别问我。”

7

响野回到咖啡店已是晚上八点半过后了。他们也去天天那里瞧了一眼，可是没什么新发现。没有任何证据证明昨天晚上出现过一个女人。

“我已经完全搞不懂了。”藤井在咖啡店的吧台边坐下，举起双臂做投降状，“有人说有女人，也有人说没有女人。”

“恐怕，”站在对面的响野往杯子里倒着咖啡，说，“是类似视觉陷阱的东西吧。”

“视觉陷阱？”

“是啊。不是有一种画吗？根据看的方式不同，有时候看上去像人脸，有时候看上去又像容器。昨晚就跟这种画差不多。”

“根据看的方式不同，有时候可以看见女人，有时候却看不见？还会有这种事吗？”

“好，我知道了。那我们来一个个地梳理一下吧。”响野说着，竟像孩子般调皮地噘起了嘴。梳理话题这种事他最喜欢了，看上去很开心。“我们来给到现在为止的证言分个类吧。大致可以分为两派：‘女人是存在的’一派和‘幻女’一派。”

“存在派是我和那个街头音乐人。”藤井掰着手指数，发现居然就只有这么两个，他有些意外，“幻女派是桃井和黑矶，还有我公司的晚辈田宫。”

“还有我也是。把我也放到幻女派里。”

“你又不是当事人。”

“虽然不是当事人，但是我也知道。反正啊，我不会相信醉成一摊泥的你说的话。”

“你也不用说得这么绝对吧。”

“如果按照证人的数量，少数服从多数，那么幻女派获胜。”

“明明就不是什么分胜负的事。”

“好了，你冷静地考虑一下，难道不能认为是主张存在的两个人捏造了望这个女人吗？”

“你是说我和那个卷发音乐人吗？早知道这样，就不特意找响野你商量了。我这不是自找麻烦嘛。”

“但我刚才不是说了嘛，住在玻璃房子里的人绝对不可以扔石头。这不光是嘴上说说的大道理，事实上就是有人喜欢扔啊。”

“真是一团糟。”藤井叹息，“如果让我选，我其实是想跟祥子商量的。祥子呢，她去哪儿了？”

“跟一个叫雪子的朋友出去了，还真够随心所欲的。”

“真的是那样吗？”藤井故意恶作剧似的说，“是不是真的啊？也许是在跟一个你不认识的男人吃饭。”

“胡说！”响野露出一丝慌乱的表情，快速地说道，“不可能有那种事。只要现在跟雪子确认一下就什么都知道了，她们现在肯定在一起。”

藤井浅浅地笑着，心想你哪儿用得着这么拼命地反驳呢。“可是，那样的事只要事先对好口供就好啦。”他心里这么想，嘴上却还故意逗响野。“那个叫雪子的证人，你又不知道她的证言到底有多少可信度。”

这时，响野停止了动作。他张着嘴凝视藤井，然后又望向天花板，像是在思考什么。

“我开玩笑啦，响野。”藤井慌忙摆手，“祥子不可能做出那种事。”

“就是那个。”

“那个？不，祥子是清白的。”

“不，是对口供。”响野盯着天花板的眼珠又望向藤井，“事情其实很简单。我们所做的只是问别人话而已。要将一个女人从真实变成虚构，几个人对对口供其实也不难做到。”

藤井无法理解响野的意思，皱着眉头。

“明白了吗？你仔细想想，幻女派的所有人不是都有关联吗？桃井、黑矶的老板和你的晚辈，所有人都互相认识。”

“响野你不也是幻女派的吗？”

“我从一开始就是‘相信藤井’派啊。”响野厚颜无耻地说，“你听着，桃井有没有可能事先交代过黑矶的老板和你的晚辈？”

“交代什么？”

“我的意思是桃井交代他们要坚持说那个叫望的女人不存在。你喝醉了，不会记得那个女人的事。知道这一点的桃井想要将那个女人的存在抹掉，于是说服了另外两个人。”

“要说是否不可能，也不是完全不可能。就算是为了戏弄我，黑矶和田宫可能都愿意参与。就算不是这样，硬去恳求他们也不是不行。”

“那就可以断定了，桃井想要掩盖那个叫望的女人的存在。那个女的也是共犯。”

“共犯？”

“那个街头音乐人的证言，还有你发现的酒渍，这些应该全都在桃井的预料之外。”

“桃井到底想要做什么？”

“他一定是遭遇了意料之外的情况，慌张之下想出了个对策。匆忙行事基本上注定会失败嘛。就是说他明明住在玻璃房子里，却还想朝外面扔石头。如果不是他们刻意把你卷进来，现在也不会这样被我识破。”

“桃井到底是……”

“是事故。”响野回答，“今天早晨，他不是造成了一起交通事故吗？他撞到了摩托车，于是慌了。”

“可那是对方闯红灯。那个骑摩托的应该会受到处罚吧，而且还有目击者。”

“假设没有目击者，那又该怎么办？”

“你又要说什么？虚构的目击者吗？”

“桃井可能捏造了一个目击证人。”

“啊？”

“给你出道题。坐在副驾驶座的女子去做证，和偶然路过的女子去做证，哪个更值得相信？”

“这个嘛，熟人的证言也许不可信，路人比较……”说到一半，藤井也终于明白过来，“啊！”

“估计就是这么回事。那个叫望的女人虽然跟你回了公寓，但是你睡着了，她很扫兴就走了。然后她可能又联系了桃井，说这边这个没用的男人睡着了，让桃井陪她。”

“可是为什么还要留言呢？”

“可能是自己生气，也可能只是为了气气你，想要说句什么吧。她恐怕也没想到那小纸条最后会惹来大麻烦。”

“接下来桃井就出了事故？载着这个叫望的女人的时候？”

“就是这样。摩托车到底有没有闯红灯，我们不得而知。总之，桃井很心慌，就给你打电话，然后发现你的记忆全都丧失了。”

“跟以前一样。”

“对。他难道不就是在那时灵光一闪吗？认识他旁边那个女人的只有藤井你而已。虽然还有黑矶的老板，可是只需要花钱收买就可以。也就是说，他决定将那个女人伪造成目击者。”

确实，桃井用钱就可能让黑矶的老板帮他说话，藤井想，这或许也在“照顾”的范围之内。

“他们是什么时候对的口供呢？”

“应该是发生了事故，又知道藤井你失忆了之后吧。在通知警察之前，他们应该碰过头了。”

“凌晨四点？”

“黑矶一直营业到天亮，对吧？取得联络是有可能的。而且现在回想起来，黑矶的老板不是没有问任何关于桃井事故的问题吗？甚至都不想知道到底是撞到了电线杆，还是撞到了人。这太不自然了。另外，我们刚从他店里出来，你公司的晚辈就打来电话，这也做得有些过火了。”

“那田宫是什么时候被交代的呢？”

“桃井可能在早晨直接跟田宫说过，又或许他事先交代过黑矶的老板，如果你有所怀疑，就通知田宫做伪证。不管怎样，桃井希望把当时坐在副驾驶座的女人伪装成偶尔路过的行人，而且是毫无关联的第三方，‘值得信赖的目击者’。那个女人应该也是共犯，她做了伪证。看见摩托车驾驶员失去意识，她毫不犹豫地决定协助桃井。”

“嗯——”藤井抚摸着下巴，“也不是不可能。可是有必要刻意去做这么蠢的事吗？”虽说用足了手段，却漏洞百出。

“人在慌乱之中容易做出欠缺思考的行动。对方现在失去了意识，这对桃井来说十分有利。但在那样匆忙的情况下对出的口供恐怕骗不过警察，估计迟早会露出破绽。如果到时摩托车驾驶员再戏剧性地恢复了意识，那就更有趣啦。”

“‘有趣’这种说法恐怕有些欠妥，”藤井抿了一口咖啡，接着说，“但还是让人很意外。”

“意外是意外，不过我的推理能力也令人惊讶。”

“响野，你做的咖啡怎么就这么难喝呢？而且你的解释不管怎么听都像是谎话。我除了意外还是意外。”

“藤井，”响野脸上露出痉挛般的笑容，“最近是不是因为工作忙，所以很累啊？”

“嗯？”

“去国外度个假怎么样？南美洲那边有个不错的国家哦。”

“不打鸡蛋就做不成蛋包饭”

たまご【卵・玉子】 ①用于食用的禽类的蛋或鱼子，尤指鸡蛋。②比喻仍在成长中、暂时无法独当一面的人。“就算是医生手里的～，也不一定能孵出来。”

1

“你不觉得在一周当中最累的就是星期一吗？星期一的早晨。”鲇子刚坐下来，一旁的美由纪就对她说。

“确实。”鲇子附和着打开电脑，“周末明明休息过了。”

其实，鲇子每个星期天晚上都在横滨站附近的酒吧打工，所以星期一的早晨严格来说并不是她休息后的第一天。只不过公司明令禁止员工在外兼职，她不能公开说明。

“我总觉得这么累是绝对没办法撑到星期五的，但结果总能对付过去。鲇子姐，双休日你去哪儿玩了吗？”今年是美由纪进公司的第二年。她比鲇子年轻八岁，很乐观，跟公司里的男职员们相处得很融洽，而每次犯错时的样子又透着一股青涩，甚至让鲇子有些羡慕。

“就在家里混混时间而已。”鲇子回答。

“鲇子啊，你看这个怎么样？”有人在背后问话，鲇子于是转过身。

站在后面的是佐藤，他比鲇子大三岁。工作之余，他几乎不跟鲇子说话，而鲇子一直很钦佩他工作时认真投入的态度。

佐藤拿着打印好的资料。之前一直在讨论客户的网站主页的设计问题，其中关于C剧院的企划中有一部分一直悬而未决。“这里的老板是个奇怪的人。”他说。资料上除了印有剧院内的装潢和观众席的照片之外，还有一张年过半百的男人的照片。

“啊，这个人我知道。”旁边的美由纪扬声道，“他很有名，我在电视上看到过。”

“有名吗？”

“原本在一家一流企业上班，后来因为赛马赚了钱，自己开起了剧院。”

佐藤不满地点了点头。“‘别废话，一决胜负吧’是他的口头禅。”

“啊，这话他在电视上也说过。他说他很喜欢打赌。”

“他说想把这句话放到网站主页上，说什么干脆就拿这句话做主页的标题。”

“是指‘别废话’那句吗？那句话跟剧院好像没什么关系啊。”鲇子直白地说出自己的感想，“也谈不上什么品位。”

“是啊。剧院本身倒是很有品位。据说提任性的要求给别人找麻烦是他的爱好，他就是想让别人为难。”

“这爱好真奢侈啊。”美由纪笑着说。

“他好像有心脏病，结果就常常以此为借口装晕，然后让别人叫救护车，闹得鸡犬不宁。”

“那也是爱好吗？”鲇子苦笑。

“我的心脏可遭殃了呢。”佐藤垂下肩膀，回到自己的座位上。

鲇子看着佐藤的身影，觉得他特意跑来问自己的意见也真稀奇，但发现他回去时颇有深意地朝美由纪瞥了一眼，才明白：原来他是对美由纪有意思。应该是看见美由纪在自己旁边，想要找机会接近她。

“对了，鲇子姐，你知道吗？”美由纪像是想起了什么，开口问道，“刚才说的那个剧院，马上要上演奥谷奥也的舞台剧哦。”

“啊？”鲇子甚至没能立刻反应过来那是人的名字。

“完全买不到票啊。”

“哎？那是……”鲇子无法掩饰内心的惊讶，“那是有名的演员吗？”

“最近很出名啊。”

“他的票很难买到吗？”其实现在我手上就有票啊——她差点脱口而出。

“完全买不到，开始预订没多久就卖完了。真好奇到底都是谁在哪儿买的。鲇子姐也有兴趣吗？”

“也不是。”她根本不知道这个演员。按美由纪所说，他应该是个年轻的喜剧演员，因无厘头的演技和夸张的表情而走红。

“前不久，他顶替一个当红演员上台演出，还引起一阵热议呢。”

“顶替当红演员？”

“有传闻说那个当红演员在国外被抓起来了哦，因为毒品什么的。”美由纪压低声音，那表情就像情报人员正向上司报告，“好像要被判无期。”

“这么夸张！”

“好像说是在一个对毒品管制十分严苛的国家。”

“哦，这样啊。”鲇子适当装出感兴趣的样子，开始输入电脑密码。第一次输入失败了，再来一次。真麻烦。最近公司的数据库被入侵，此后的密码就变得复杂起来。

鲇子望向手边的便笺。那是上个星期五她离开公司时写下的。双休日后，她经常要费神地想：啊，这周准备要做哪些事来着？因此每周结束时，她都会将未完成的工作全部记下来，在上面写上“星期一首先要做的事”，然后放在桌上。

纸上写着“给客户那边的负责人发邮件”“打电话给广告代理商确认”等各种条目。她一边看一边回应上周末的自己：对啊，对啊，是这样的，是这样的。

“对了，”美由纪忽然大声喊。鲇子转过头，只见她正探身看着鲇子的电脑画面。

“嗯？怎么了，看什么呢？”

“刚才，科长在找鲇子姐哦。”

“科长？”鲇子脑海里浮现出年过四十五岁的科长的样子来，“什么事呢？”她说着便朝科长的座位张望，可是人却不在。喜欢吸烟的科长每天早晨都要去同一楼层尽头的吸烟室吸烟。在鲇子看来，他常常一去就是几十分钟，这样竟然都没有人说闲话，只能说明他平时为人真的很不错。“我是不是该去找他呢？”

“看他那样子，还是去一下比较好。”

鲇子于是站起身，朝屋外走去。

2

“我找你了吗？没有啊。”靠在吸烟室墙壁上吸烟的科长对鲇子说。

“啊，可是……”鲇子想要跟他解释是美由纪说的，可又觉得那样只会引起不必要的麻烦。吸烟室里又满是烟雾，她实在忍无可忍，便退了出去。她歪头思索着走回座位的时候，美由纪正和对面座位的佐藤开心地聊着什么。

“怎么样？”鲇子坐下来后，美由纪便问。虽然只有那么一点点，但鲇子还是看到了她表情的细微抽搐，不禁暗自一惊，心中掠过一丝疑云：她到底是不是在说谎呢？

“科长说并没找我。”

“哎？”美由纪捂住嘴，“难道是我听错了吗？鲇子姐，对不起。”她看上去像是在演戏，可也不能仅凭这些就说她可疑。

“没事，没事。”鲇子回答着，又转身面向电脑。准备开始写邮件时，她不经意间看到了坐在她左手边斜对面的女职员。那人不是正式员工，是三个月前从劳务派遣公司找来专门负责事务性工作的。已经三十多岁了，却很适合短发，看起来很年轻，纤细的脖颈也很有韵味，虽然不是美人，但也是个“气质出众的成年人”。她和那人没怎么说过话，脑中却浮现出一种预感：如果是那人，应该能帮我出主意。

就在当天的午休时间，鲇子下定决心发出了邀请：“雪子，今天一起去喝两杯吧？我想跟你商量点事。”

3

“那，鲇子你怎么认为呢？”酒吧的吧台边，雪子在鲇子边上听她说完后问道。

“我在想，美由纪是不是说谎了。”

“骗你说科长叫你？为什么？”

鲇子的手伸向鸡尾酒杯。“其实这样怀疑还挺不好意思的，我也讨厌这么想。”她低下头，“比如说，是想让科长跟我多接近之类的。”她说着将酒杯凑到嘴边，觉得这真是只有她才会有的滑稽的自作多情。

“科长是单身吗？”

“嗯，好像前几年离婚了。”

“那美由纪一厢情愿地想撮合你和科长？”

“可能性之一吧。”

“可是，这种立刻就会被拆穿的谎言……”

“或许她觉得只要两个人进展得顺利，其他就无所谓啦。”鲇子笑了。

“你对科长有意思吗？”

“想都没想过。”鲇子一脸严肃地回答，随后忍不住笑出声来。

雪子又问：“那为什么美由纪会想这么多呢？”

“我可对恋爱没兴趣。”

“是因为……有过不好的经历？”

“我被同居的男人骗过。”

“哎呀哎呀，”雪子露出笑容，“我也是。而且骗我的人就是我儿子的亲生父亲。”

鲇子听说雪子有一个上初中的儿子。按照雪子的年龄来推算，这孩子应该是她很年轻的时候生下来的。

“雪子你也受骗了吗？”

“我是那种不会过多期待也很少相信别人的性格。虽然这样，当初还是没想到这世上居然会有那么无耻的人。”

鲇子觉得雪子说话的方式很有意思，又大声笑了起来。“我曾经交往过的男人想当音乐家，比我大一岁。我也没想到一个玩摇滚的居然会把别人的钱卷走跑掉。原本我只是有预感，觉得两个人差不多要分手了。”

“玩摇滚这个词听上去真厉害，”雪子苦笑，“跟空棘鱼似的。所以你就对恋爱失去了兴趣？”

“他当时说什么父亲在九州住院了，必须回去探望，所以来借钱。结果一去不回。这样的男人再来一个我可受不了。”鲇子露出一丝苦笑，“现在回想起来，事情之所以会变成那样，也许只是因为他当着我的面说不出分手的话。”

“这样啊。”

“而且我基本已经没希望了。”

“没希望？”

“应该说是不会再开心了，而且我并不受男人欢迎。”鲇子自嘲地笑着。

“被害妄想症。”雪子敏捷地伸出手指，“鲇子你笑的时候明明很可爱。”

“才没那回事呢。”

“说这句话的时候也很可爱哟。”

“你是在调侃我？”

“与其说是调侃，倒不如说是羡慕。”雪子的语气和表情虽然平淡，甚至冷冰冰的，反而更显出真诚，“那你说的商量，是关于美由纪说谎呢，还是关于想跟科长搞好关系？”

“不是的，”鲇子挥了挥手，“不是那样，跟那些事完全没关系。”

鲇子想起自己原本的目的，从包里掏出一个信封放在吧台上，推到雪子面前。那是一个很普通的白色信封，上面只写了“鲇子女士”几个字。

雪子沉默地打量着信封，从里面掏出一张纸。“门票？”

“是一个喜剧演员主演的舞台剧，好像马上在横滨也有演出。”

“有名吗？”

“按美由纪的话说，似乎非常火，票很难买到。”

“那，这个是怎么回事？”

“昨天，别人给的。”

“这么难买的票，你从谁那儿拿的？”

“这个……”鲇子一脸困惑，像是在求助似的答道，“我不知道。”

“不知道却拿到手了？”

“是。”鲇子深深地点了下头，“如果要从头说起，首先得从我在做兼职开始。”

“公司上班之外？”

“嗯，公司上班之外。”接着，鲇子介绍了自己打工的酒吧。基本上就是些类似女服务员的工作，她每天下班后和星期天的晚上都会去。“你要替我保密哦，如果让公司知道就麻烦了。”

“放心吧，我只是个被派遣过来做事务性工作的，而且我自己也在打工。”

“是吗？”鲇子一边回答，一边想象单靠派遣公司的工资要养活一个孩子可能很辛苦，“那你打什么工呢？”

“抢劫。”

雪子一本正经回答的样子在鲇子看来十分可笑。“这工作是通过招聘启事找的？”她笑着说道，“请顺便也介绍我去做吧。”

“没有健康保险和养老保险哦。”

“没关系，因为是兼职嘛。”鲇子顺着她的话说。

“那，酒吧怎么了呢？”

“是昨天晚上的事。我下班准备回家的时候，店长把这个信封交给了我，说是有人放在收银机旁边。”

“放在那里？然后里面有一张很珍贵的票？只有一张的意思是希望演出那天在现场见面吗？”

“是不是呢？”鲇子也不知道，“但是总觉得有些瘆人。”她说着伸手接过那张票，看着上面的日期。公演时间刚好是一个星期之后。

“有没有什么线索？”

“没有啊，我做的也不是那种总跟客人说话的工作，跟别人基本上没什么接触。”

“可是，却有客人对你动心了。”

“啊。”这时鲇子忽然想到了什么，发出一声轻呼。

“有线索了？”

“不过不是什么令人开心的线索。”鲇子事先声明，“之前一起打工的女孩曾经跟我说，有一个男客人问了很多关于我的事。”

那个茶色头发、娃娃脸的店员在工作结束后换衣服时说：“哎，鲇子姐，你还是注意点好，有个客人想打你的主意。”

“就是那个人吧，给你票的。”雪子一副“这不就解决了吗”的态度，“他是个什么样的人？”

“长得不怎么样，是个大叔。”鲇子觉得很对不住那人，但还是笑了出来。那个茶色头发的店员形容那个男人时还说：“看上去怪怪的，感觉是那种绝对没有朋友的中年男人。”说完还咂了下嘴。

“那还真够呛。”

“如果是那么奇怪的男人，那还真没什么值得高兴的。”

“既然他留下信封，至少说明他是昨晚到店里来过的客人之一吧。昨晚都来过什么人，你还想得起来吗？”

“昨天罕见地人多，好像有个不知是名人还是很有权势的人来了。”

“那人是趁乱留下了信封喽。”

“所以我才想找你商量。”鲇子注视着雪子的脸，“这张票该怎么处理？你觉得我应该去看看吗？”

雪子像在稍作考虑似的，用食指挠着右眉。“虽然我很想知道你如果去了会发生什么事，可如果那人真是个变态，还是很让人担心。”

“我也这么觉得。”

“那个人应该会坐在那张票上写的座位的某一侧。”

“将两张票中的一张给我，好让我和他可以在剧场见面，他是觉得这样的把戏很有情调吗？”鲇子看着信封说。

“一个素不相识的男人做出这样的事，只会让人觉得不舒服。”雪子露出不快的表情，“这种事都不明白，那个男人还真是没常识啊。肯定是个爱幻想又自我意识强烈的人，说不定还很危险。对了，前几天电视上不是还说嘛，巧合会让人卸下心防。”

“什么意思？”

“比如说，即使是平常防备心很重的人，也很容易相信刚好在飞机上邻座的人，或者是碰巧在牙科候诊室一起等候的人。”

“啊，我也有同感。”虽说算不上是命运的巧合，但是想要从积极的一面去解释这种偶遇的心理也不是不能理解。

“国外好像还发生过这样的事：一个黑手党老大跟碰巧坐在旁边的人聊天时，不小心说出了自己犯过的案子，结果那人刚好是刑警，就把他逮捕了。”

“这个老大也够笨的。”

“老大被逮捕后还给自己找理由呢，说因为一直以来身边只有敌人、同伙和家人，才会对这个忽然坐到旁边的人放松警惕。他说他想要的既不是敌人，也不是同伙或家人，只是一个普通的朋友。”

“简直催人泪下。”鲇子一边笑一边做出抹眼泪的样子。

“所以说，鲇子你干吗不去剧院看看呢？”

“可票是客人送过来的，既不是偶然也不是奇遇。如果我去了，发现旁边坐着的竟然是阿尔·帕西诺，那还值得高兴一下。”

“或许可能性并不是零。”雪子将杯子里的酒喝完。

“如果可能，我希望是年轻时的阿尔·帕西诺。”鲇子表情认真地说。

“那恐怕就是零了。”

“是吧。”鲇子笑了。

“总之，去看看吧？”雪子加强了语气。

“去看看？”

“拿着那张票去剧院。或许真会发生什么事呢。”

鲇子的表情有些狼狈。“慢着，你不是刚刚说过可能有危险吗？”

“如果什么都不做，就什么都不会发生。不打鸡蛋就做不成蛋包饭，这话你没听说过？”

“什么意思？”

“毫发无伤就达到目的是不可能的。想做蛋包饭，就只能把鸡蛋壳打破。如果要意译，应该就是勇往直前敢于尝试吧。”

“你这个意译得也太过头了。”鲇子说着，发现自己竟有些动摇，“可是，我去了应该怎么做才好呢？”

“估计案犯会在你左边或右边的座位上跟你打招呼，不是很值得期待吗？”

“都已经当作案犯来对待啦。”鲇子笑了，“但是，如果没有人打招呼呢？”

“案犯可能觉得只是坐在旁边就已经很满足了。”

“这也太让人不舒服了吧。”鲇子发出近乎悲鸣的声音，“饶了我吧。”

“但是，这样可以接触到案犯。实在不行，我替你在后面跟踪也可以啊。我可以帮你查出他是什么样的人。女性观众和成双成对来的观众应该可以首先排除。从坐在你左右的两个人中找出谁是案犯应该不是件多困难的事。”

雪子的说法很可靠，鲇子不禁觉得，也许真的就如她所说。

4

两天后午休时，鲇子坐到雪子旁边，开始吃自制的便当。然后她开口道：“看来不行了。”

“不行？”雪子露出锐利的眼神。

“之前说过的票的事情，看来去不成了。我那天刚好有活动。”

“活动是公司的，还是你私人的？”

“公司的。”鲇子满脸遗憾地点头说，“把赞助商请来跟他们说明接下来的投资计划的活动，认真而隆重。”

“无聊吧？”

“但是很重要。我知道有这个活动，但没想到我得去主持。这样一来时间上就来不及了。”

鲇子说着，想起早晨美由纪对她说“科长找你”时的情景。“鲇子姐，这次是真的。真的叫你了。”美由纪把话说到这个地步，让人觉得很不舒服，她甚至开始怀疑美由纪上次就是说谎了。

鲇子一到吸烟室，科长草草地打了个招呼就说“有件事想请你帮忙”，那口气听上去不是请她帮忙，而是命令。“下星期的活动你来主持吧。”他说。

鲇子闻言问道：“哎？但那不是已经定好了让美由纪来做吗？”

“她忽然变得很紧张。唉，我多少还是有些不习惯和不放心吧。你来做我比较放心，你就做吧？”

“这是科长您的意思？”

“我也是同样的意见，佐藤他们也都一致推举你。”

“佐藤他们？”

“大家都觉得你更好些。当然了，我的意见也一样。”

鲇子看了一眼午休时人去楼空的办公室，继续对雪子说：“所以，我如果去主持，可能就来不及去看演出了。”她解释道，“活动预计下午六点结束，但应该会拖延。而且从我们公司到横滨站，如果赶上堵车，怎么也得三十分钟。”

一瞬间，雪子看上去就像正在做心算，双眼朝上一动不动。过了一会儿，她说：“反过来想想，美由纪不做主持的原因也许就是这个。”

“什么意思？”

“如果美由纪想去看演出，她就不能做主持吧？因为时间赶不上。所以她也许是因为这个才推掉。”

“啊，”鲇子深深地点头，“也不是没可能。如果美由纪也买到了票的话。”她还觉得，如果真是这样，那佐藤推荐她说不定也只是为了帮美由纪。美由纪去找佐藤商量，佐藤听完后提议让鲇子去做，然后就去找科长说了。不是没有可能。

“鲇子你也可以选择坚决不做啊。你说你有其他的事情推不掉不就行了？”

“不，我做。”鲇子立刻答道。主持的工作其实并不辛苦。“本来这票就是单方面送来的东西，而且那个舞台剧也不是我想看的。”

“多浪费！”

“没什么浪费啊。”

“我好不容易开始期待你旁边会坐着什么样的男人呢。”

雪子若无其事地说着，让鲇子觉得很好笑。“雪子，我真的挺意外，你还很喜欢这种事啊，看热闹之类的。”

“意外？”

“你看上去不像会对这种事感兴趣的人。”

“因为我的生活波澜不惊嘛。”这样回答的雪子，话语里并没有任何谦卑，反而透露出一种对现在生活的无比满意之情。

“你不是还兼职做劫匪吗？”鲇子调侃她。

“劫匪又没有神秘门票，也没机会跟素未谋面的男人约会。”雪子挑了挑眉毛答道。

“但我估计赶不上开演了，所以不行啦。”

“什么时候开演？”

“五点半开始进场，开演是六点半。就算这边的活动六点钟准时结束也很难赶上。”

“剧院在哪儿？”

“一个叫‘C剧院’的地方。”

“怎么好像听过这个名字似的。”

“这家剧院的老板好像很有名。”鲇子说起了上星期从佐藤那里听来的话。

“那我说不定也在电视上看到过。”雪子点头，“‘别废话，一决胜负吧’，似乎还是句挺不错的话。”

“是吗？”

“这句话跟之前说的不是一个意思吗？不打鸡蛋就做不成蛋包饭。别废话，先把蛋壳敲碎就是这个意思。”

接下来，雪子重新面对电脑，开始查 C 剧院的地址。她动作娴熟地敲击着键盘。

鲇子看着她的身影，忽然一惊。她想起了之前美由纪对她说“科长在找你”时的事情。如果美由纪真的是在说谎，那为什么不一见到她就说呢？这一点让她很在意。美由纪有一搭无一搭地说着“星期一真累”之类的闲话，然后就像算好了时机似的把科长的事情搬出来，这是为什么呢？她心里猜想，这可能是因为美由纪想用她的电脑。

如果要用电脑，就必须有密码。所以美由纪是不是故意等鲇子输完密码之后，又找个理由把她支开呢？鲇子开始怀疑。美由纪说不定对她的电脑做了什么手脚，可到底是什么手脚，她一时半会儿也想不出来。

就在这时，雪子开口了：“没问题。”她正盯着电脑画面上的地图。

“哎？”

“只要选对路，别碰上红灯，十五分钟就够。主持结束后立刻离开就来得及。”

“不可能。”鲇子也曾不止一次坐出租车从公司去横滨站，十五分钟无论如何也到不了。

“我来开车，我会事先练习几次。”

“啊？”

“因为这才是我的老本行。”雪子斩钉截铁地说，“我有信心，绝对来得及。”

5

直到活动当天，鲇子的周围都没有什么变化。酒吧的兼职也没有请假，一直都去上班。她原本希望尽量多搜集一些被怀疑是送票来的“绝对没有朋友的中年男人”的情报，可是最重要的女店员却休假了，这件事也就没办法完成。她只能逐一注意店里的客人，心里想着“那个笨拙的上班族是不是呢”“那个安静的年轻人是不是呢”，可她竟没有对此感到痛苦，甚至还觉得这种感觉很新鲜。她已经好久没有盯着男人的脸瞧过了，就好像好几年都没打过台球的人再次拿起球杆时的感觉：这还挺有意思啊。

最终，鲇子还是无法判断到底是谁给的票。她想跟店长确认一下，可又觉得他不可能知道，于是作罢。

公司里也没什么大变化。美由纪还是像平常一样跟鲇子套近乎，也再没说过关于科长的话题。活动当天的主持也理所当然地定由鲇子担任。

电脑也没有什么问题。

鲇子怀疑美由纪趁自己出去时对电脑动过手脚，但也没有出现异常情况。电脑内的资料好像也没被动过，更没多出什么文件来。而且她又觉得，如果真想动她的电脑，完全可以趁她去洗手间的时候或者午休时间，机会有的是，完全没必要一大清早扯出“科长在找你”之类的谎来动手。

当天，活动在六点五分时顺利结束。一切毫无拖延，鲇子甚至觉得，主持这工作自己不也做得很好吗？

会议宣告结束后，赞助方企业的成员们开始离席。

“非常好。”科长过来说了几句慰劳的话，“果然跟佐藤说的一样，找你做主持真是找对了。”说完，他看了一眼旁边的佐藤。

“哪里。”佐藤吞吞吐吐地回应。

鲇子看在眼里，心想你果然是为了美由纪才把主持的工作推给我。“哎，美由纪怎么没在？”她问道。

佐藤环顾四周答道：“美由纪？不知道啊。可能是回去了吧。”

简单地打完招呼，鲇子拿起包快步离开了公司。没时间磨蹭了。她乘电梯来到一楼，没有走正门，而是朝反面通往停车场的门口走去。她出门右转，走上一条小路。雪子说会把车停在那里等着。

鲇子正想着“雪子真的会在吗”，就看见了对方。“这不是比预想的还早嘛。”站在车边的雪子举起手，“不好意思哦，被我轻松地预想对了。”

6

副驾驶座上坐着一个鲇子不认识的女人。“她叫祥子，是我朋友。”雪子发动汽车后介绍道，“我想如果需要分头行动追那个男人或者发生了什么意外情况，可以找她帮忙。”

“意外情况是指什么啊？”鲇子听到这句不明所以的话后笑道。

“不好意思啊，我不请自来。”祥子欠身朝后座的鲇子打招呼。她估计和雪子差不多，也是三十多岁，跟雪子一样看上去很年轻。“我老公很烦，所以就常常让雪子带我出来放松放松。”她的脸很标致，又有着少年般的阳光，让鲇子没有任何为难和不快，反而颇有好感。

“你老公话很多吗？”鲇子问道，并没有特别的用意。

祥子颇为苦恼地叹了口气。“他并不是那种只在发牢骚时话很多的人，而是本身话就很多，已经超越了一般意义上的说话，真不知道该怎么形容。”

雪子松开手刹，透过后视镜看着鲇子。“那我们就出发喽。”刚说完，她就转动方向盘踩下油门。鲇子发出轻微的惊呼，而副驾驶座的祥子则发出兴奋的叫声。鲇子刚感到身体被一股力量按到椅背上，紧接着又朝前倒去。车气势汹汹地出发了。

雪子快速变换车道，持续加速。鲇子几乎直不起身，连抬起头的机会都没有，而车速丝毫没有减缓。

鲇子勉强靠在座位上，倚着车门，看着车窗外不断闪过的风景。座椅的气味从鼻子钻入脑中，绿化带和电线杆不停向后闪去。忽然一个左转弯后，车来到一条狭窄的路上。悠闲地走在路中间的上班族“哇”地大叫一声，闪到了路边建筑物的墙边。

过了一会儿，车又来到宽阔的大路。雪子不停地重复着加速和减速，每当她有所动作时，鲇子的身体都会在座椅上飘忽不定。

她不止一遍地想着，要撞上了，要撞上了！但雪子的驾驶技术堪称完美，别说撞上了，连停都没停过一次。哎，红灯呢？半路上，鲇子心里闪过一丝疑惑。当她意识到一路上都没停下来等过红灯时，驾驶座上的雪子发出了声音：“十二分二十五秒。”

"什么？"鲇子紧紧地抱住前座的椅背问道。

雪子答道："十八点二十分到。"说完又超过了一辆车。

正如雪子所说，十八点二十分的时候，她们到了C剧院。雪子并没有急刹车，而是缓缓地降下速度，靠到路边，停在剧院大楼的正对面。大楼周围有很多年轻人，其中还有人举着一大张写有"请把票卖给我"字样的纸，一切似乎都反映出这场演出的人气之旺。

"我和祥子就在附近转转。"雪子歪过头，"演出是九点结束吧？到时候还在这儿。"

"哎，那不好吧？"鲇子被凶猛的驾驶弄得一阵眩晕，一边朝左边的车门移动一边说，"让我赶上开演时间就已经感激不尽了。"

"可是，"雪子脸上透出的不是对恋爱话题的蠢蠢欲动，而是猎豹一般的敏锐，"我还是想知道你旁边的到底是个怎样的男人。"这表情和话语完全不相称，让鲇子觉得很有意思。

"就因为这个我才来的，好期待呢。"副驾驶座上的祥子也说。

于是鲇子回应着"好的，知道了"，便下了车。

没想到真能赶上。鲇子很意外，拿着票朝剧院的地下入口走去。

7

两个半小时的演出一眨眼就过去了，而且比想象中要有意思得多。这出喜剧的主角是个化着浓妆的诈骗犯，年轻的诈骗犯们不停地向他挑战。可能是因为剧本不错，也可能是因为演员临场发挥得很好，鲇子从头到尾一直在笑。并不算宽敞的剧院内，观众们就像商量好了似的一次又一次齐声欢笑。

中途登场的“田径选手”诈骗犯让鲇子觉得好笑得不得了。他握着挂在脖子上的秒表，动不动就计算时间，然后煽动客户说“你这纪录是日本第一啊”，以期行骗。人们对“日本第一”这个词没有丝毫抵抗能力，从这个奇妙的观点出发的诈骗推销手法虽然无聊，鲇子却看得津津有味。

还有“柔道社诈骗”，讲的是一帮穿着柔道服的男人站在街头强行将行人带走的故事。与其说是诈骗，还不如说是绑架。

总之鲇子看得很投入，她觉得自己真是来对了，难怪票这么难买。最后演员们谢幕时，她也报以了热烈的掌声。

在那之后她才意识到，直到最后，右边的座位都是空的。与那个最重要的送票者的接触并没有发生。

当然，一进剧院，鲇子就确认了自己座位的两边。坐在左边的是个女孩子，看上去像是个大学生，三个人一起来的，很容易就可以看出和鲇子没有关系。这样一来，鲇子觉得右边的座位肯定就是送票者的位置了。她紧张、期待、不安又害羞，心中小鹿乱撞，却还作出若无其事的样子，等待着右边的座位有人来坐。可是直到最后，也没有任何人来。

“离开剧院时也没有人跟你说话吗？”雪子略带遗憾地问。鲇子出了剧场之后，雪子已经在来时的地方等她了。祥子也站在一起。

“嗯，没人跟我说话，也没人拍我的肩膀。”

“会不会是到了最后关头却没勇气站出来呢？”雪子说着。此时，剧院外面因拥出的观众而变得十分拥挤。每个人都带着愉快的表情，空气中洋溢着满足的气息。

“有可能。也许是不敢坐到边上了。”祥子点头说。

“也可能只是在捉弄我呢？坐在别的位置上笑眯眯地想着‘那个女人还真以为有男人来找她呢’。”

“这也不是那么容易就可以买到的票，应该不会用来恶作剧。”雪子说。

“那，到底是什么意思呢，这次的票？”

“能想到的，”雪子竖起手指，“一个是刚才所说的，他在跟你见面之前害怕了。”

“这样啊。”鲇子笑了。

“或者，真的发生了什么让他来不了的事。”

“这倒是有可能。”祥子点头。

“难道真的是阿尔·帕西诺？”鲇子故意装傻。

另外两个人听了都很开心。“也不是没有这个可能。”雪子还补充道。

“但演出很有趣，我已经非常满足了。”鲇子朝雪子她们道谢。一般情况下肯定是来不及的。“接下来怎么办？雪子你们的时间没问题吗？”她对初次见面的祥子也很感兴趣，而且刚刚看完一部出色的作品，她此刻心里充满了别样的兴奋，于是她提议找个地方坐下来聊聊天。

雪子还是一副精神抖擞的样子。“其实啊，祥子家是开咖啡店的。要不要去看看？祥子，可以吗？”

“今天啊，我家那个烦人的老公也不在家，正好。就让我们这些女人开心地聊聊天吧。”

“哎？阿响今天不在家吗？都这么晚了。”雪子亲切地称呼着祥子的丈夫。

“今天啊，他陪我们的一个熟客去解决奇妙的问题了。”

“奇妙的问题？”鲇子和雪子异口同声地问。

“唉，也不是什么大不了的事。那位客人每次喝醉就会失忆。前几天去喝酒，跟一个女人过了一夜，可是他又不记得。”

雪子皱起眉头。“既然不记得，那他怎么知道女人的事？”

“说是留下了字条。”

“这哪里算得上是问题呢？”鲇子问道。

“跟他一起喝酒的朋友说没有那样的女人。”

“这样啊，真奇妙。”雪子摇了摇头，“所以，阿响就出去调查真相了？”

“也不知道是去调查真相还是去搅浑水。”

“但是，如果真有个女人住过，那也真够凄凉的。”鲇子忽然开始想象，“好不容易留下了张字条，人家却不记得自己。”

“确实啊。”祥子抱起胳膊，“嗯、嗯”地点着头说。她双腿修长，光是那样站着就气势不凡。

“也可能正因为那个男的健忘，所以她才刻意留下字条。”雪子说，“可能是希望对方想起她。”

“很奇怪，对方永远不会像自己所想那样记住自己呢。”鲇子回答。

鲇子一行开始朝停在路边的车走去。这时，祥子忽然停下了脚步。

“怎么了？”绕到驾驶座门边的雪子问。

“我发现了。”祥子像在整理思绪般说道。

“发现什么？”鲇子问。

“阿尔·帕西诺之外的可能性。”

8

雪子不顾鲇子“太鲁莽了”的劝说，仍旧迈着轻快的步伐朝剧院走去。

“不，祥子的推理也许是对的。”雪子的表情还是一如既往地冷淡，却透出一种强有力的气势，她大踏步地走着。为了防止有人来处理违章停车，祥子留在了车里。

“我都说了不可能。”鲇子说完，发现自己的呼吸竟开始变得急促。不可能，但是又可能，她也搞不清了。

“不打破鸡蛋就做不了蛋包饭啊。”雪子再次说出那句谚语。

“别吃蛋包饭不就行了？”

“我就想吃。”

果然，刚走到剧院门口，她们就被拦了下来。“今天的演出已经结束了。”一个女性工作人员婉转地拒绝道。

“我有东西忘在里面。”雪子眼都没眨地说谎。

“座位是哪里？我们这边的人会过去确认。”

“太麻烦了，还是我自己去找比较快。”雪子厉声说。还没等对方反应，她就一把抓住鲇子的手，绕过入口处写着“今日演出已结束”的牌子，径直朝里走去。工作人员喊着“请等等”，鲇子也在心里说着同样的台词：请等等啊！

雪子并没有停下，跟开车时一样敏捷，在走廊上不停左转右转地前进。她应该不可能知道后台在哪里，但就那么朝深处走去。这样的她让人想到可以分辨出空气中各种气味并敏捷地扑向猎物的黑豹。

她们走进舞台背面的小路，墙边放着舞台上使用的大小道具。正面有一扇门。雪子边走边打着响指。“完全正确啊。那边就是后台，估计。”

正在这时，门开了。鲇子心里一紧，停住了脚步，似乎是在给自己找借口：我还没准备好。从门里出来的是个面带不悦的男人。

男人发现了雪子和鲇子，布满皱纹的脸更是变得层层叠叠。“你们是干什么的?！”他粗鲁地呵斥道。

“我们想来见演员。”雪子不但没有退缩，反而像在追求自己应得的权利，往前迈出脚步。

“禁止入内！”男人挥着手。鲇子忽然想到，啊，这个人该不会就是老板吧？因为和佐藤资料中照片里的是同一个人。果然，此人的气质简直和那个靠赌博赚来的钱辞掉工作开起剧院的传说完全吻合，浑身上下都散发出一股豪迈。

“我们不是什么追星族，我们有正事。总之你把他叫出来，那个姓奥谷的演员。”

“你们什么关系？”

“她希望他能把以前借的钱还回来。”雪子说着，指了指鲇子。

“不，雪子，一切还没搞清楚呢。”鲇子惶恐地说。

之前祥子所做的推测是鲇子根本没想过的。她说：“给鲇子那张票，可能并不是想邀请她来约会。”

“什么意思？”雪子最开始也不相信。

“只给一张票，就要和对方当场见面，这种做法还是太简单粗暴了。所以会不会是有其他理由呢？”

"其他理由？"

"虽然跟刚才留言的话题没多大关系，但他可能是想跟鲇子传达些什么，希望她想起什么事情之类的。"

"啊？"

"对方可能觉得只要让鲇子你直接来看演出，就有可能想起来。"

"到底是什么意思？"鲇子觉得脑子完全转不动了。

"送这张票的人不一定在鲇子旁边。这次旁边的座位没有人可能只是个巧合。其实重要的不是旁边，而是前面。有没有这种可能？"

"前面？"

"舞台上啊。"祥子竖起手指，"演员当中的某个人希望你来看演出，所以留下了一张票。这个推测怎么样？"

"哎？可是……"此时的鲇子更加困惑了，"是谁呢？"

"看见之后就有可能想起的人。你有没有什么熟人？比如想当演员的朋友，而且跟你直接见面会很尴尬，必须通过这种绕圈子的方式来邀请。"祥子说。

"啊！"这时雪子答道，"比如说前男友。"

"哎？"

"借了钱就直接逃走的前男友。"雪子扬起眉梢看着鲇子。

"哎？"鲇子觉得头忽然开了个洞，让她无法正常思考。

"那个玩摇滚的摇身一变，成了演员回来了，有可能吧？"

"为什么呢？"

带着借款消失的男人怎么会有脸回来见自己呢？鲇子想。

而雪子则像看透了一切。"可能是直接见面太尴尬，所以就采取了这种方式。"她说道，"因为他是个当着面说不出话的男人。"紧接着，她拉起沉吟的鲇子说："好了，找他去。"

“不可能有这种事。”最初鲇子很抗拒，可祥子说出了那句话之后，她又开始缓缓移动脚步。祥子指着剧院前面的广告牌说：“奥谷这个名字的罗马字拼法，倒过来念就是鲇子哦。”OKUYA，AYUKO。啊，意外至极！

就这样，现在鲇子和雪子站在一起，面对着那个表情倔强的老板。当雪子说“别废话了，让我们见奥谷”的时候，老板顽固地回答：“绝对不行！”他背后的门上镶着磨砂玻璃，可以看到演员们来来往往的身影。

“回去！”他冷漠的声音冲了过来。

“雪子，我们走吧。”

“慢着。”雪子朝旁边瞄了一眼，手伸向堆在过道墙边的箱子。她打开最上方的箱子，从中取出一个秒表。

是刚才演出时那个叫着“日本第一”的诈骗犯用来计时的小道具。

“喂，别乱动！”老板粗鲁地说。

鲇子十分茫然，不知道雪子究竟想做什么。

这时，雪子将鼻子抬得老高。“我们来一决胜负。”

老板皱起眉头。

“打个赌吧。你看怎么样？不看秒表，按下按钮，让秒表刚好停在对方要求的时间上，误差小的那方获胜。”

“这、这算什么呀？”鲇子目不转睛地盯着雪子。

雪子和老板面对面站着。说面对面瞪着对方可能更贴切。在老板开口之前，她又气势汹汹地说道：“别废话，一决胜负吧。”

老板像是被她的气势所压制，一时间说不出话。他怒目圆睁，但随即又垂下眼角，咧嘴笑了起来。“有意思。”

“这、这算什么呀？”除此之外，已说不出别的话。就在她犹豫之时，游戏已经开始了。

首先是老板对雪子竖起两根手指：“二十秒的时候停下。”

雪子耸耸肩，将右手拿着的秒表别到背后，按下按钮。鲇子默不作声地眨着眼睛，甚至没有想到要跟着数秒。

咔嚓声再次响起。雪子将秒表伸出，看都没看就递给老板。“怎么样？”

老板的眼睛微微睁大了，于是鲇子也凑过去看。秒表上显示的刚好是“00：20：00”。鲇子倒吸了一口凉气。

雪子最后还是没有看秒表。她就像不用看也知道似的，就那么把表递给老板。“那，你也一样，二十秒就好。”

老板点点头，将手垂到大腿边，按下按钮。时间在流逝。他表情严肃，头像个钟摆似的来回晃。过了一会儿，他停止了动作。

“可惜啊。二十一秒二十吧？”雪子立刻指着他道。

老板露出狐疑的神色，看向秒表。从他惊诧的表情中，鲇子知道雪子刚才说的数字没有错。

“好，这下总可以了吧？失败者干净利落地给获胜者让路。退下吧，失败者。”雪子调侃道，将老板推向一旁，“我等着你再来向我挑战。鲇子，走吧。”

“你变的什么魔术？”鲇子走在雪子旁边小声问道。

“我啊，就算没有表也能知道时间。”雪子的嘴角微微上扬，打开了后台的门，“时间会平等地刻印在我们每个人的身上。”

“我胸口好难受！给我叫救护车！”身后传来老板听上去毫无痛苦的叫喊。

9

“那后来呢，怎么样？”第二天午饭时，雪子过来问道。鲇子正将从家带来的便当盒从包里拿出来。

昨晚在后台，鲇子最终得以和奥谷奥也面对面。舞台上的他由于妆化得太浓，鲇子完全没有认出来，现在再次看到那脸庞，才发现过去的影子还在。他见到鲇子后，脸上露出害羞的表情，挠了挠头发说：“你发现了啊。”他就是鲇子的前男友。雪子很识相，留下一句“这下解决啦，我和祥子就先回去了”，便转身离去。

“因为他日程太满，也没说多长时间，但还是聊了很多事情。”鲇子将便当盒放在手上说。

“你有没有问他当初借钱后去哪儿了？”

“他原本好像并没准备逃跑。老家的父亲真的住院了，原本也真的准备要还我钱。”由于要照顾病重的父亲，精疲力竭的他疏忽了同鲇子的联系。

“听上去像真话吗？”

“谁知道呢。”鲇子其实也不知道他的话到底有多少值得相信。那些话听上去像诉说的真相，但又像拼命找的借口。“他还说，他回东京后，发现我搬家了，他很着急。也不知道是真是假。”

“他不是想当个摇滚乐手吗？为什么变成了戏剧演员？”

“好像是发现了自己没有音乐天赋。”

“总算发现了？”雪子露出微笑。

“嗯，总算发现了。所以又重新开始学表演。”没想到这方面的天赋竟然开花结果，人真是难以琢磨啊——那天的他是这样笑着对鲇子说的，还目光闪闪地补充道："总有一天会尝试做导演。"

"那他果然是希望鲇子你去看演出？"

他当时告诉鲇子，自从那件事以后就一直很挂念她，希望她也能看到他现在的努力。确实，他看上去比当初跟鲇子一起生活的时候更脚踏实地了。"也不知道是不是真的，他还说曾经调查过我现在的住处呢，好像是找了私家侦探什么的。"

"那也太恐怖了吧。"

"嗯，是啊。"鲇子也苦笑，"但我这才意识到，在酒吧四处打探我消息的人说不定就是那个私家侦探。对了对了，之前我不是告诉过你，有一天店里因为来了名人所以变得很挤吗？"

"啊，就是发现票的那一天啊。"

"那天来的就是他们剧团里的人。然后他事先交代了其中一个人将装着票的信封放到了收银机边上。"

"别光放张票，再写封信什么的不就好懂多了。"

"是啊。结果他开心地说，只要我来了就会被发现，那样更令人感到意外吧。"

"那接下来的发展呢，他是想和你破镜重圆？"雪子的话语听起来充满好奇，脸上却是一副漠不关心的表情。

"不，完全没有。"鲇子笑着摊开双手。话题完全没有朝那个方向发展，这一点鲇子自己也感到欣慰。"原本我们就已经走到快要分手的地步了。那个人很单纯，似乎只希望别人注意到他的努力。"

"是吗？那太遗憾了。"

"雪子，完全没什么值得遗憾的哦。而且他还扬扬自得地说，他正跟一个女艺人交往呢。"

“那还真是该一刀两断了。”

“确实。”鲇子用力地点点头。确实是一刀两断，她想。

“那，钱呢？你没让他把之前借的钱还给你吗？”

“我跟他说那钱不要了。”鲇子垂下眉梢，“唉，既然他的艺名是从我的名字改动而来的，我也想就此原谅他。”她笑了，“但他似乎很执着，非说要连本带利一起还我不可。”

“不如别要钱了，让他替你办件很难办的事不就好了？”

“啊，好主意啊。雪子，你想让他替你办什么？”

“我？”

“这次多亏了你帮忙，所以如果有什么需要奥谷奥也办的，你就说吧。”

“这样啊。”雪子露出了思考的表情，认真地说道，“那，要不我也找他要张票吧。”

“对了对了，想起来了。”说完之后，雪子坐到椅子上，“如果他不想跟你和好，那正好。我有件有意思的事要告诉你。”

“什么事？”

“你有没有错发过电子邮件？”

“怎么了，忽然问这个？你发错了吗？收件人写错了？”

“不是那个意思。比如说正烦恼着到底该发还是不该发，结果按错按钮发出去了。”

“那倒没有。但这种错误说不定我也会犯。”

“电子邮件可怕的地方就是你一旦发出去了，无论如何都拿不回来。”

“啊，那倒是。”

“可是，如果这封邮件无论如何都不想让对方看到的话，你会怎么办？”

鲇子歪着头，她不知道雪子到底想说什么。“在对方看到邮件之前把它删了？”

“对。可是，如果想操作那个人的电脑，必须知道密码吧？”

“啊。”这时鲇子终于反应过来，“你是在说之前美由纪骗我离开座位的事情吗？她那么做是为了把发给我的电子邮件删掉吗？”确实，就算被偷走一封邮件，只要那是封根本就不知道它曾经存在过的邮件，自己肯定不会注意到。

“鲇子，每个星期一，你的桌上不是都会放一张便笺，上面写着接下来要做的工作吗？因为那上面写了邮件收发的工作，所以删除邮件这件事才必须要在你开始那项工作之前完成。”

“所以一大清早就……美由纪也真是绞尽了脑汁啊。”

“美由纪只是帮别人忙而已。其实，这件事是她刚告诉我的。”

“哎？谁让她帮的忙？”

“佐藤。”

“佐藤？”鲇子又开始五里雾中了，“他错给我发了邮件？那也不用绕那么大弯子，跟我说一声，我不看就直接删掉也行啊。”

“可是，如果是给心仪的女人发的约会邀请，很难说出口吧。”雪子的表情没有任何变化。

“啊？”

“邮件写是写了，可是想来想去总觉得邮件太不浪漫，所以又想删掉。就在这种时候却出现错误操作，结果没修改好的信就那样发出去了。”

“啊？”

“美由纪昨天问佐藤：‘为什么想删掉那封邮件呢？我都帮你忙了，你就告诉我吧，我不告诉别人。’结果就问出来了。让年轻女孩子帮忙真是恐怖。”

“可是……”鲇子呆住了，“说什么不告诉别人，她不是跟雪子你说了嘛。”

“而我现在又跟你说了。”雪子幸灾乐祸地说。

“我应该怎么办？”鲇子十分困惑，却也感到了一种从未有过的心神不宁。她一直很尊重佐藤，可迄今为止都未察觉到他有这样的意思。

“如果想做蛋包饭，你知道应该先做什么吗？”雪子说。

“面对一头剃了毛的羊，上天都会让吹到它身上的风变得温柔”

ひつじ【羊】 ①牛科哺乳类动物的一种。一万多年前开始就是人类的家畜。性胆小，喜群居。羊毛可以作为毛织品的原材料。②管家的误称。[1]“本来要叫管家，结果来了一群～。”

ひつじのあゆみ【羊の歩み】 接近集市的羊的脚步。比喻死之将至。

1

“忽然被打的？”坐在旁边的年轻人问和田仓。时间已经过了夜里十一点，两人坐在公园的长椅上。路灯发出模糊的光，周围一切景物都随之朦胧起来。

“是啊。”和田仓捂着右脸。脸没有肿，西服也没有破，只有手肘和膝盖上还残留着沙砾。那是大概十分钟之前的事。他正在公园中走，忽然有个男人拍了拍他的肩膀。刚转过身，对方二话不说就

①日文中“管家”和“羊”的发音相近。

揍了他一拳，他应声倒地。“看我倒在地上，他还踢了两脚。”

“然后呢？”

“幸亏你正好赶来，他就跑了。”和田仓对年轻人道谢，“他应该是听到了脚步声或是什么动静吧。”

“这个公园光线很暗，他可能也不太清楚我的位置，竟然朝我跑过来，跟我撞上后又跑掉了。”公园里只有零零散散的几盏路灯，光线十分昏暗。如果不仔细看，短时间内根本无法分辨人影。

长椅上方正好有一盏路灯，和田仓得以看到那名年轻人的模样。柔软的头发自然地分开，身材消瘦，年纪应该是二十出头。如果是这样，那他比和田仓年轻二十岁。前程似锦的年龄，令人羡慕。

“和田仓叔叔，刚才那个人跟你有仇吗？”年轻人用亲切的口吻称呼着刚刚得知名字的人。

“光线太暗，没看清对方的样子，所以我也不知道是什么人。”

“那这事有没有让你联想到什么呢？”

“最近也没人来讨债啊。”和田仓略带自嘲地回答。

“你还欠着钱哪，和田仓叔叔。”不知为何，年轻人看上去竟有些开心，“赌博？”

“你很了解嘛。”

“现在这世道，欠钱不是因为房贷就是因为赌博，要不就是女人的开销。也就三分之一的概率。”

“因为做生意而欠钱的人肯定也有很多。”和田仓苦笑，“就因为我负债在身，两年前老婆也跑了。”

“那刚才的人不是讨债的？”

“可能性也不是没有，”和田仓说，“但我觉得不是。借给我钱的不是那种粗暴的人。”他否定了对方的猜想。

“难道是很绅士的？”

“不，更恐怖。真正恐怖的人不会这样胡乱施暴。”

“那，你有没有因为赌博而得罪过人呢？”

“如果我能赢钱赢到招人恨，也不会落到欠债的地步。”

“也是啊。”年轻人忍不住笑了起来，“和田仓叔叔，你穿着西服，应该是个上班族吧？这么晚才回家是因为加班吗？”

“我们这样没什么能力的上司，也只能下班后赖着不走做做样子。”

“这样啊。”年轻人看上去颇有感慨，却让人觉得语调轻快，“又欠债，老婆又跑了，在公司又畏首畏尾，和田仓叔叔，你简直就像头弱到极致的羊啊。”

“羊？”没头没脑的词令和田仓十分意外。

“和田仓叔叔，你听说过这样一句话吗？‘面对一头剃了毛的羊，上天都会让吹到它身上的风变得温柔’。”年轻人看上去很开心，“也就是说，连风都会温柔地吹着那些受冻的羊。反正啊，就是要对弱者温柔的意思。所以我觉得，对像和田仓叔叔这样柔弱而伟大的成年人动手是不应该的。”

“也不知道你到底是在贬低我，还是在替我说话。”

“羊可是褒义词哦，和田仓叔叔。”年轻人的表情很认真，“暴力会摧残他人的自尊心，所以胡乱施暴的人让我感觉十分恶心。”说完，他还伸出舌头，装作要呕吐的样子。

和田仓忍不住想要回答：我的自尊心早已被摧残了。无事生非、盛气凌人的债主，每天在公司对自己冷眼相看的下属，这些无时无刻不让和田仓感觉自尊心受挫。

“那接下来要怎么办呢？”过了一会儿，年轻人问道。

“怎么办？”

“我在想，这种事是不是应该告诉警察比较好。”

“不用。”和田仓觉得应该没必要闹得沸沸扬扬，“不用告诉警察。”

“那——”年轻人的声音里夹杂着兴奋。

“那？”

“以牙还牙？”

和田仓正怀疑自己是不是听错了，就看见年轻人从口袋里掏出一个记事本一样的东西。“锵——”他说着孩子气的拟声词，“这是个钱包。”他像在念初级英语课文。

“不是我的钱包。”

“是刚才那个歹徒的。有了这个，我们也许就能找到他。”

“啊？”

“刚才跟我撞上的时候，那男人把这个弄掉了，钱包哦。”年轻人露出纯洁无邪的笑容。明明没人问，他却又耸着肩膀补上一句：“可不是我偷的哟。”

2

回到家的时候，电话正好响了。电话机在漆黑的屋子里闪烁着光芒。和田仓不慌不忙地走进屋，拿起了听筒。

“睡着了？”是前妻的声音。离婚后她就回父母家了，电话应该是从鸟取打来的。

“加班呢。”他将听筒放在耳边，环视四周。他看到了地图和便笺。纸上写着“下午三点”，另外还有公寓名称和停车场所。比起前妻来，现在这些东西更让他挂心。

“反正你还是老样子忙着赌博吧。”不知是不是醉了，前妻说话有些口齿不清，“我以前替你垫上的钱，都要还我。”

“我知道。”和田仓回答着，松开了领带，“我有办法还钱。”

“怎么还？”她说。

“工作。”

“那可不是你认认真真工作就能还得起的钱。”

“你喝多了吧？这次保证没问题。”

和田仓说完，前妻便从鼻子里发出笑声。“我告诉你，我就是上了你没问题的当。你跟你朋友借钱的时候，你沉迷赌博的时候，我替你操心的时候，你都只会说没问题。结果呢，根本不是没问题。”

和田仓懒得回话，只得无言地站在那里。其实他也无话可回。

“你啊，也不知是不是因为你人好，不管别人说什么，你都立刻应承下来，能不出事吗？”

“没问题。”

放下听筒，和田仓叹了口气，脱下裤子和袜子，坐到榻榻米上。沾在西服上的沙砾撒了一地。他又想起在公园被袭击的一幕，不禁打了个冷战。

明天到底要不要去见那个年轻人呢？他很苦恼。

3

昨天在公园，那名年轻人理所当然似的检查了那个钱包。

“随随便便就打开人家钱包看，不好吧？”

“如果有驾照，那一下子就可以找到他的住址，可是……”他熟练地动着手指，“可以成为线索的也只有这个了。”他说着掏出一张卡。

和田仓接过那张纸质挂号卡，看了起来。上面印有一家叫“鹿井牙科”的诊所名称、地址和电话号码，另外还有一个手写的名字——熊岛洋一。卡的背面写有预约的诊断日期和时间。“这就是那个人？”

“应该是吧。这个人名字还不错啊。”

“什么意思？”

“他的名字里有很多动物，有熊，有鸟，还有羊。[①]”

和田仓闻言不知如何是好，但又不能马上就把旁边这个年轻人当成怪人转身离开，于是他只能把这话看作禅语，一言不发。

“不过啊，”年轻人用心领神会的语气说，“就算名字里有动物，也不能代表他这个人就像动物一样美好。这也是一种名不副实。总之，我们如果想见到这个熊岛，就应该利用一下这家牙科诊所。”

“要利用牙科诊所？”

“你看，”年轻人指着卡的背面，“我们运气好，下一个就诊日正好是明天。”确实，日期是明天，时间是早上九点半开始。“明天他有可能去这家诊所。如果他忘记预约的日期了，那也没办法，可是如果还记得，他就一定会去。”

“会吗？”在公园里无故攻击中年男子的人会老老实实地接受牙医的问诊吗？和田仓一时心里没底。

“牙痛不能靠忍，你没听说过吗？牙科医院的广告上也有啊。不管是谁得了这病，都得去治。去监视吧。”

---

①“熊岛”在日文中写作“熊嶋”。

“监视？我？”

“我和和田仓叔叔。”说完，年轻人又补上一句，“我姓久远。”

这么少见的姓氏，肯定是假的，和田仓想。

4

“你能来太好啦。”久远站在鹿井牙科门口说。

“这里没肿，我已经谢天谢地了。”和田仓指着被揍的脸颊说。

诊所在离和田仓上班的地方大约两站路远的一座大楼的六层。久远斜靠在离鹿井牙科门口几米远的墙边。“公司，请到假了？”

“刚才打过电话了，跟下属说上午要去医院。而且就算我不在，也不会有人觉得为难。”

“你真悲观。”久远笑了，“比起让别人为难，当然是不让别人为难更好。”

“你跟我说的好像不是一回事。”

“和田仓叔叔你和别人不一样，这一点让你很烦恼。”

“这……”和田仓木讷地回答，“这句话真够直白的。”他无力地笑了。这就好像被人说没有存在价值一样。“但是，我有负债。”

“负债什么的并不能算作人与人之间的差异。”久远耸了耸肩，随即又大声说“那走吧”，便朝门口走去。和田仓看了一眼手表，时间是上午九点十分。

走进鹿井牙科诊所，两人换上拖鞋。对面就是挂号处，一个女人面无表情地打着招呼。两人立刻朝位于左边的候诊室望去，只有一个穿西服的中年男人和一个老婆婆坐在那里，并未看到可能是熊岛洋一的人。

为了不引起怀疑，和田仓也填了一张就诊表。

“两个老大不小的男人一起跑来看牙医，这会不会太奇怪？”

“一个十分惧怕牙医的父亲在具有献身精神的儿子的陪同下来看牙医了，就算别人看到也只会这样想而已啊。”

和田仓在挂号窗口声明是第一次来，希望检查一下有没有蛀牙。负责接待的女人用略微不耐烦的口气说：“下次请先预约。”随即递给他一张问诊时用于记录的纸。

和田仓来到候诊室，在沙发上坐下。久远已经坐在那里。“那个歹徒会不会来呢。”

“谁知道呢。”

接下来的一段时间，和田仓和久远并排坐在那里读杂志。候诊室里飘着舒缓的音乐，除了安静还是安静。

“哎，”大约过了十分钟，久远递过手中的周刊杂志，“你看这条报道。养鸡场的鸡因为森林火灾死了，你不觉得这很过分吗？”他小声说。报纸上确实刊登了一则有关森林火灾的报道。

和田仓稍微考虑了一会儿说：“可是，这些鸡原本不就是要被杀死吃掉的吗？”

“这跟为了食用而干净利落地被杀不一样，是受折磨而死的，太过分了！如果这是恶意纵火，我绝对不会原谅那个凶手。”

“你是素食主义者？”和田仓好奇地问道。

谁知久远大笑起来。“我可是大口吃肉的哦，”他答道，“尤其喜欢吃鸡肉。”

真是个奇怪的年轻人，和田仓忍不住想。他的视线再次回到杂志上。虽然他并不是很关心，可目光最终还是落在关于抢劫案的报道上。报道内容是关于最近在附近频繁发生的入室抢劫，这两个月内已经发生三起了。前两天，事态终于发展到有居民被勒死的地步。报道上写道：由于没有线索，警方正增加侦查警力。

“闹得很大啊。”久远皱起眉头，“但这真的是单独作案吗？”

“什么意思？”

“如果是凶手一个人在逃窜，那也逃得太巧妙了。他应该有同伙。”

“同伙吗？”

“反正我不喜欢这种对无辜的人施以威胁甚至加害的做法。四个人猛地冲进银行，在不伤害任何人的前提下把钱抢走，这样还好些，对吧？”

“如果那样，银行也很受伤吧。”

和田仓说完，久远竟露出一副怅然若失的表情。“你明明不同情小鸡，却还站在银行一边？”

这时，入口处的自动门开了。和田仓条件反射般想背过脸，但又控制住这种冲动，偷偷地瞟了一眼进来的人。是一个二十出头的年轻男子，穿着浅灰色西服，一头黑发。

“怎么样？”久远小声确认。

和田仓仍旧装作在看杂志，摇了摇头。“不知道。”说那人像是前天攻击他的歹徒，但又没有证据。

“先看看情况吧。”久远看上去既不兴奋也不紧张，只是平静地将手上的杂志收好。

那人换上拖鞋，走到窗口边报上名字，可和田仓并未听清。他正准备考虑接下来该怎么办，站在挂号处的男人懒洋洋的声音传进了耳朵。“我的挂号卡弄丢了。”

和田仓和久远对视了一眼。负责接待的女人回应说：“是熊岛先生吧？我明白了。现在给您重做一张，请稍等。”她还是面无表情。

久远将脸凑过来。“叮咚！”他小声说，“猜中了。”

5

两个人同时站起来太可疑，所以久远先离开了。他装作要去走廊旁边的厕所，脱下拖鞋，换上自己的鞋走了出去。几乎同时，和田仓也站到挂号处前，背对着候诊室说：“不好意思，我有急事，下次再来。”负责接待的女人并未露出任何诧异的表情，只说：“下次再来的时候，请您尽量提前预约。”

通过诊所的自动门，和田仓来到过道上。走到电梯边时，久远已经等在那里。

“怎么样？和田仓叔叔，刚才的男人是前天那个吗？”

“说是也像是，说不是又觉得不是。前天光线太暗了，我也不清楚。但他确实姓熊岛。”

“不会错的。”久远显得很满足，“那，接下来该怎么办呢？”他竟像做准备活动似的动起了身体，纤瘦的上身扭来扭去，“在什么地方叫住他好呢？等他出了大楼后吧，怎么样？”

没有理由拒绝。两人乘电梯下楼，在一楼的长椅上坐下，等待熊岛洋一的出现。

“虽然现在说这个有些为时过晚，”受不了默默等待的和田仓向久远搭话，“你的工作不要紧吗？这是我的个人问题，跟你也没多大关系。”

“我很闲。”久远直勾勾地盯着电梯口，皱着眉头。不一会儿，电梯门开了，可走出来的是刚才在诊所里的西服男和老婆婆。

“对了，和田仓叔叔，你欠的钱大概有多少？”

忽然被戳中软肋，和田仓意外得身子都抖了一下。“唉，非常多。”

“是跟很危险的人借的吗？”

“你怎么知道？”

“看看和田仓叔叔你愁眉苦脸的样子就知道啦。大部分因欠钱而烦恼的人都是因为从危险的地方借了钱。”

“或许吧。”

“这个人是那个危险的地方的吗？”

“嗯？”和田仓慌张地看过去，发现久远拿着一张名片。

“花畑实，这是不是真名啊？看上去很好笑。”

“啊，这东西什么时候……”和田仓的手朝胸口伸去。那名片是收在内兜里的，上面只写了花畑实这个名字和电话号码，并没有职位头衔。

“刚才掉在地上啦。”久远说。

“那是我常去的赌场里的人。”

“赌场！拉斯维加斯？”

“不是，就是东京都内的。”自己究竟该说多少，又该和这个姓久远的年轻人保持多近的关系，和田仓无法断定，只能零零散散地说着只言片语。

“那些地方在法律上是不被认可的吧？”久远不知为何，满脸欢喜地说。

“对，是非法的。”和田仓说着，又解释里面有轮盘赌和赌博机，和人们想象中的赌场差不多。

“那还真不错啊。我也可以去吗？”

“不行。”和田仓立刻摆手道，“没有介绍人是进不去的。”

“能不能混进去呢？”

“有人在门口检查。开始也是客户那边的老总带我去的。”现在想起来，那个老总当时也在那个赌场债台高筑，可能因为不甘，所以想拖别人一起下水。喜欢赌博的和田仓正是个再好不过的目标。

“那，你帮我介绍啊，和田仓叔叔。”

“像你这样的年轻人不应该去那里。”

“像我这样的年轻人什么地方都应该去一次。那，里面的客人都是什么样的人？必须要有身份才能去吗？”

“也不是。有美容师，也有大学教授，还有小剧院的老板。”

“小剧院的老板？哪里的？”

“那也是个奇怪的家伙。”和田仓想起了那个老板的事。那人经常煞有介事地说什么“别废话，一决胜负吧”，可一旦输了就叫着“心脏啊”，让别人给他叫救护车。

“真是个相当麻烦的人啊。”

“当然，大家都知道他在说谎，所以谁都不理他。这让他更生气，于是就嚷着要去按火灾报警器，弄得所有人鸡犬不宁。”

“真搞不懂，那样的人竟然还没有禁止他入内。”

“但他以前有一次是真的犯病了，大家还是照常不管他，可那怎么看都不像是演戏。我走近一看，发现他都已经翻白眼了。”

“你是那种不管放羊孩子喊几次‘狼来了’都会老实跑去的人啊。”

“实在没办法，我就大喊大叫，大家这才打电话叫了救护车。”

“把警察啊救护车什么的叫到赌场去不是很危险吗？”

“赌场又没贴招牌，而且入口有两道门，如果只进第一道门，看上去就是一间普通的办公室。就算有人进来也不会暴露。如果真的发生火灾，总得叫消防队来啊。”

“那个老板就被救护车带走了？”

“最后总算没事了，但他毫不吸取教训，还是继续出入赌场。”

“那，这张名片就是那个赌场经营者的名片？这个姓花畑的。”

“不是，他是经营者的部下。”和田仓说到一半，眼前下意识地浮现出他只见过一次的花畑的身影。那时花畑对他说：“和田仓，你借的钱如果总是不还，像我这样的人就会天天来纠缠你。”那毫无沉稳可言的轻浮态度让人非常不舒服，“下星期之前把钱准备好，给我打电话。否则我还会来。”

“你有办法还钱吗？”久远问道。

“也不是没有。”

“哎呀，估计也不是什么值得褒奖的还钱方式吧。”

电梯动了起来。楼层的指示灯升到了六层，在那里停住，然后又朝一楼下降。“也许来了。”久远显得很起劲。

“喂，等一下。”熊岛洋一走出大楼还不到十米，和田仓就叫住了他。

熊岛洋一停下脚步，疑惑地回过头。看到和田仓的瞬间，他忽然睁大了眼睛，随即又立刻皱眉问道：“什么事？”跟他面对面后，和田仓才发现，他看上去只比久远大一点，也就二十五岁左右。

久远往前迈了一步。“你前天晚上，打了这位和田仓叔叔吧？”

“啊？”男人的眉头皱得更紧了，“前天？说什么呢。”

“还死不认账啊。”久远说。

和田仓将自己前天在家附近的车站下车回家途中经过公园时，

被一个年轻人袭击的事说了一遍。

“而且那人弄掉了钱包。”久远说着，从口袋里掏出钱包。“这就是那个钱包，”他又用起了读英文会话例句时的口吻。

“啊，”男人吃了一惊，伸手夺过来，“是我的。”

“里面有一张牙科诊所的挂号卡，所以我们就来碰碰运气。”久远板起脸，“然后你就来了。是你打了和田仓叔叔。”

熊岛洋一沉默不语，直盯着自己的钱包。“喂，”他噘起嘴，“那不是我干的。”

“哎？”和田仓发出疑惑的声音。

“前天，我的钱包在电车上被偷了。我还正着急呢。”

“哎？”这次出声的时候，和田仓看了看久远。

久远眨了眨眼睛，嘀咕道：“别人偷过的钱包，我又偷了一次？”

6

和田仓和久远立刻向熊岛洋一道歉，并希望能和他聊聊。熊岛洋一可能觉得如果这样什么都不问就离开，总有些莫名其妙的地方，所以并没怎么犹豫就答应了。而当和田仓说作为赔罪会请熊岛吃饭时，熊岛立刻说了句“啊，是吗，那走吧”，便跟了上来。

一行人决定在附近一家酒店里的中餐馆吃午饭。

“总之啊，”他带着惊讶的表情说，“我，跟你一样，都是受害者。”

“原来是这样。”久远一边用叉子切鱼一边说，“那你的钱包是在哪儿被偷的？”

“前天晚上下班后回家的电车上。”

“你公司在哪儿？”

“这个可以不说吧？”

“那你就告诉我在什么车站坐的什么线路，大概几点，总可以吧？”久远很黏人。

一开始，熊岛洋一也对自来熟的久远表示出一定的厌恶，可最终大概发现生气也没用，就放弃了，说出了站名和路线。“大概在晚上九点过后。我因为上班太累，抓着门旁边的扶手一直在犯困。”

“钱包放在哪儿呢？”

“西服左边口袋里。”

“这么不小心啊！”久远说话的口气不像在责备对方没有防范心理，而是更像把自己也当成了小偷，面对这种状况垂涎欲滴。

“我到站后才发现钱包没有了。可是里面也没有放卡或者重要的东西，就自认倒霉放弃了。”

三人就要吃完时，手机响了。和田仓最初觉得铃声并不熟悉，便没有管。当久远问“不是和田仓叔叔的电话吗”，他才慌张起来。

他从西服口袋里掏出手机。果然没有响。但这时他想起自己还有另外一部手机，于是手又伸向包里。正是那部手机发出的声音。

“不好意思。”他向熊岛洋一和久远招呼了一声，便站起身，推开餐馆门，走到酒店大厅才按下通话键。

“啊，和田仓？”声音的主人正是花畑。他已经对和田仓直呼其名了。

“啊。”和田仓看了看四周，答道。

“啊什么啊！我问你，你到底有没有问题？你该明白自己现在是什么处境吧？想赌博，去借钱，又不还，光说对不起，这放到哪儿都说不过去。一般人早就嫌丢人活不下去了。”

“是啊。”

“什么是啊！你给我振作点。让你去做的事，你明白吧？”

“啊，是，明白。”和田仓说完后又接着道，“那个，让我帮忙的事，是赌场的工作吗？”他说出了心中的疑问：“是你们需要司机吗？”

“才不是。不好意思，我们的工作要更张扬。你能行吗？这次让你帮的是另一伙人的忙。”

“另一伙人？”

“不是我们，是别人。我们就像中介一样。缺人手的家伙多着呢，我们就找些合适的介绍给他们，就像派遣公司一样。”

花畑这帮人应该也从这些活儿里赚到了一笔吧，和田仓心里琢磨着。

“你要是不喜欢，就来帮我们做事怎么样？但那很危险。”

“很危险……吗？”

“因为我们要绑人嘛。”

“人？”和田仓被这个活生生的词弄得倒吸一口凉气，“为、为什么？”

“我们这里都是些热心肠的人。有时候难免有熟客提出‘想要谁谁消失’或者‘让谁谁谁安静一段时间’之类的要求，我们都会帮他们实现。你知道我们赌场有 VIP 房间吗？就是楼梯上面的走廊那里。”

“我见过。”坐在轮盘赌旁的座位朝上看的时候，和田仓记得见过二楼墙上有“VIP”的字样。

“那里其实像牢房一样。”花畑发出了夸张的笑声。

“啊？”标明是VIP房间，里面却囚禁着不知什么人。如果这是真的，那再没有比这更荒唐的事了。低级趣味也该有个限度。

“现在我们这里的鬼怒川先生宽宏大量，你才没事，你要是太嚣张，迟早让你进VIP。”花畑提到了赌场老板的名字，接着又说，“最近鬼怒川先生又有些疑神疑鬼，总觉得自己被人盯上了。”

“怎么会！”

“我们还会唆使别人，怂恿他们犯罪。”花畑也不像是醉了，话却很多，“前一段时间，我们还劝某个地方的老大去绑架，他还真动心了。总之，只要沾上我们就没什么好事。”

和田仓想象着赌场老板的样子，觉得真可怕。

“所以，只要我稍微在鬼怒川先生耳边说两句‘和田仓那家伙好像在暗自算计着什么’之类的话，你小子马上就人头落地。”

“怎么可能！”和田仓吃惊道。这简直就像初中生打小报告。

“啊，不过，鬼怒川先生倒是也有特别容易相信别人的时候。”花畑听起来不像在跟和田仓说，倒像是在自言自语，“说不定，他也会忽然相信你，而你就能得到重用。”

“我还是算了。”

在鬼怒川的赌场，每个人进门的时候都要拍一张脸部特写。和田仓曾经听人说过，一旦发现有人在赌场使诈，或是有人想赖账，他们就会按照相片找人，一直纠缠他。到底该如何是好？已经无法再逃了。和田仓顿时觉得连呼吸都变得困难起来。

再次回到中餐馆的时候，熊岛洋一已经不在了。和田仓的电话打了十多分钟，他可能等得不耐烦了。

“光顾着吃，吃完就跑了。”久远耸了耸肩。

“是吗。”和田仓坐了下来，“但我还真没想到，他也算是受害人之一。”他说着叹了口气，“歹徒偷了熊岛洋一的钱包，然后又袭击了我。换句话说，他也跟我一样，是头被剃了毛的羊啊。”

“这样一来，和田仓叔叔的怨气可就无从发泄啦。”

“没办法。”和田仓垂下肩头，“让人无可奈何的不幸本来就很多，而我很适合背负这些不幸。”

“太悲观啦。”久远发出阳光般的声音，“总说这些丧气话就真要完蛋了。好啦，我的也给你吃。”说完便将盘子递了过来。原本是咕噜肉的盘子，可剩下的都是菠萝。“把它们都吃了，打起精神来吧。”

“只不过因为你不爱吃菠萝吧。”

“真没礼貌，这可是我最爱的。”久远显然在说谎。

7

三天过去了。“科长，你看什么呢？”和田仓意识到有人在跟自己说话，抬头一看才发现一名下属站在桌前。“这是哪里的地图啊？”

和田仓低头看了看摊在桌上的地图，皱了皱眉。“我过两天要开车出去，先确认一下路线。”他撒谎道。

“啊——真不容易啊——”下属发出丝毫没有感情的声音，“这是明天的资料，请确认一下。另外还有交易方公司员工集体研修的场地问题。”

“你先去检查一下。”和田仓指示道。

“真的有必要吗？”

“不管什么事都有事先做好准备的必要。”

下属于是退回自己的座位，那眼神好像在说：和田仓真爱操心。

和久远再见面是那天午饭的时候。和田仓乘上拥挤的电梯准备出公司，忽然有人拍了拍他的肩膀。“真是巧遇啊。”那人说，“和田仓叔叔，你在这里工作啊。”

“啊。”和田仓带着不解的神色答道。

“我正准备吃午饭，所以来到这附近，看到有人很像你，就过来打个招呼。”久远爽朗地说着。

“真巧。”

“机会难得，那就一起吃吧。”久远还是老样子，完全没把两人之间的年龄差距放在眼里，用坦诚的语气发出了邀请。

“我还在想如果和田仓叔叔你死了该怎么办呢。”久远夹着荞麦面蘸了些汤汁，一脸严肃地说。两人来到了公司附近一栋商业大厦二楼的荞麦面店。

“晦气也得有个限度。”和田仓只能笑着答道，“就这么几天，我为什么会死？”

“那不是因为你又欠钱，又在公园被人袭击嘛。证明你已经很衰弱啦。衰弱的绵羊只要一有风吹草动就会倒下啊。”

“没问题。衰弱什么的都是过去的事了，现在多想也没用。”

“对了，”久远稍微抬高声音说，“其实我还在怀疑呢。”他说完，又跟经过的店员要了荞麦面汤。

“怀疑？”

“那个熊岛洋一，真的只是个单纯的受害者吗？我很怀疑。”

“可是……”

“如果他说的是真的，那么，那个偷了熊岛洋一钱包的男人之后在公园袭击了和田仓叔叔你，最后我又拿到了那钱包。”

“啊，是啊。严格来说，你不是拿到的，而是捡到的。”

“对，对，是捡到的。”久远微笑着，“在我看来，偷窃的人一般不会当面攻击别人。项目不一样啊。”

“项目？”

“与看准时机、偷偷消失的小偷相比，在公园施暴的人行动理念不一样，所需技巧也不一样。从工作角度上来讲，这完全是两种不同的工作。”

“违法，从这个意义上来说倒是有共同点。”

“按照我的想法，偷钱包的人和袭击你的人绝不可能是同一个人。跳远选手绝对不会跑去扔铅球。”

“以前不是有个选手在跳远和百米短跑两个项目中都破纪录了吗？”

“你要这么说，我就没话说了。”久远笑出声来，随后又嘀咕说自己其实也算这种类型。“总之，熊岛洋一在说谎。”

“说谎？”

“他其实根本没被偷。在公园袭击你的人就是他。他从牙医那里出来被我们叫住后就慌了，但是当他知道你没法断定歹徒的相貌时，就决定把自己伪装成受害者的样子。我觉得是这样。”

“就算你这么说……”和田仓没有表态，“到头来，那个年轻人还是袭击过我了？”

和田仓想，这也的确不是没有可能。他不经意地朝右前方的桌子瞟了一眼，却随即大吃一惊，身体略噔抖了一下。

“怎么了？”注意到和田仓视线的变化，久远的眼神也变得锐利起来。

“是巧合吗？”和田仓嘀咕着。他拿着筷子的手停止了动作，整个人呆在那里。“我右前方的桌子，那个男人正坐在那里。”

“那个男人？”

“熊岛洋一坐在那里。”

“哦？”久远不但没有表现出意外，脸上甚至还露出了愉快的笑容，“是一个人来的吗？”

“不，和女人一起。”女人背对着和田仓，令他无法看清相貌。女人的黑色长发一直延伸到肩膀下，看上去既像是中年又像是二十几岁。

就在这时，熊岛洋一站了起来。他拿着钱包朝门口走去。同他坐在一起的女人跟在后面。

收银台就在和田仓他们这一桌的右边，和田仓只要稍微歪一下头就可以看到。而久远也将右手伸向桌前，做出单手撑在桌上的样子，视线投向收银台。

“真的啊，是熊岛洋一。”他小声说，“和他在一起的女人是谁呢？”

和田仓似乎还没有从震惊中恢复，一脸迷茫。

“是恋爱关系吗？是个稍微有点土、看上去很文静的女人啊。”久远注视着和田仓的脸，“他们好像没注意到我们。”

和田仓觉得脑子更加混乱了。他不停地眨眼，一直看着收银台，仍旧不明白眼前发生的一切。那个女人，他想，她为什么会跟熊岛洋一在一起？这个问题在他头脑里不停旋转。

“怎么了？”

“那个男人果然袭击过我吗？”他的眉头紧皱。

“要追吗？”久远说这句话时已经抓起了桌上的账单。

8

从荞麦面店所在的大楼出来后，和田仓和久远走上人行道，左右张望。两人想找出刚才乘电梯下来的熊岛洋一和那个女人朝哪边走了，可周围并没有他们的身影。

“让他们跑了。”久远轻声叹息，“好不容易才碰上。和他在一起的女人是什么人？”

和田仓面色凝重，说了个谎：“我不知道。”他看了一眼左腕上的手表，“不好，已经到时间了。下午还有会呢。”

久远看上去并不失望，但他还是说：“真可惜。”

第二天是休息日，和田仓开着自己的车朝一处古旧的住宅区驶去。那地方他曾去过一次，所以没有迷路。他跟上次来时一样，从商业街附近穿过，来到几座砖红色七层公寓楼并排的地方，绕到后面将车停下。他的目的地是三座并排挨着的公寓楼中最靠里的一座。上次来的时候是夜里，跟如今白天的感觉有些不一样。

公寓楼有些脏。不时有行人来往，路上也停着很多车。

和田仓来到公寓楼的邮箱前，开始烦恼接下来要怎么办。他并不是为了什么计划或目的而来，只是看到熊岛洋一和那个女人一同出现在荞麦面店的时候，他完全不知所措了。说到底，那个女人到底是什么人，他并不知道。为什么她会和袭击过自己的熊岛洋一有联系，他也完全没有头绪。他觉得应该直接问那个女人，所以开车来到这里，可是又没有唐突走进别人家里的勇气。

脚步声传来，和田仓藏身到楼梯边狭窄的缝隙里。有人从公寓入口处径直朝这里走来。藏起来后，和田仓才意识到这样藏起来反而更可疑，脸变得通红。他决定等行人走过去。好像有两个人。就在这时，一个女人的声音传来："你说那个男的到底怎么回事啊？"

"真搞不懂。我揍了他，还以为已经给他教训了。"

"还若无其事地到荞麦面店来了，是不是没搞清楚状况啊？真让人不舒服，很恐怖啊。"

"是啊。明天又要出差了。你还是注意关好门窗吧，我不放心。"

两人的声音消失在电梯里。听男人的声音很明显是熊岛洋一。女人恐怕就是住在这栋公寓里的那个女人。刚才他们说的"让人不舒服"的男人是谁，和田仓不可能听不出来——就是他和田仓。

他没有勇气再走进电梯，就那样离开了公寓。

"我到底在做什么？我到底在做什么？"回家的车里，和田仓一遍又一遍地说着。

9

第二天，按计划请了假的和田仓过了晌午才睁开双眼。公寓的事、那个女人的事和熊岛洋一的事让他脑子变成一团乱麻，无法冷静。对自己接下来不得不做的事的担心、疑问和紧张更让他无法安眠。

夜里，花畑曾打来一次电话。"你明白吧？就是明天。"他略带威胁地提醒着。

和田仓答道："嗯，我当然明白。"

起来后也没有食欲，该穿什么衣服去又令他烦恼。最终，他认为与其穿那些令他别扭的便服，还不如穿最熟悉的西服。

下午两点左右，和田仓出了家门。来到停车场，他钻进自己的白色小车，正准备发动引擎出发，才发现地图和手机都忘带了。我在干什么？他自责着慌忙回屋拿。当他呼吸急促地再次回到车里时，副驾驶座上已经多了一张熟悉的面孔。

“真是巧遇啊，和田仓叔叔。”久远一边系安全带一边挥手。

和田仓搞不清状况了。“为什么……”他说着坐进驾驶座。

“我正想着要是能见到和田仓叔叔你就好啦，结果就见到了，太好了。”

“你怎么知道我的住址？”

“比起那种小事来，”久远此时的语气虽然沉稳，却带着不容分说的强制性，“和田仓叔叔你要去哪儿？还穿着西服。”

“公司。”和田仓不动声色地说谎。

久远很冷静。“这种时候？其实啊，我给你的公司打过电话哟，扮成你儿子。”

“你说什么？”

“公司的人告诉我，说你今天休息，所以我才到这里来。结果，你又穿着西服要出门。”他理所当然地说，“所以我就坐到副驾驶座上了。”

“你怎么知道这里？”

“这种事就别管啦。”年轻人久远笑着，“你还不出发，没问题吗？”他指了指表。

“啊。”和田仓下意识地叫出声来，发动了车。在十字路口拐弯后，他忽然意识到什么，看着副驾驶座的久远。“你为什么会知道时间？”

“我只是随便说说。和田仓叔叔，你跟什么人约好了吗？”

和田仓苦笑着转动方向盘。“你给我找个地方赶紧下车。”

“下车也可以，但在那之前我想知道啊。”

“想知道？”

“我就是为这个才来找你的。大致内容我掌握了，可是细节却完全不知道，让人很不舒服。”

“大致内容？”和田仓差点一狠心踩下刹车，“我连大致内容都不知道。”

“可是，手握真相钥匙的可是和田仓叔叔你啊。”

久远沉吟了一声，就像下棋时考虑下一步要怎么走似的。

“和田仓叔叔，你好像也不是在装傻啊。”

“装傻？我？”

“好吧。”久远发出下定决心的一声，“那，我来试着说说我所知道的事情，你来回答到底对还是不对。”

“为什么我能判断呢？”和田仓说着变换了车道。前面可以看到一排亮着刹车灯的车，是堵车吗？他有些担心。

“你现在很赶吗？如果不赶，不如停下车说。”

“我没那么悠闲。”

“那还是这样说吧。”久远稍稍动了动身体，调整安全带，“首先，你前两天在公园被袭击了。”

“那当然没错。”

“行凶的是熊岛洋一。”

“啊？是吗？”

“跟我想的一样，钱包被偷是他的谎言。偷东西的人确实不会在公园里打人，因为项目不一样嘛。”

“你怎么知道的？”

“因为我问过熊岛洋一本人。”久远说，“这还不简单？”

“啊？什么时候？你怎么问的？”

“我希望和田仓叔叔你跟我说真话。”久远若无其事地继续着话题，“你为什么要跟踪那个女人？”

“那个女人？”和田仓并不想装傻，而是最初真的没明白才鹦鹉学舌。随后他反应过来，久远是指和熊岛洋一在一起的那个女人。

“你跟踪了那个女人。而熊岛洋一呢，好像是那个女人的男朋友。”

“男朋友？”

“对。因为自己的女朋友被跟踪，这让熊岛洋一很不放心。这是当然啦，有人跟踪自己女朋友，当然会既生气，又担心。”

“所以才袭击我？”

“唉，不管你多变态，我还是觉得对你拳打脚踢是不好的。”

“你什么时候问的熊岛洋一这些事情？”

“在中餐馆跟熊岛洋一说话的时候啊。吃完饭后，你不是起身去接电话了吗？那个时候我就试探了他一下。对他说‘是不是有什么恩怨啊？其实，和田仓叔叔也对我很不好’。”

“我什么时候对你不好了？”

“只是利用‘敌人的敌人就是朋友’这个理论而已，而且立刻就有了效果，他也都跟我说了。那天，和田仓叔叔你又跟踪了他的女朋友，所以他反过来跟在你后面，然后在公园揍了你。”

和田仓觉得自己被打过的面颊现在更痛了，但他又怕想太多一不小心开错路，便拼命集中注意力。

“所以，我希望和田仓叔叔你告诉我，为什么要跟踪那个女人？”

“那天在荞麦面店到底是怎么回事？”

“那是我交代熊岛洋一做的。我想确认一下你看到那个女人之后会如何反应，所以特意让他带女朋友来，虽然那时候还是工作日的上班时间。”

原来那个时候自己被观察了。和田仓想要回想起当时久远的样子，却做不到。

“我问和田仓叔叔你认不认识那个女人，你回答说不认识。可是非常遗憾，你当时的表情明显就是在说谎。虽然我不是成濑哥，都一眼就看出来了。太明显了。”

久远话里出现的“成濑哥”到底指谁，和田仓不知道。不过他总算明白，自己被怀疑了。

“虽说是跟踪，但也只有两次而已。”他坦白道。

“你想调查那个女人？”

“或许也可以这么说。”他确实想知道那个女人到底是谁。

这时，久远带着好像了解了全部真相的表情微微地点着头。“该不会，”他说道，“和田仓叔叔，你该不会是那个抢劫团伙的成员吧？”

和田仓意外至极，发出了“唔”的一声短暂的惊叫，随即将车驶进此时刚好出现在左侧的超市停车场。“抢劫团伙？”

轮胎发出摩擦地面的声音。

10

“抢劫团伙？你说什么呢？”和田仓动作粗鲁地停下车后大声嚷着，唾沫星子喷了久远一脸。

“哎？”久远笑着抹掉了脸上的唾沫，愣了一会儿，“不是吗？”

"你到底在说什么？"

"我完全以为和田仓叔叔你是在调查入室抢劫时要下手的人家。"

"什么？"

"之前的杂志上不是登过吗？在横滨发生的入室抢劫案。闯进别人的公寓，将住户绑起来，把值钱的东西都拿走。前一段时间还发展到了杀人的地步。"久远就像一个滔滔不绝地描述鸟类生态环境的孩子，"其实啊，我见过那样的人。"

"那样的人是指……"

"因为欠债太多翻不了身，为了还债就被强迫去帮罪犯做事。当时是抢劫运钞车。地道先生、林先生，这些人都被神崎先生操控。"

"林先生？神崎先生？"从未听过的名字一个接一个地蹦出来，和田仓有些跟不上。

"所以，我想和田仓叔叔你是不是也是为了还债，才被叫去帮别人做什么奇怪的工作。"

"我什么都不知道，只是有人叫我今天把车开到公寓后面而已。"

下午三点，去那栋公寓楼旁。这就是他接到的指示。

"是那个女人的公寓吗？"

"是的。"

"这样啊。"久远打了个响指，"果然，和田仓叔叔你是负责开车的人。"

"负责开车？"

"有人闯入民宅，实施抢劫，同时也要有人开车带着那些人逃跑。这是责任制啊。这次呢，开车就是你的责任。和田仓叔叔，你其实也已经知道这个工作不是那么单纯吧？"

"虽然有人告诉我，让我帮忙做事抵偿债务……"他是从花畑那里接到的命令。从前两天的电话来看，虽然花畑他们的赌场跟这件事没有直接关系，但总之是他们将他介绍给了不知是哪里的某些人。“真的是这样吗？这是在帮别人抢劫吗？”

“那，我们去看看吧？”久远说。

“去看看？你不下车吗？”

“才不下呢。好像挺有意思。”久远平静地说，丝毫没有胆怯，“反正我挺闲，而且如果和田仓叔叔你遇到什么麻烦，我好歹可以帮你。”

和田仓再次回到大路，并且在车道变宽的地方超过了前面的车。现在加速还来得及。到底要拿这个久远怎么办，他现在也不知道。

只是不一会儿，他们便被堵在路上。和田仓筋疲力尽，垂头丧气。再着急，车也不能再前进一步。“不行了。”他扑倒在方向盘上，“来不及了。”

“这个时间段好像很堵啊。”

“之前去那栋公寓踩点的时候还挺通畅。”

“啊，对了，你是在去踩点的时候跟踪那个女人的吧？”

“嗯。”和田仓点头承认，“给我的指示中，也包括让我记下公寓名称和门牌号，让我今天用车去接从那个房间里出来的男人。”

“门牌号？”

“最开始跟我说让从那栋公寓里出来的男人上车，但又发现这样似乎很容易出错。后来又说什么从上数第二个、从右数第三个房间，但是我的车停在楼下，也许看不清楚，所以就告诉我门牌号了。”

“所以，你就有些好奇，就去那个房间踩点了？”

“不管什么工作，事先做好准备都是很重要的。”和田仓就像在跟下属说话，“我去了，刚好看到有个女人从那个房间里出来。我很好奇，就跟在后面了。”

“为什么好奇呢？”

“大概……”和田仓咽了口唾沫，“大概是我心里也有些预感，觉得自己是在帮助别人犯罪。”

“那你是准备告诉那个女人，她也许会卷进什么危险当中吗？”

“不是。”他很直率地否定了。给那个女人忠告，这么慈悲的心肠他还真没有过。

“但结果只是被她男朋友打了一顿。”

“那是第二次跟踪她。那天我还是觉得放心不下，就又一次跑去跟踪，结果回来的路上反而被那个熊岛洋一追上了。难道现在那个女人已经落到劫匪的手上了？”

“可能性很大，而且劫匪们可能正翘首企盼你的车出现呢。”

“我该怎么办？”和田仓绝望地看着眼前塞满车的公路，叹了口气，“已经赶不上了。”

“你想赶上？”久远看着驾驶座上的和田仓，“赶不上不也挺好嘛。赶得上也只是帮劫匪们逃跑而已。”

“可是……”可是如果这样，欠的债又怎么办呢？

“总会有办法的。”

“怎么看都不可能有办法了。”

久远好像完全不着急。“有事发生的时候，广播都会报道。”他拧开收音机的按钮。杂音过后，传来了声音。没想到真的听到了自己正赶往的目的地所在的街道名称，和田仓慌忙调大音量。播音员念道：“在楼顶上被警方包围的凶手就在刚才终于被制伏，人质门马隆之平安无事。”

“这……”和田仓说，“这就在我要去的地方旁边。”

“哎，是吗？”

久远说话间，收音机里的新闻还在继续。“就在楼顶上发生绑架人质事件的同时，旁边公寓里一起入室抢劫案的凶手也被逮捕。”播音员继续报道，“凶手闯进一名女子居住的房间，将其绑了起来，企图抢劫财物。”

“这就是他们命令我去的公寓。”

“那和田仓叔叔你的同伙已经被逮捕了？”

“也不算是同伙。”和田仓小声说，他还没有完全搞清楚状况，“凶手真的被抓住了吗？”

“不是挺好嘛。”久远咧嘴笑着，“受害人，也就是那个女人好像也平安无事，你也不用被当成犯罪团伙的一员。总之，你可以不用再去那里啦。”

“没赶上。”

“劫匪已经被逮捕了。你跟那个花畑先生解释一下，他应该会理解吧。”

和田仓愣在那里。“会吗？”

“风岂止是变温柔，不是已经停了嘛。”

久远认为反正已经无所谓，不用再去，可和田仓还是驾车朝那座公寓驶去。但他们到达时，附近已经被电视台的摄像机和警车包围，无法靠近。

“我到底该怎么办啊？”回去的路上，车正飞驰，和田仓忽然自言自语起来。

“至少你还没有成为犯罪集团的一分子，这事就了结啦。”久远说，“不过，和田仓叔叔，你是在什么地方赌博的？”他问，“那个赌场里肯定也有很多现金吧。”

“应该有吧。虽然不是我的钱。”

“这样啊。”久远露出思索的表情，不再说话。

在和田仓家附近，即两人第一次相遇的公园附近，和田仓同久远道别了。留下仍在挥手的久远，和田仓开车回到了家。

到家时会不会已经有警察等在那里，说“我们已经知道你是劫匪的同伙了”，然后过来抓自己呢？或者是花畑将连车窗玻璃都是黑色的高级轿车横在门前责问：“和田仓，你为什么不按指示行动？就因为你，你的同伙都被抓走了。”还要抓起衣领，朝脸上吐唾沫说“我只好把你关起来了”。和田仓带着满脑子的恐惧回到家里，可是什么都没有发生。房间里一如既往地寂静无声，电话没有留言，甚至连信件都没有。

点亮灯，坐下，忽然一阵疲劳袭来。“根本不是没问题”，他想起了前妻的话，自言自语。

人生已经开始倒计时。或早或晚，无路可逃。花畑肯定会再次找上门来，或许还会有其他人上门催债。或者因为抢劫案，鬼怒川的非法赌场被公之于众，曾经是常客的自己也会被逮捕。绝对有可能。一切都完了。

11

接下来的几个星期跟之前的绝望背道而驰，和田仓的生活平静如常地继续着。警察就算了，连花畑都没有找他，这令他很意外。或许在他们看来，根本没有闲工夫浪费精力在他身上。就在他好不容易想通这一切的时候，他的家终于有了到访者。

门铃声响起，他战战兢兢地打开门，外面竟是久远。

“和田仓叔叔，状态怎么样？”久远好像要说“终于轮到你出场了”似的，“我想请教一下赌场的情况。不是火灾，是赌场哦。[①]”

①日语里“赌场”与“火灾”仅相差一个音。

第二章

“坏蛋们”吸取上次失败的教训制订计划，却在抢劫银行后遇到麻烦

“吃一堑，长一智”

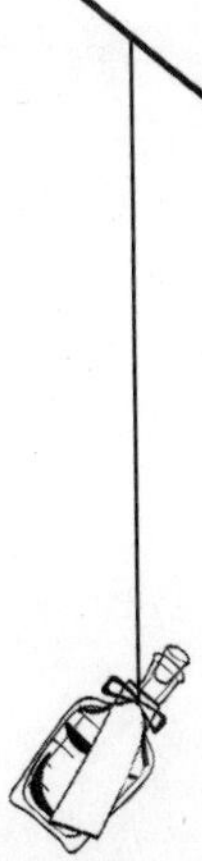

成濑 I

しごと【仕事】 ①做的事。必须要做的事。特指职业或某种业务。②制造事端。或者坏事。③功，物体受力的作用发生位移的时候，位移方向上的力和距离的乘积叫作力对物体所做的功。单位是焦耳。“你的～是几焦耳？”

“好了，各位。”成濑听到背后站在柜台上的响野开始说话，便站到坐在椅子上的男人面前。对方的名字已经事先调查清楚。

“山本股长，钥匙。”他说着，举起了模型枪。

成濑来踩点的时候，山本股长正在角落里训斥一名女员工。现在的他却面色苍白，两手发抖，乖乖地交出了钥匙。再逞强也掩饰不了他内心的懦弱。他是“柴犬”。

“已经过去一分钟了。”响野说话很流畅。银行里的顾客们一言不发。“接下来我们还要再耽误大家四分钟。”

成濑转过身，扫视了银行内的情况。山本股长正猫着腰走到大厅。这样一来，银行里的所有工作人员都已集中完毕。

除工作人员之外，顾客共有二十人。穿西服的、青年男女、白发女人，所有人都蹲坐在那里，看着来回舞动手枪的响野。

成濑的视线从左扫到右，将所有人的脸都过了一遍。正担惊受怕的人没有问题。麻烦的是内心混乱且情绪激动的银行职员，或者是即使身处险境也沉着冷静伺机逃跑的顾客。有必要对他们进行观察并分类。

对面右侧，一对站在取款机旁边，即存折补登机附近的男女进入了他的视线。两人看上去都二十多岁，面色惨白的女人身后，男人紧挨着站立，头戴深绿色针织帽，鼻梁上架着彩色眼镜。男人身材十分矮小，最初成濑还以为他是个扮成大人模样的孩子，但好像也不是。再继续看女人的脸，成濑觉得在哪里见过。不是熟人，但究竟在哪里碰到过，成濑想不起来。

挥舞着警棍绕大厅跑了一圈、将所有摄像头都破坏了的久远正好从那对男女旁边走过。他撞了他们一下说“坐下”，之后便潇洒地跃过柜台，站在成濑面前。成濑丢过钥匙，久远肩扛手提包，右手接过钥匙，说了声“谢啦”。

柜台上的响野已经开始演说。

“一八七六年，成功发明电话的亚历山大·格拉汉姆·贝尔说了一声‘喂’。他说：‘喂，听得到吗？’一九六一年，宇航员加加林透过航天飞船的窗户说‘地球是蓝色的’。一九三二年，五一五事件[①]中被杀的犬养毅临死之前留下的话是‘如果听我说了，你们就会明白’。还有那个世界闻名的爱因斯坦曾说过‘好笑话不要讲太多遍’，而一九八二年，那个外星人说了‘E.T.想回家’。二百四十秒之后，在座的各位恐怕都会这样说：‘我亲眼看见了银行劫匪！’”响野连气都

① 1932年5月15日以日本海军少壮派军官为中心发动的兵变。时任首相犬养毅在首相官邸被杀。

没喘，连珠炮似的说着。

成濑一边感慨着响野怎么能不知羞耻地说出这些毫无意义的话，一边走到正从现金柜中取出一捆捆钞票的久远旁边。他拉上第一个包，又把已经拉开的第二个包咚的一声放到旁边。

“四分钟，二百四十秒，我希望各位可以保持冷静。我们来做个约定吧。如果有谁想在这里让我见识你的勇气，试图反抗，那么你将会中弹负伤。说不定，这个伤还会伴随你一生。相反，如果各位可以保持冷静，那么时间一到，我们就平安无事地解散。不，不仅如此，你们还可以跟朋友们炫耀说‘我亲眼看到了银行劫匪，亲身经历了’。怎样的选择才是明智的，我希望大家好好考虑清楚。是负伤，还是炫耀。我们不打算伤害大家，也不打算抢各位的钱。我们只是从银行借一点钱，从被国家扶持、利息一点都不涨、光顾着自己赚钱的银行哦。”

真说得出口。成濑苦笑着蹲下，迅速装钞票。

一旁同样在装钞票的久远斜眼看了看柜台，又调侃成濑说：“那个大嘴巴是你朋友？”

“谁知道。”成濑也装傻，“对了，你还要去新西兰？”

“去啊。我要在特卡波湖好好休养休养。”

“上个月那家伙好像也去了。”成濑一边收拾钱，一边用大拇指指着背后的响野，“他的店不是关门歇业了十天吗？那是去新西兰旅行了。”

“哎，真的？为什么？别把我的新西兰弄脏了。”

“他还特意叮嘱我千万别告诉你呢。”成濑说着，露出一丝浅浅的笑。

“那你还说！”

“就算他先去，对新西兰也没什么影响。别那么生气。”

“没生气啊。”

“说谎。你就是在生气。”

“果然还是骗不了你。”

“今天就来谈一谈时间的话题吧。”响野的声音在大厅里回响，手枪像指挥棒般颇有架势地来回舞动，“是什么将人和动物区别开的呢？有人说是火的使用，有人说是因为人类开始使用工具，也有人说是因为人类摸过又黑又大的纪念碑，说法有很多种。还有人说人之所以不能再变回动物，是因为人开始注意到时间。这个人的名字我忘记了，说不定是我自己。”他的演讲开始了，“有一句很有名的话，说哺乳动物一生的心跳数是二十亿。也可能是我记错了，应该是十五亿。总之，从一数到二十亿，这一生就结束了。也就是说，根据物种的不同，数数的速度不一样。就算各自的寿命不一样，心跳的次数也不会改变。不管是匆忙地过完一生，还是悠闲地过完一生，都是一样。”

“这些钱还算可以。”久远说。

“你是说四千多万？还算可以。”

钞票已经装进去大半。似乎是觉得剩下的成濑一个人装就行，久远站起身。他不知从哪儿掏出个钱包，打开看了看，咂了下嘴。然后他举起模型枪，朝人质们晃着，扛起已经拉好的包。“好重。”

“总比轻好吧。”

“田中的那个奇怪装置也装在这包里吧。难道不是因为那个吗？”

“心理作用而已。”成濑答道。让田中准备的追踪器是一张只有硬币大小的贴纸，虽然贴在包底，可基本没有重量。

成濑将面前的包拉上，背了起来。“走吧。”

“现在，据说地球上每天都有一个物种在灭绝，也有一种说法是每个小时一种。原因很明显是我们人类。知道时间概念的我们可以说是最没把进化的时间放在心上。而人类却并不愿意承认自己是罪魁祸首，有的只是‘那又怎样’这种想法。”响野昂首挺胸地继续说。

另外两个人快速而有节奏地向前跳上柜台。成濑站在响野的右边，久远则站在成濑右边。

响野转头跟他们交换眼色，又看了看秒表，满意地点了点头。“刚好四分钟。由衷感谢各位的悉心相伴，演出到此结束。帐篷收起来，小丑服脱掉，大象关进笼子里，马戏团要朝着下一个城镇出发了。”

“久远，”成濑将脸凑向身边的久远，“那边。”他快速地说着，用下巴指了指存折补登机旁边的那对男女。他原本想对久远说觉得在哪里见过，问久远有没有印象，可旁边的响野说“喂，走啦”，他只得放弃。

他面向人质深深鞠躬，响野和久远也用同样的姿势诚恳地行礼。

成濑跳下柜台，响野二人跟在后面，三人朝出口走去。跟以前一样的步骤，跟以前一样的娴熟。工作就是这样一种平凡作业的不断重复，成濑想着，走向自动门。他看见走在旁边的久远中途撞上了站在那里的顾客。

雪子 I

しゅう—ごう【集合】 ①聚集在一起。集中在一起见面。集会。聚会。②在由事物聚集而成的整体中，判断任意一个事物是否属于这个整体，或判断属于这个整体的两个事物性质是否相同的明确标准。③没有同伴的人总想找机会说出口的词。“所有人，以我为中心～。”

雪子走进咖啡店，正好和在吧台整理杯子的祥子视线相对。眯眼微笑的祥子就像个清爽的女高中生。每当看到她这样的表情，雪子都忍不住想，如果在十几岁的时候能跟她做朋友就好了。如果那样，自己十几岁时的岁月可能会更阳光些。

“我是最后一个？”雪子问祥子。

“久远也刚刚到。”

过了晚上八点，咖啡店已经关门。没有其他客人在，雪子径直朝窗边的四人桌走去。

她刚拉出椅子，旁边的久远就伸出手指对她说：“这么晚。”

“路上堵车。”雪子胡乱回答着。

于是久远更加大声地嚷道："雪子姐怎么能被堵在路上呢？简直难以想象啊！"

"说起堵车，我之前在电视上看过，说新西兰的羊群过马路竟会引起交通堵塞。"雪子试着岔开话题。

"新西兰式的交通堵塞嘛，我知道啊。"久远说，"啊，对了，响野哥，听说你去我的新西兰了？什么情况？"他开始找响野的麻烦。

"你怎么会……"响野退缩了一下，紧接着又反问道，"哎，怎么就是你的新西兰了？是大家的新西兰吧？"

"阿响，你不是很讨厌去国外吗？"雪子想起他曾说过类似的话。

"全靠一张嘴活着的你到了日语说不通的地方，那不是什么都干不了嘛。"成濑略带讽刺地说。

"真去了之后，试着说了说日语，还多少能通一点。反正有点用。剩下就全靠肢体语言了。"

"别管那些了，你们刚才都聊什么了？"雪子问。

"一个月前的那件事，就是那个公寓楼顶上的人质事件。"久远说。

"啊，我好像在新闻上看到过。"雪子想起来，那天她正为女同事关于小剧院的事忙前忙后。

"成濑哥好像跟那件事有关系，刚才一直在听他讲。"

"是吗！"雪子小声惊叹道。

"所以呢，我们刚才正在讨论如果楼上的人想给楼下的人传递消息，用什么方法最好。"

"从楼顶上扔个纸条什么的下来不就行了？"雪子想都懒得想。

她刚说完，久远便点头说："对，对，雪子姐，你挺在行啊。"

"不，还是肢体语言好。我在新西兰可是亲身实践过，通过肢体动作最后都能搞定。比如说去库克山的时候……”

“接下来的话会很长吗？”雪子故意问道。

“那么，万一响野哥有一天被杀了，还要用肢体语言留下凶手的名字吗？还是在纸上写下来才对吧。”久远的说法像儿子在反驳爸爸。

“你要清楚我们现在讨论的是什么样的情况下。”响野板起脸，“如果是那样，你又怎么留下凶手的名字啊？”

“我的想法很简单。把凶手的名字写在纸上，放在旁边就行。”

“如果被凶手发现，会被扔掉吧？”

“那我就贴床底下。”

“能贴上最好。你最好找个有胶带或胶水的房间。”响野调侃道。

“是房间肯定会有。”

“久远，你想想，你被杀的时候，临死前还有闲工夫把凶手的名字写在便条上，然后从抽屉里找出胶带贴到床底下？那你做这些事的时候凶手在旁边干吗？”

“我会把胶带放在桌上准备好。”

“不是胶带的问题。”

雪子呆在当场，这到底是在讨论什么呢？她看了看成濑。成濑也在悄声叹息。

“刚才慎一一直都在呢。”祥子端来杯子，说，“说要在你来之前回去，就跑掉了。”

“都已经到了嫌妈妈烦的年纪啦。”说这句话的久远本身看上去还带着这种年纪的青涩。

“慎一还是挺喜欢我的店的。”

“到这种店里来能有什么益处？”成濑问。

“没有比我这咖啡店更充满智慧的地方啦。我刚才还教慎一知识了呢。”

“教什么？”

“男女联谊时不是经常说五对五、三对三嘛。‘明天的联谊是五对五’之类的。他问我那指的是什么，我就告诉他，联谊是分数制的，大家都追求平分。”

“你那不是骗人嘛。”久远苦笑。

“哪里有智慧了？”成濑苦笑。

“又不是猜谜语。”祥子苦笑。

“慎一也要去联谊了啊。”雪子听上去像是半开玩笑，可又带着母亲对儿子成长的困惑。那个天真烂漫的孩子不知不觉间已经长大了，雪子不禁这样想。

“还早吧，才初中生呢。”久远说。

“久远去过吗？联谊什么的。”把托盘夹在腋下的祥子转身离开前问。

“或者说，你小子有女朋友吗？”响野指着久远。

“如果响野哥你肯低头求我说‘请告诉我吧’，我就告诉你也无妨。”

“你不告诉我也没关系。”

“对了，雪子姐，你之前是不是跟祥子姐去什么地方看过演出？”久远变换了话题。

“有这回事？”祥子的丈夫——响野头一次听说。

“小剧院啊。”雪子说着，又跟众人解释剧院的名字叫“C 剧院”，最后还添了一句，“老板是个怪人。但演出本身我们倒是没看。”

回到吧台的祥子报以微笑。

“哦——”久远拖长声音应道。也不知他是感兴趣还是不感兴趣。

“不管那个了。到底有什么事？”雪子看着成濑。正常情况下，抢银行后是不会立即见面的。抢来的钱由成濑保管，大家都心照不宣地最少一个月内不见面。可这次刚过了一天，成濑就通知大家集合。“出什么问题了吗？”

“不，没问题。这次在我们至今为止干过的里面都算是顺利的。钱刚好是四千万，四个人分刚好，也没有被警察追捕之类的失误。”

“哀叹物种灭绝的响野哥的演说也不错。”久远指了指响野。

“是吧。”响野挺起胸脯，“那个不错吧，是吧，是吧。”

“那，为什么要集合呢？又没有人为了以前的男人出卖同伴，大家的钱也没被别的抢劫团伙抢去。”雪子略带自嘲地说。

“这故事我好像在哪儿听说过。”久远笑着。

店里的音响传出舒缓的钢琴声。演奏者像在悠闲地和着水滴落下的声音敲击琴键。

“你们知道筒井药房吗？”成濑摊开桌上夹在报纸里的广告单。雪子和其他二人立刻低头看去。是连锁大药房的广告。

“你想知道什么感冒药比较好用吗？”雪子皱起眉头。

“哪个哪个？”盯着看的响野说，“最近经常看到啊，这家店。这附近也开了一家。这个姓筒井的社长不是还经常上电视吗？就在广告里。”按照响野的话，广告内容好像是这位矮墩墩胖乎乎的社长出现在画面中央，带着满意和喜悦的表情说：“我们这里拥有安心，拥有安全，拥有一切。筒井药房。”

“这又怎么了？”久远问。

“这个筒井药房的社长有一个独生女。”

“拥有一切的筒井药房的社长有一个独生女也不足为奇。”响野点头。

成濑这时又从广告单下面取出另一张纸。好像是一张打印出来的照片，可能因为是黑白的，看上去像寻人启事。成濑说这是他在办公室打印出来的。照片里有个二十岁左右、身材苗条的女子站在拉面店门口，细长脸，头发垂到肩膀。

“公务员可以因为私事使用办公室的打印机吗？纸的钱也是我们的税金啊。”响野立刻指责。

“下次我自己掏钱把纸补上。”成濑说着，也不知道是不是认真的，“这就是筒井的独生女的照片。”他继续说，“好像叫筒井良子。”

“那又怎样？”久远伸长脖子。

雪子歪着头，又看了一遍照片。“阿成你认识这个人？”

“算是吧。”

“啊。”久远说着做出一个打响指的动作，可并没有声音，“这个人。”

“这是谁啊？你们到底在说什么？”响野来回看着久远和成濑。

“昨天抢银行的时候，我看见过这个女人。是当时在银行里的顾客。哎，她居然是社长千金啊。成濑哥你当时就已经认出她是筒井药房社长的女儿了？”

“不，那个时候我还不太清楚，只觉得好像在哪儿见过那张脸。”

“那你在哪儿见过？”雪子插嘴问。

“在上班的地方。”成濑立刻回答。

“上班的地方？”

“我那里有个年轻小伙子，想跟这个筒井良子结婚。”

“什么跟什么啊。”久远露出诧异的表情。

成濑 II

かべーがみ【壁紙】 ①为了修补或装饰墙壁而贴在墙上的纸。②电脑屏幕的背景部分，或者是背景部分显示的图像。“那个人爱小孩爱得不行，～永远是儿子的照片。”“不是挺温馨的嘛。”“可他儿子都二十岁啦。”“呃。”

成濑从前听下属大久保感叹过“想跟女朋友结婚”，但怎么也没想到自己竟然会在银行碰见那个女人。“他正跟这位社长千金谈恋爱呢。”

“公务员和社长千金啊。”久远点头，“这组合不错。”

“喂、喂，公务员在工作时可以看女朋友的照片吗？”响野对这样的事很苛刻，“如果一定要看，那也应该看市民的照片，市民的。”

“她也是市民。”成濑不耐烦地应道。

“那又怎么样？会发生什么事吗？”雪子催促他快说。

“我们抢银行的时候，所有顾客都集中在大厅。那时候，这位社长千金就在存折补登机附近，而她身后还有个男人。”

“是你的那个下属？”

“不是，是个没见过的男人。他站在女人旁边，但一副很警惕的样子。”

“是很可疑。戴着针织帽，还戴着边框结实的彩色眼镜，那是一副刻意隐藏真实相貌的打扮。”

“久远也这么想吗？”

“那个男人好像拿着什么东西抵在女人身上。”

“抵在身上？”雪子歪着头。

“我想应该是拿着枪或者刀抵在女人背上吧。”

“你们说什么呢？”响野眉毛都竖了起来，“这是什么时候的事？你们趁我不在的时候去抢银行了？”

“才不是。响野哥也在啊。注意力那么敏锐的响野哥应该也注意到了吧。”

响野伸出下嘴唇，一副不满的表情。

成濑坦白地说：“我那个时候也不知道那女人到底是谁。”觉得在哪里见过那张脸，可是既想不起名字，看上去又不像名人。最终他还是没有时间慢慢考虑这个问题，只能匆忙离去。“第二天我去上班的时候吓了一跳。”

成濑去上班，偶然瞟到大久保的座位，立刻愣住了。电脑画面上是大久保女朋友那张大照片。他这才意识到：“啊，原来是这个人。”

“那又代表了什么？说白了就是阿成下属的女朋友在银行里跟别的男人在一起。是脚踩两只船？”雪子眯起眼睛。

“如果是感情问题，那我也不用插手。我今天试着婉转地问过那个下属。”

午饭的时候，成濑试着问大久保：“你跟女朋友结婚的事情怎么样了？”

大久保非但没有觉得奇怪，反而是一副想找人商量的表情。“其实啊，”他说，“其实啊，现在跟她联系不上了。”

“这代表了什么？”这次是久远问。

成濑开始跟大家解释从大久保那里听来的话。筒井社长固执地反对大久保和良子结婚，良子对此十分不满，决定离家出走。大久保曾苦笑说：“唉，感觉就是那种不谙世事的千金小姐想稍微试着反抗。”她的计划好像是换着住商务酒店，好让她父亲担心。

“我们约好每天晚上都要打电话，可是昨天晚上她却没打来。”

“也有可能是忘了打啊。”成濑用安慰的口吻说。

结果大久保告诉成濑，昨晚女朋友没有打电话，她父亲却打来了。忽然打电话到家里，说了些“绑架啊，你想怎么样”之类的话。大久保当然是不知所措。他愣了好久，也只回答了一句“我不知道”。

“绑架？”成濑反问道。

“到底是怎么回事呢？我开始觉得大概是她父亲胡思乱想，可是刚好她也没有打电话来，所以我就开始担心。当然，我也知道肯定不会是那么夸张的事情。”大久保好像是在说给自己听。

“如果一直没有消息，还是想想办法比较好。”虽然无法直言让他去报警，成濑还是决定婉转地引导大久保。

“我先看看情况吧。按照她的计划，应该是准备先出去一个月。现在可能还不需要闹到那么大，但我还是挺担心的。”

“阿成是在怀疑，那女人真的被绑架了？”雪子看着他。

“有可能。”成濑觉得，绑匪给筒井打了电话，可是筒井却条件反射般认为一切都是大久保搞的鬼，才会打那样的电话给大久保。

“银行里的那个男人就是真凶？”响野皱起眉头。

“但我们抢劫后，那些在银行里的顾客不是都要被警察带去接受调查吗？如果是那样，良子不是也应该会受到相应的保护吗？”

“不。那时我们并没有让任何人按下报警装置。也就是说，等我们走后，他们才会报警。警察需要很长时间才到，那期间两个人也许早就没影了。”

“那……”响野不安地看着成濑，“你今天特地把我们都叫来，到底想做什么？”

“我在想，如果她真的遇到什么危险，我们怎么可以袖手旁观呢？”

“成濑，我丑话说在前头，现在已经太晚啦。我们已经从那个银行逃出来了。那个社长家的千金小姐现在也已经不知去向。你现在说这些话，就好像在一部电影下线后才评论说‘那电影其实很好看啊’一样，已经来不及了，太晚了。”响野将嘴凑到杯子边，细细地品了一口，“我们家的咖啡真不错。”然后又来了一句“没有意义”。

“但是如果发现本以为下线的电影仍在小城市的电影院上映，又会怎样呢？”成濑笑着说。

“什么意思？”

成濑意味深长地看着久远。“没错吧？”

“原来是这样。”久远咧开嘴笑了。

“喂，你们说什么呢？”响野的声音有些焦躁。

“那时久远在大厅偷了那个男人的钱包。就是站在那个女人身后的男人。”

“被识破了？”

“什么时候偷的？”响野似乎觉得只有自己被蒙在鼓里，坐立难安。

“破坏完所有摄像头后，我撞上了他们。”

“真没看到。”

“因为响野哥完全沉迷在自己的演讲中嘛。”

“为什么在抢劫的时候你还偷钱包？”雪子很诧异。

“刚才说过嘛，我早就觉得那个男人不对劲。所以就想着事后应该调查一下他的身份。可疑的人都是可以充分利用的。”

“你真是比我们想象中更可怕啊！”响野感慨地看着久远。

“对。我比你们想象中更可怕。”

“然后你把那个贴到钱包上，又还给了那人。”

成濑刚说完，久远就大声喊道：“你连这个都知道？”

“贴？”雪子皱起眉。

“那个是指什么？”响野仍然很不开心。

“就是田中的追踪器啊。原本贴在包上的玩意儿。我把那东西从包上撕了下来，贴到钱包上，又将钱包还了回去。”

自从那次抢银行后，用来装钱的包都事先贴上了追踪器。

响野的一句“好不容易抢银行得来的钱如果弄丢了，那可真是一无所得”是一切的开始。“如果还像以前一样被别的劫匪把包抢走，那也太蠢了。”他提起了一年前被那帮运钞车劫匪把钱抢走时的教训。

“那件事我早忘得一干二净了。”雪子打心眼里觉得不舒服，皱起眉头。

“怎么能忘记呢，应该当作下一次行动时的宝贵经验啊。”响野说道。

那时正好在旁边的响野的妻子——祥子瞪圆了双眼，颇有感慨地说：“你竟还能说出这样的话。”

成濑则爽快地说："我从没看到过你将失败变成教训，只看到过你将失败变成更大的失败。"

响野却毫不畏惧。"树木藏在森林里，失败也隐藏在更大的失败里。"

那个追踪器是成濑特意跑到田中家买的。快三十岁的田中整天只窝在位于绫濑的公寓里，收集各处的门钥匙、密码和卡号，但偶尔也买卖一些奇奇怪怪的发明和便利的道具。

这个只有十日元硬币大小的圆形创可贴一样的玩意儿就是追踪器，实在很难让人相信，于是成濑再次确认，田中却若无其事地说："就这么大，还可以通过卫星信号在电脑或接收器上显示当前位置。"

于是，为了应对包再次丢失，这玩意儿就被贴在了包上。

"为什么要贴上去？"响野带着一脸不解的表情问道。

"也没有什么太深远的意义，就像刚才说的，因为觉得那个男人很可疑嘛。当时偷来的钱包里连驾照都没有。没办法，就想起了那个追踪器，不是正好吗？我想着事后可以再去查他的住所。"

"那你具体准备怎么办？"响野说。

"嗯——"久远茫然。

"你还真是随心所欲啊。"

"不是挺好吗？我虽然忘记了，成濑哥却还记得。"

"这算什么理由。"响野皱着眉，随后又望向成濑。"那，久远的所作所为你都看到了吗？"

"我也不确定他是不是真的那样做了，只不过事后发现包上没有了追踪器，才想到他也许那样干了。"

"正如你猜测的，我装了追踪器。"

“也就是说，我们也许可以知道这个社长千金筒井良子在哪儿，是不是？”成濑看着响野。

“你该不会是想说‘所以我们去救她吧’？”

“所以我们去救她吧。不行吗？”

“不行吧。”响野说完，又把嘴凑到杯子边说了句“我们家的咖啡还真行”。最后他又说：“你从什么时候开始变得这么爱管别人的闲事了？你是欠那个下属的人情吗？”

“也不是。知道别人有难就想去尽一份力，这种想法谁都会有吧。”

“我就没有。我告诉你，现在美国都到处有人饿死，因温室效应而变异的水母也让那些渔民无所适从，你也知道这些，可你会因此拼了命也要去帮忙吗？”

“我又没拼命。”

“我也不大赞成。”久远说道。穿着长袖衫的他看上去很悠闲，还伸着懒腰。“如果是只逃走的狗，或是行踪不明的熊，我会立刻干劲十足，但这次只是个人啊。”

“你别说得这么残酷。”成濑只能赔笑。

“成濑，你是想当英雄吗？”

“查到她在哪儿，然后告诉警察，这不是最便捷的做法吗？”雪子抬起头，“这样也更安全。我们没必要直接去救她吧？”

“嗯。”成濑没有异议，“是啊，那样也可以。其实，通过追踪器查到的地址就在这里。”他说着从包里掏出住宅区地图，在桌上摊开。

“什么啊，你这不是已经在查了嘛。”响野不快地说。

“因为追踪器只剩下一个，我就联络田中，让他帮我查了追踪器的情况。”

“你一直都是那种复习好之后才去考试的类型啊。”响野大声说。

“考试本来不就该这样吗？”久远立刻指出。

“阿响，你过去到底是怎么考试的？”雪子不可思议地问道。

地图是田中传真过来的，上面已经标注了追踪器的位置，还画着各种尺寸的圆圈和线条。

“追踪器在一个地方停留的时间越长，圆圈就越大、越浓。”成濑将自己从田中那里听来的解释原封不动地告诉大家，“所以，如果只是单纯路过的地方，那就表示成线，稍微停留过的地方，就会显示成圆圈。”

“做得真不错。”响野感叹。

“追踪器移动了很长一段距离。如果光看路线，应该是乘车。不过，从昨晚开始就一直停留在同一栋建筑物里没有移动。”成濑一边说，一边用手指追踪地图上的路线。从右下角移动到左上角之后，在一片住宅区内画出了一个大大的圆。

“他们在那里？”雪子说。

“是栋挺老的建筑。”

“那个男人带着良子一直在这栋楼里吗？”响野皱起眉头。

“这个嘛，追踪器装在那个男人身上，所以没法保证筒井良子到底在不在。可能从昨天晚上开始，那个男人就将社长千金一直囚禁在这栋建筑内。”

“准确地说，不是那个男人，而是那个钱包。”久远立刻说。

“知道是第几层的哪个房间吗？”

“可以知道大致的高度。大概是在四层或五层。”

“你去过？”久远看着成濑。

“还没有。”

“对于一直追求先发制人的你来说还真是少见啊。”响野的语气听起来就像在为朋友的失败而喜悦不已。

“虽然这张图是昨天晚上从田中那里拿到的，但是我身边的同伴们都是些会嚷嚷着‘为什么丢下我们自己先跑去调查’的家伙，所以我还是放弃了。”

“说谁呢？”久远一脸严肃地说。

“说谁啊？”响野瞪着眼睛。

成濑只能无奈地笑。雪子耸了耸肩。

“那，我去那里看看吧。”久远轻轻地拍手。

成濑刚看向久远，久远便立刻露出十分不快的表情说：“啊，又是这种眼神。又在担心。又觉得我一个人肯定办不好。”

“我才没担心。”成濑笑着。

“我也一起去吧。”响野抱起双臂，那语气就像一个忙碌的上司为了帮助下属毅然决然地决定出手。

“我忽然觉得很不放心。”成濑说。

“我也是。”雪子点头，“我也开始担心了。”

“那，我还是算了吧。”

“喂、喂，我一个人会害怕的。”响野严肃地说。

响野 I

ほうーもん【訪問】 拜访他人。拜访并问候。如果带上礼物会更受欢迎。“家庭～的时候，一般不是到访的一方带点心吗？”

两人下了私铁，从车站出来后稍微走一段路就出了商业街。再沿一段下坡走几步，便进入了住宅区。看着成濑给的地图，两人不停地左转或右转。这片街区的建筑物不算太拥挤，应该很容易找到目的地。

昨天晚上成濑刚说完，今天响野和久远就来确认追踪器的所在了。

“我啊，其实不怎么喜欢穿西服。既觉得拘束，活动也不方便。之前说要当银行劫匪就得穿西服，我才在每次抢劫时都穿。可今天应该没有必要吧？”走在响野旁边的久远一边拨弄藏青色西服里的领带一边说。

“这大白天的，两个游手好闲的成年人在住宅区里走来走去会引起人家怀疑。考虑到这一点才穿西服的，能让别人放心。我们现在看上去肯定像是在外面跑业务的新员工和他的上司。”

“响野哥，你之前也说过你是为了不穿西服才开咖啡店的吧？”

“算是吧。”响野正色道，“现在看来，也算是个错误的判断。年少轻狂啊。西服穿惯了以后也没觉得有什么不好，这种东西说到底只是外在而已。而我年轻的时候总觉得西服啊、公司员工啊、齿轮啊这些东西很无聊。”

“那你是说它们实际上并不无聊？”

“不管什么工作都很辛苦，都会无聊。整天说着讨厌齿轮的人都是些傲慢的家伙。”响野说，“不管怎么说，西服比较适合今天这个场合。而且，西服这玩意儿还挺能装东西的。”他指着内外上下各处口袋说。

“这倒是没错。”

“啊，对了，干脆就说我们是推销报纸的吧。就说这是我们上门的目的。”

“我们？推销什么报纸？”

“恐怖报纸。”响野想起了以前读过的漫画。

“你到底是不是在认真说话啊，响野哥？一般推销报纸的好像不穿西服。而且你那个什么恐怖报纸，就算说破了嘴皮子也不会有人愿意订。”久远出乎意料地态度认真，响野也有些意外。

“那个漫画我可不怎么喜欢。里面的报纸不管对方要不要都会送上门，还打碎玻璃扔进房间。”

“知道啦。”响野慌忙摆手，“不说恐怖报纸了。嗯，不说了。反正不是四楼就是五楼，你想怎么做？分头行动一人去一层，还是两个人一起逐层检查？”

“怎样都可以，但一个人行动怪不放心的，还是两个人一起吧。”

“那就这么定了。我也不放心让久远你一个人行动。”

“我担心的是响野哥你那边。”

响野装作没听见，从内兜里掏出名片大小的信号接收器。接收器看上去就像小型电子记事本，并没有什么复杂的按钮，只有液晶屏幕和电源按钮。“嗯，稍微有点闪光了。”

“我看看，我看看。”久远将脸凑了过来。

这个接收器也是田中提供的，可以接收追踪器的信号，将之以光点的形式显示在屏幕上，距离越近反应就越强烈。

“那，离得越近，这个发光的亮点就会越大喽。”

“这一套装置花了多少钱？”

“谁知道。成濑和田中关系挺好，应该不贵吧。”

“可是响野哥，我们怎么确定那个筒井的千金在不在呢？找到那个房间，按下门铃，等对方来开门。虽然不知道绑匪是一个还是一伙，总之会有人来开门。然后呢，要怎么做？”

响野想也没想就“喂、喂”地喊了起来。“不是说好了这些事由久远你来考虑吗？”

“谁跟你说好了？我早认定响野哥你心里早有打算了，那么胸有成竹的样子。”

“是久远你先举手的，我只是跟着你举而已。”

“那你是没有办法了？”

被这么一说，响野又不愿意承认。“这个你看怎么样？就说我们是除虫公司来做免费检查的，让他们放我们进去。”

“你觉得他们会说‘请进请进，请好好检查。里面虽然有个柔弱的女人，但她并不是被绑架的哦。而且也不是害虫，还请你们别在意’这样的话吗？如果我是绑匪，绝对不会让人进去。绝对。”

响野长长地叹了口气。“久远，你现在说话也开始拐弯抹角惹人厌烦了。”

“我觉得是受常去的咖啡店的老板影响。”

“那样的店你还是别再去了。”

“响野哥，那你不就没客人了？”

看上去一片灰暗的建筑物墙上贴着征集住户的广告，整栋建筑并不算宽，外观细长。曾流行过一段时间的砖红色墙壁也在风吹雨淋后显得廉价而肮脏。

“好了，走吧。”响野爬了几级台阶，走进入口。日光灯的光线微弱而模糊，周围显得很昏暗，而且空间狭窄。信箱就并排挂在一旁，两人查看了四楼和五楼的部分。

“好像很多房间都空了。”久远指着那些或用胶带封了口，或塞满了信件长时间无人整理的信箱。

“先从四楼开始吧。”响野说完，便拿出了接收器，看着上面的显示。

“怎么样？”

“比刚才更大了，我们正在接近。”

建筑物看上去不大，却装了两部电梯。“从电梯使用者的数量上来看，用不着两部电梯啊。”久远说。

“可能是设计失误吧，也或者是需要找地方把多余的工程预算浪费掉。”

“人类就是爱做这些没意义的事，无端地把资源都浪费掉。”

“你就原谅人类吧。整天说些动物、自然什么的，你又不是它们的律师。”

“这世上怎么可能有那样的律师。”久远满脸认真，让响野不知该说什么。

先降下的是右边的电梯，两人立刻走了进去。按下四楼按钮的久远忽然说了一句：“这电梯曾经也是崭新的啊。”

“是啊。”响野看着电梯内污浊的墙壁说，“一开始什么都是新的，时间长了就旧了。今天的新货就是明天的二手货，再过段时间就是古董。”

“一想到这些，难免让人想到所有的恋人一开始都是幸福的。”

“光坐个电梯你就能想这么多，真令人羡慕。”

“对了，成濑哥为什么离婚啊？”

“怎么忽然问起这个？”

“这一直是个谜嘛。成濑哥人这么好，又靠得住，为什么会离婚呢？响野哥，你们从高中开始就是同学，你不知道吗？”

响野干咳了一声。“你听说过这句话吗？‘无论如何都应该结婚。娶到好妻子会幸福快乐，娶到糟糕的妻子会变成哲学家’。”

“苏格拉底的名言嘛，我知道。”

“那这个你知道吗？‘除了我丈夫之外，其他的丈夫看上去都是好丈夫’。”

“这是什么？”

“这是前一段时间祥子说过的话。也不知道是前人留下的话还是谚语，完全不明所以。”

“这既不是格言也不是警句，只是祥子姐说出了自己的想法而已。”

“反正不明所以。”

“总若无其事地说跑题的响野哥你，才是不明所以。”

“这电梯真是慢得惊人啊。”

“这么小的一栋楼，为什么需要两部电梯？”久远又说出了刚才问过的问题。

“不管什么东西，留个备用的总没有坏处吧。老婆也好，女朋友也好。”

“这句话我可以转告祥子姐吗？”

“请别啊，久远老弟。”响野故作夸张地说。就在这时，随着一声铃响，电梯停下了，门也随即打开。

响野立刻走到外面，看了看接收器。“光点比刚才更大了。”液晶屏上的光点大了一圈，闪烁的速度也比刚才快了些。

“那就这样上五楼看看吧？”留在电梯里按着开门键的久远提议道。响野说了声“是啊”，又回到电梯里。电梯随即朝五楼升去。

这次电梯很快就停下，门开了。响野来到五楼的走廊，试着走了一两步，同时低头观察显示屏，不一会儿便注意到了。“刚才的反应更强烈。”

久远点头。“那回四楼吧。”

在四楼停住后，两人发现走廊通向左右两个方向，每一边都有几个房间。走廊顶棚上虽然装有日光灯，但可能因为大部分都没亮，整个楼层显得很昏暗。

“我来看看到底哪边反应大些。”久远说着从响野手中夺走了接收器。响野让久远注意不要动静太大，免得让人起疑心，久远则答道：“还没有谁能比响野哥你吵哪。”

“你怎么就长成了这样一个年轻人呢。”响野轻声叹息。

久远首先选择了右边。他盯着接收器，看上去像在看着地图走路。他微微点了点头，然后又转向左边。

“我去一下厕所。”响野指着走廊右边尽头的厕所指示牌说。

“在这种时候？”

“我的尿意是很任性的。”

他沿走廊前行，在厕所的指示牌处右转。最里面就是厕所。有两扇镶着毛玻璃的门，应该分别是男女厕所。

响野走进去，发现里面并排有三个小便池，还有一个隔间。里面已经有一个人站在左侧的小便池边，好像已经完事了，一脸轻松。为了不引起怀疑，响野装出很自然的样子。他斜眼看了看，那是个戴着绿色针织帽的男子。个子很矮，可能还不到一米六。鼻梁上架的眼镜是有色镜片，所以看不太清楚脸。虽然看上去刚过二十五岁，不过实际年龄可能更大。那人看了一眼走进来的响野，视线随即又回到自己的两腿之间。从没有被帽子盖住的脸部轮廓来看，响野判断他的脸应该像圆规画出来一般圆。

响野的手伸向自己的西服，解开纽扣。当他开始小便时，旁边的男人已经离开那里走到了洗手台前。

这时，厕所门又被打开了。

正想着会是谁，一看却发现是久远。他从门边探头望向里面，手里还拿着接收器。

“你干什么？”正洗手的圆脸男瞪着久远。

“你说什么啊？”久远像小孩吵架似的说道，随即又轻声“啊”了一下。

喂，久远，什么叫“啊”啊？响野心中放心不下，一时半会儿不见要结束的小便更令他感到一丝焦急，于是他又转过头。

这时，响野正好看到了久远的动作。久远先是像在确认似的低头看了一下接收器，然后目光又转向男人的后裤兜。响野的目光自然跟了过去，注意到那里插着一个钱包。

久远关上门，离开了厕所。

“喂，等等，你这家伙真奇怪！”戴针织帽的男人甩着手上的水滴，跟着冲出门去。

响野终于拉上了裤子拉链，看着洗手台上方的镜子。他洗了手，从口袋里掏出手帕擦拭。“就是这个男人啊。”他对着镜子里的自己说。

就是那个人的那个钱包上贴着追踪器。久远朝信号越来越强的方向走，结果就走到了厕所。

那么，接下来该怎么做？响野一边思考一边打开厕所的门，却听见走廊另一头传来了说话声。是刚才那个人。“小西哥，这小子在这边转来转去，很可疑。”响野于是背靠墙壁，注意不让自己露出脸，仔细听他们说话。

“不是告诉你别喊名字吗？”另一个人说话了，应该是被称为“小西哥”的人。他的声音像孩子般又尖又脆，跟此时的气氛一点都不相符。

“啊，对不起，小西哥。”

“都让你别喊了！”

“反正这小子很可疑，搞不好是来找我们的。”

“你们说什么呢？你们先把刀收回去。”久远争辩着，然后又大声喊了起来，“好可怕——好可怕——”

听上去简直就像是故意的。

“你给我老实点！”男人说。

可久远仍然在喊：“救命啊！救命啊！有没有会拳击的人，会拳击又开咖啡店的人来救我啊！”

太过分了，躲在墙后的响野只能苦笑。

“喂，你到底是来干什么的？”尖声男还比较冷静，“说清楚我就放你走。”

“我只是来推销报纸的。”响野听到久远如此答道。不错啊，一切按照原计划，他想。他离开墙壁，伸出脖子，偷偷打量了一下走廊。他看到久远正站在走廊尽头的房间前面，手被抓着。

“什么报纸啊？”

“嗯……恐怖报纸。”

久远刚说完就被拽进了房间，门也立刻关上了。也不知道是因为他们起了疑心，还是他们觉得自己被耍了。

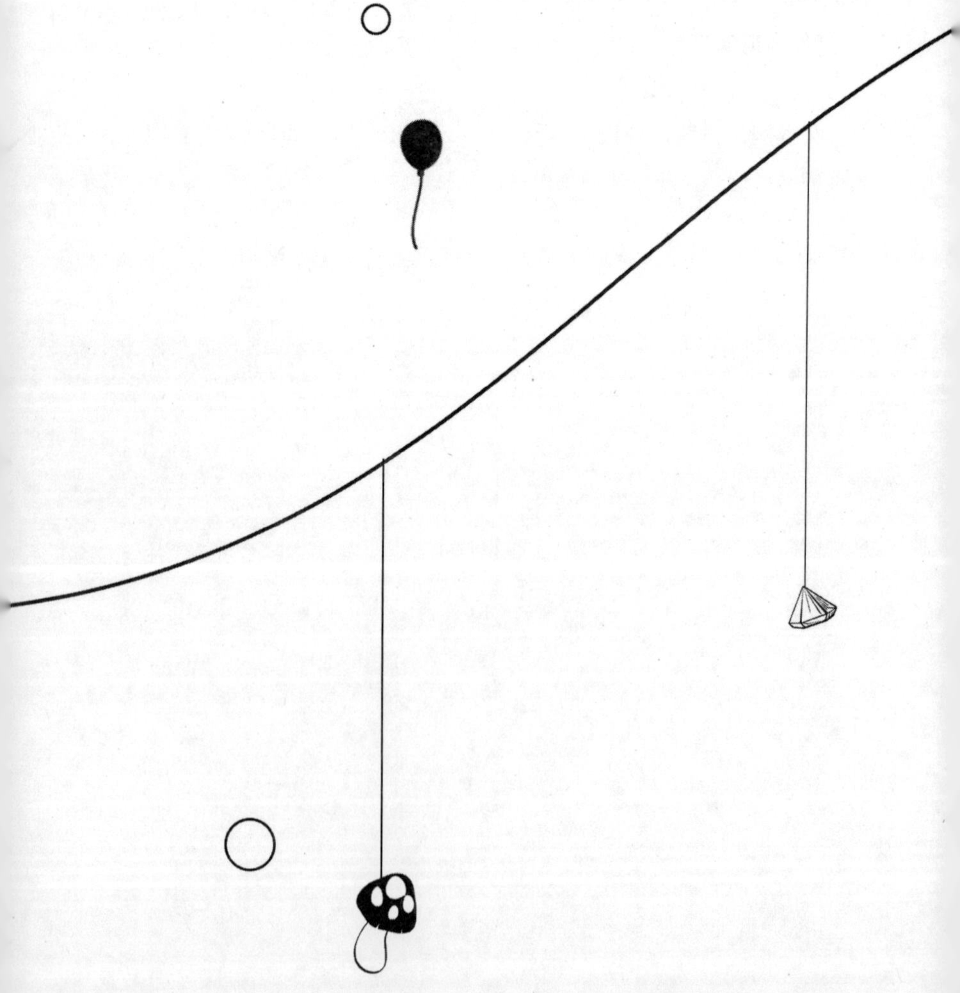

第三章

“坏蛋们”为营救同伴，商量好之后开始行动

“傻瓜会冲进天使都不敢涉足的地方”

成濑 III

やり—なおし【遣り直し】 重新开始。再做一遍。

“这么一次又一次往我这里跑的成濑可真少见啊。”看到成濑来了，田中面无表情地说。这八叠[①]大的房间依旧像要塞里的指挥室一般，墙上贴满了报纸和打印出来的资料，还有标注了记号的地图。地上摆了好几台电脑，电源线和其他各种线路排列得错综复杂。时钟此时正指向五点。

“有麻烦的时候也只能来找你。”成濑坦言。

田中则很受用似的垂下双眼，鼻翼翕动。但这也只是一瞬间，他立刻又恢复到无表情的状态。“嗯，成濑你倒是无所谓，那个烦人的大叔和年轻人我受不了。”

“烦人的大叔我也受不了，不过久远还不错。”

“年轻人都不行。年轻人都死光了才好呢。”田中看着手上的书，扭扭捏捏地说。从十几岁开始，田中就一直被同年级的学生欺负，

---

①日本计量房屋面积大小的单位，1 叠约为 1.62 平方米。

对此的愤怒和恐惧导致他讨厌年轻人。

“我来是为了上次你卖给我的追踪器。”成濑切入主题。

“应该有用吧？”

“有用。”

“是吧。嗯，那是当然的。”

“前两天我们去查了追踪器所在的位置。”

“那栋楼？”

“是的，我想要你配一把那个房间的钥匙。”

“上次就跟我说多好。我不是总说嘛，买东西或找人办事的时候，事先确认好有没有什么遗漏，就不用再跑第二次。应该先写在纸上。”

“之前没想到会到需要钥匙这一步，只想当然地认为去了就会有办法。”

“你也会想当然？”

“是啊，少有地想当然了。”

“那，情况有变？”

“其实今天白天，久远被抓住关在那个房间里了。”成濑毫无隐瞒。

田中只微微笑了笑，随即又皱起眉头。“那个年轻人竟然那么容易就被抓了，很意外啊。他看上去很灵活，也不像是会犯傻的样子。”

“嗯，是啊。”成濑表示赞同。几个小时前从响野那儿听说“房间是找到了，但是久远被抓住了”的时候，他也不敢相信。

“如果真要抓，响野，还不如把你抓去。”

成濑这样说，响野也平淡地答道：“我也这么觉得。”接着他又说，“久远说不定是故意被抓的。”

“那个年轻人自己逃出来不就好了吗？这点本事他还是有的。”田中冷冰冰地说，没有丝毫掩饰。

“确实是这样，可是……”成濑也表示同意。久远一个人肯定能逃出来。“可能还有另外一个人质在那里。”

“人质？”

“是社长千金。已被绑架的可能性很大。”

“哪里的社长千金？”

“筒井药房你知道吗？”

“啊。”田中早有耳闻似的点点头，“那个社长。”

“你果然知道。”

“因为那个社长挺招人恨嘛。女儿被绑架啦？是啊，肯定是自作自受。”

“是吗？”

“就因为那个筒井药房不停地开分店，很多有些年头的私人小店都被挤垮了。最过分的时候，好像是新潟那边，他去跟一家由一对老夫妇和他们的儿子开的小店竞争，弄得那个儿子竟然求他说：‘就算在这里开了店也赚不到什么钱，你就饶过我们吧。’”

“对他说‘饶过我们’恐怕是找错人了，但心情可以理解。”

“是啊。”

“那，筒井药房没有理会他们的哀求，还是在那里开分店了吗？”成濑觉得这话可以聊下去，“而且他们的小店最终也被挤垮了吧？”

“唉，没错，可更夸张的还在后头呢。半年时间没到，筒井药房的分店也关门了。理由虽然不清楚，但应该是因为没什么钱赚吧。可是，表面上看……”

“表面上看就像专门为挤垮那家小店而来的。”成濑点点头。筒井药房到底想干什么呢？他歪头思考。

“所以说他是个招人恨的社长。甚至有人说，把小店挤垮、让别人流落街头就是他的爱好。”

“怎么可能！”

“也不是没可能，那个社长看上去就是这样。”

“那大久保也麻烦啦。”成濑脱口而出。

“谁？”

“那个社长的女儿是我同事的未婚妻。”

“人家是钓金龟婿，他正好反过来。哎，成濑，你还挺体贴嘛。”

“体贴？”

“你不是为了自己的下属准备去救人吗？”

“也不是那个原因。”成濑诚实地回答道，“只是一时兴起，做自己想做的事而已。你别看我这样，我活得可是很随性。”成濑说着，将放在对面架子上的小地球仪拿到手中，下意识地像玩篮球一样转了起来。他还担心田中会让他别碰，可事实正好相反，田中根本没放在心上，只简单地说了一句：“就算转得动地球，也转不出结果。”

成濑将地球仪放回原来的位置。

“但如果是那个年轻人，应该可以带着那个社长千金立刻逃走吧？”

“没想到你还挺看得起久远。”

“没准他是故意被抓的。不是有句话叫‘不杀大马焉得虎子’嘛。”

“是‘不入虎穴’。”

“对，就是那个。不过，那个筒井药房的社长也是个很有手段的人，你们还是小心点好。”

“我刚才已经听到他的不少手段了。”

“不是那个意思，他好像跟一些来路不明的家伙有关联。”

“什么意思？”

“曾经不是有个姓神崎的家伙吗？跟你们闹得很凶。”

成濑此时也板起了脸。这是个曾在一年前的春天与之较量过的名字。“是有那种人。”

“那种人还有好多呢。嗯，是的，也许比那个还嚣张。”

“还有更嚣张的家伙？”

“有啊，成濑。嚣张的家伙这个世界上到处都是。而且那家伙如果发现有人盯上自己的小命，那就更丑恶了。”

“疑心重重，又专横跋扈的家伙吗？确实丑恶。”

“他说他跟警察和政治家关系不错，现在平安无事，但差不多该逃到国外放松一阵子了。也不知道他这算优雅还是短视。”

“大人物就是大人物啊。你的意思是这个家伙跟筒井的关系不错吗？”

“嗯，对。所以啊，筒井的女儿如果被绑架了，他可能不去找警察，而是去找那家伙。说不定已经找过了。”

“想让他们替自己抢回女儿吗？”

“嗯，对。”

“你整天窝在这房间里，从哪里听来那么多传闻？”

“消息会自己坐着电波到我这里来啊。”这似乎是田中的一个玩笑，他刚说完，就立刻拍手大笑起来。

虽然只是一点点，但成濑还是挤出笑容。这笑话的质量明明不怎么样，却让田中心情大好。

“成濑你是个好人，所以我会给你点优惠。”田中悠然地伸出右手，从杂志堆旁边拿起一个小圆盘形状的盒子交给成濑。

“这看上去好像是杀蟑螂时用来点烟的东西。”

“你眼光很敏锐啊。很接近了，嗯，嗯，它是会冒烟，也会散发出烧焦的气味，还会发热。”

“用来放火的啊。”

“正是如此。但只是看上去像火灾而已，只是模拟火灾的状况。”田中得意得鼻孔大张，“从前，有个男人曾准备用这东西威胁俄罗斯总统。”

“俄罗斯总统？一年前好像来过日本吧。”

“他自称是总统的司机，想用这东西假装火灾吓唬总统。他说总统小的时候家里好像失过火，所以一看到火肯定吓得够呛。”

“真是怪癖。去年你好像也说过类似的话，提起那辆叫格露莘卡的车的时候。”

“啊，对，就是同一个人。”

“我还真想见见这个俄罗斯司机。”成濑接过发烟装置。

他问田中钥匙能不能加急，田中露出了一丝不愿意的表情，可还是展示了他要强的一面。“明天就可以交给你。”

成濑坐上了从绫濑出发的千代田线上行列车。车驶入地下，他刚在角落坐下，便发现手机上有电话打进来。打开一看，发现是前妻家的号码。这时正好到了下一站，成濑毫不犹豫地下了车。他走到楼梯旁边相对安静的地方，将电话放到耳边。

“正志吗？”他叫着儿子的名字。

“× 月 × 日城崎中央银行横滨分行发生了抢劫案。”电话那一头的正志说。

“是吗。”成濑强忍住笑说。正志读课文般说出口的，正是前两天成濑等人犯下的案子。正志就好像在说“爸爸的所作所为我全都一清二楚”，这让成濑只能苦笑。

患有自闭症的儿子受脑功能障碍的影响，很难把握词语和词语之间的关联以及对话时暧昧的语气差别，但是在机械操作和言语记忆等方面却有着超出常人的能力。或许是受这些东西的影响，最近他即便没事也忽然打电话来的次数变多了。

“正志，最近还好吗？”成濑的手不自觉地用力握住电话。哪怕只有一点点，他也希望正志的声音离自己更近些。

“是别人哦。”正志说。

“什么别人，你不就是正志吗？”

“是别人哦。还有其他人。”

“谁啊？”成濑笑着问。他和正志的对话基本都会像这样错开。虽然这远算不上是言语上的交谈，但对成濑来说却是宝贵的交流。

“喂。”正志的声音被另一个声音代替，是已经离婚的妻子，“好像正志又随便打电话了。”

“这个随便打电话的对象是我，让我觉得很光荣。”

“是啊。”她的语气中并没有表现出厌恶。

“他刚刚说还有其他人在，谁在啊？”

“现在？”电话另一头传来了打量四周的动静，“没有人啊。”

“哦。”

“对了，对了，最近正志开始画画了。”她的声音稍微变大了些。

“画？”有些患有自闭症的孩子会在绘画方面展现出才能，这是广为人知的。有些孩子可以原封不动地再现曾经看到过的景色，也有一些色彩搭配独具一格的孩子。可是成濑觉得，不管有没有能力，这都和孩子本身的价值无关，所以不应该过分重视这些。前妻也是这么觉得。

“是非常有意思的画。”她骄傲地说，“我觉得他有天赋。”

“我也很想看，下次寄给我一些吧。”

“你们市政府办不办绘画比赛？如果办，我们还想报名呢。”

“挺有自信啊。”成濑面带微笑地听着她的声音。

“因为这画真的很厉害嘛。啊，你是不是觉得我在说谎？”

“不，你没说谎。”成濑知道她并没有说谎，立刻答道。

久远 I

なん―きん【軟禁】 程度稍微弱一些的囚禁。不束缚一个人生理上的自由，却通过禁止或限制同外部的正常接触，在一定程度上限制其行动上的自由。“我被～在这个报纸投递站里。不，只要我还活在世上，不管在哪里，我都被～着。我唯一可以获得自由的时候，就是每天早上用刀子划破那些本该送走的早报的瞬间。仅此而已！”（出自加布里埃尔·卡索《压抑》①）

久远弯下腰，靠近沙发上的女人。这是他刚把“恐怖报纸”说出口就被拽进屋子之后的事。这间挂着“小西企划”招牌的屋子出乎意料地宽敞，给人一种只要不停地开门，就会不停地有新房间出现的错觉。

“你好。”他对那个女人说。躺在沙发上的女人吓得弹了起来。刚才可能是睡着了。她的眼睛肿着，头发也失去了光泽，但久远确定她就是之前在银行见过的女人。

---

①加布里埃尔·卡索和《压抑》是伊坂幸太郎在小说《杀手界》（『グラスホッパー』）中虚构出来的导演和他的电影作品。

"啊。"她揉了揉眼睛，在沙发上坐好。

"是良子吧？"

"哎？"

"你，是筒井药房的良子吗？"

"啊，你是……"她心有余悸地说。这间不到六叠的房间里除了沙发和电视，就只有一张低矮的桌子。西面墙上有一扇小窗户。她并没有戴手铐或脚镣。

"我跟把你软禁在这里的家伙可没有关系。"

"没有吗？"

"没有。"

"那，你是谁？"她问完后又有些害怕，做出一副要保护自己的样子，可能觉得自己会被推倒在沙发上吧。

久远试着微笑。当然，她诧异的表情不会仅仅因此而缓和。"我有几件事情想和你确认。首先，你是筒井良子吧？"

"嗯，是的。"她回答。

"你父亲是药店社长？"

"嗯。"

"你是因为这个才被那些奇怪的男人抓住关到这里来的吗？"

"嗯，是。"她点了三次头。

"你前天在银行遇上了抢劫？"

"你怎么……"她似乎马上就要问"你到底是谁"，久远却不理会她，继续提问："顺便问一句，你喜欢狗还是猫？"

她身子后倾，眼睛不停地眨，似乎正准备发出"哎"的一声，却又被久远的直视吓了回去。"喜欢猫。"她答道。

"好。"久远竖起食指，"我，是来救你的。"

“等等，我还有很多东西想问呢。”她并不隐藏内心的疑虑，用细微的声音问道：“你从哪儿进来的？”或许是因为焦急吧，她说得很快。

“其实我刚到这栋楼里，就被这个屋子里的人发现拽了进来。把你软禁在这里的有好几个人吧？”久远也快速地低声说。

“那个，你为什么会知道我的情况？”

久远不知道该怎么回答，他决定放弃一五一十跟她解释的念头。“你男朋友对你热烈的爱将我送到了这里。”他开始胡说八道。

“啊？”

“没事，你也别想太多。”久远摆了摆手，“总之，我是来救你的。绑匪一共有几个人？”

“我见过的有两个。圆脸小个子的年轻人和体格不错的大叔。两个人都戴着帽子和墨镜。”

“大个子姓小西。”他们抓久远的时候，圆脸男曾因叫大个子“小西哥”而被骂，说他不该当众叫名字。

“在我面前他们也不注意说出了名字。年轻人好像姓大田。”

“连这个也不小心说出来了？”

“嗯。”她好像也开始同情起绑匪来。

“好像都是些半吊子绑匪啊。”

“嗯，都是些半吊子。”她说绑匪时的口气就好像在说自己的朋友。

小西体格健壮，像是摔跤运动员或橄榄球运动员，说话时声音却像从脑门发出来般尖细。而大田体格柔弱，身高只有一米六，会耍着小刀吓唬人。

“简直是搞笑二人组啊，这两个人。”

"嗯，是的。"她还是露出了同情绑匪的笑容。

"我刚才被关在这间屋子的隔壁，像是会客室，手被手铐铐住了。但仔细一想，你说不定也被关在这里，所以我被抓反而正好。我刚才试着找你。一共有两扇门，一扇连着一间很大的办公室，另一扇打开后就到了这里。完全正确。"

"那你不早点回去不就可疑了吗？"

"没问题。小西去外面了，大田去厕所了。我刚才把好多东西推倒在厕所门口，他要出来估计还得花些时间。"

"如果我刚才回答喜欢狗，你会怎么样？"

"其实无所谓，不管你回答哪个都会救你。只不过，如果那时候你回答'我既不喜欢猫也不喜欢狗'，我可能就会扔下你不管，直接回家了。"

"就因为这种事？"

"我可不想救一个看不起猫和狗的人。"

"我觉得重点好像不在那里。"

"总之趁现在赶紧跑吧。"

"那个……"这时筒井良子又问，"你不是被戴上手铐了吗？而且这屋子肯定从外面上了锁，你怎么到这里来的？"

"啊，"久远说着伸出双手，回忆着刚才手铐在手腕上留下的冰冷温度，"我看大田好像带着钥匙，就跟他借用了一下。"他解释说。

"怎么借的？"

"这个嘛，轻轻地撞了他一下。"久远耸耸肩，"别管那么多了，赶紧跑吧。"他站起身，"这样就算搞定一件事了。"

雪子 II

ごーて【後手】 ①被敌人抢占先机处于被动。②出手晚。③围棋和日本象棋中在先手之后做出应对，也指做出应对的一方。

“如果，久远是故意被抓的，”后座的响野说，“还没等我们去，那家伙不就一个人带着社长千金跑出来了吗？”

“是有可能。”副驾驶座的成濑看着窗外，“田中也说过类似的话。”

雪子驶入十字路口，边转方向盘边踩下油门。上了一条单向两车道的宽阔公路后，她开得更快了。这次雪子找来的车子是新型号，窗户上贴着黑膜，从外面无法看到里面的情况。

关于目的地建筑的位置，她事先从成濑给她的地图上看到过，已经记在了脑子里。虽然没有事先来踩点，但附近红绿灯的时间她已经记住，所以车行驶得还比较顺利。车流量比想象得要大，但还没到需要慌忙更改脑子里时间表的地步。

“可是，我们现在却要去救他。”

“我总觉得，如果他真的想逃跑，昨天就应该已经跑出来了。”

确实，久远是昨天被抓的，已经过去一天了。

“所以，久远或许在等着我们去救他。阿成是这样想的吧？”雪子说。

“我们是抢银行的，去解救被监禁的人，这完全是外行啊。”响野不满。

这次的目的不是抢银行，所以他们没穿西服，而是穿田中准备的搬家公司的工作服。藏青色的衣服上印着黄色的线，背后还写着公司的名字。总之他们希望这身装扮可以让他们这些陌生面孔进入大楼时尽量不要引起太多的怀疑。雪子也穿着同样的制服。

一开始，有人提议穿之前用过一次的警察制服，可是后来大家意识到，万一绑匪们因为这些警察装扮而受到惊吓，情急之下做出伤害久远和社长千金的举动就麻烦了，所以又放弃了。

“没问题。响野，虽然是新手，可是你不是什么都能做得很好嘛。”

响野可能也没想到成濑会这样对自己说话，身子不禁向后一仰，可最后竟还是应承下来说：“嗯，这倒是没错。”雪子觉得他真伟大。

“还有三分钟就到了。”雪子看了看时间、速度表和前方的道路状况后说。这次不同以往，没必要严格遵守时间，可她还是忍不住在心中计算。

穿过两个十字路口，在一个丁字路口处右转，走到头再左转，车进入了一条单行道。雪子的脚从油门上离开，将车靠到左手路边，踩下刹车。“右边最里面就是吧？”

“对对，就是那栋建筑。”响野伸手指了指。

那是一栋规模不大的老建筑，让人不禁觉得是不是当初规划的时候因为设计失误而在某个角落多出了一小块空地，出于不浪费的目的才无奈在那里盖了一栋楼。

“我们先来确认一下步骤。”成濑转身对雪子说，“首先我和雪子去找小西企划。如果没有人在，我们就用田中配的钥匙进去。”

“话说回来，田中是怎么配到的这把钥匙？”响野问了一个基本问题，“如果他能瞒着所有人把钥匙配出来，那顺便帮我们把久远也救出来不就好了吗？”

“有道理。”雪子也同意。

“那不是田中的工作。”成濑的解释让人有些似懂非懂。

“那，如果里面有人出来又怎么办？”

“响野，你跟那个人碰过面吧？”

“其中一个。脸圆圆的，小个子，大概在二十五到三十岁之间。”

“那另外一个就是姓小西的男人？阿响你只听到过声音的那个。”

“应该是。”

“如果有人出来应门，我们就假装是搬家公司走错了路，跟他们交谈。之后尽量注意掌握屋内的情况。至于具体怎么掌握，下车后再说明。”成濑说道。

“那我要做什么？”响野向前探身，“我不用去吗？”

“你跟那个圆脸男人打过照面，太危险了。你在这里等着。”

“原来如此，我是负责开车的啊。”

“不，你是负责把风的。”

“如果绑匪们逃出来了，我不是应该开车去追他们吗？雪子，你还是把钥匙留下吧。”

雪子隐约感到一些不安，可还是从仿造的车钥匙上移开了手。

“我学驾驶的时候，曾被评为史上成绩最优秀的学员，一下子就拿到驾照了。包在我身上。”

“只不过是因为太吵，立刻就被从驾校里赶出来了而已。”成濑说着打开车门，“你负责把风。”

“不，我负责开车。”

走进楼里，看着那昏暗的光线和厚厚的积灰，雪子立刻低声嘀咕道：“怎么看这栋楼都很可疑。”

成濑也轻声笑道：“就算是刻意想做出可疑的效果，可能都做不到这种程度。”

入口前方有两部电梯。左边的电梯停在五楼，右边的在一楼。按下按钮后，右边的门立刻就开了。

两人走进去。“这么小的楼里竟然有两部电梯，真浪费啊。”

“不管什么东西，留个备用的总没有坏处吧。电梯也好，爸爸也好。”

“阿成你的意思是自己是后备爸爸？”成濑的前妻应该早已经再婚了。

“她再婚的对象经常说：‘真正的爸爸是成濑，我只是个后备。’”

“人不是挺好嘛。”

“挺好的人，有时候反而讨厌。”

电梯停下，门开了。可能是因为机器老化，门每次开关时都会发出剧烈的震动，好像在说“这是最后一次了，我拼了命才把门给你们打开的”。雪子迈步走出电梯，站在走廊上，朝左边望去。墙上虽然贴着招租的广告，可广告纸本身已经发黄，完全看不出想让人来租的意思。她的视线又转向右边。大约正前方十米左右，一扇毛玻璃门上贴着“小西企划”的招牌。

“里面没开灯啊。”成濑低声说道。毛玻璃另一侧的光线很暗，阳光似乎根本照不进去。即使是大白天，看上去却像只亮了室内灯。

成濑拿着小型电子记事本一样的东西。“之前应该说过吧，这个就是接收器。只要靠近久远当时装上的追踪器，就会有反应。”

“他是装在绑匪的钱包上吗？现在有反应吗？”

“本应该是这样。”成濑说着，将接收器放回口袋，“没有反应。可能是没电了。田中当初跟我说大概可以用三天。”

“可惜。”雪子面无表情地说着，将眼睛凑到毛玻璃上，“不过现在房间里看上去好像没有人。”

“把人质丢下全员外出，这基本不可能。”

“怎么办？”

“总之先叫门试试吧。不见识下敌人是什么样子也没法战斗。万一有人出来，我来跟他说话。雪子，你可以趁门开着的时候把这个扔进去吗？”成濑交给雪子一部手机。

“这是什么？”

“你之前没见过吗？装了窃听器的手机啊。”

“啊，那个。”雪子立刻反应过来。一年前试图欺骗雪子他们的讨厌男人曾经用过这个窃听器。“阿成，这东西你一直留着？”

“我叫那个男人让给我了。”成濑点头，“总之，我想利用这个掌握里面的情况。你能不能在房间内找个不容易暴露的地方，然后把这个扔到那里？”

原来如此，雪子在思考，或许装作系鞋带弯下身可以做到。

门边装了门铃。成濑一副准备就绪的表情，点了下头，然后伸出手指按下按钮。门铃响了，在外面都可以听见。

没有动静。雪子和成濑互相看了一眼。再来一次，这次是雪子按响了门铃。

“要轮到备用钥匙出场啊。”成濑小声说着，从口袋里迅速掏出钥匙。他将钥匙伸向门把手附近的锁孔，却忽然停止了动作。

雪子看着成濑的侧脸，不知发生了什么。

成濑轻轻地将手伸进口袋，取出手机。动静不是很大，可是手机确实触电了似的振动着。有电话打了进来。成濑一边把手机放到耳边一边说：“一个朋友，至今为止他打电话来还没有过好事。”

“谁？”雪子觉得不用问也知道答案，但还是脱口而出。

“响野。”

听电话的成濑说了一声“是吗”，脸色变得有些严峻。“马上下来。”

刚准备挂断电话，他似乎想起了什么，又将电话凑到嘴边。“你别乱来。在那里等着。”他说，“对方可能有武器。如果闹得太大，我们也会有麻烦。你给我老实点。”

“怎么了？”雪子问将手机放回口袋、准备返回电梯的成濑。

“应该是错过了。我们进来之后，久远他们从楼里出去了。应该是用了另一边的电梯。他们被押上了一辆面包车。”

“什么时候？”

“这么小的楼，真不该装两部电梯。”成濑冲进打开门的电梯，立刻按下一楼的按钮，“擦肩而过了。”

“绑匪们准备转移了？”

“用面包车。”

“为什么？”

“可能是觉得这栋楼已经不安全了，也可能是去拿赎金。”

电梯下降得非常慢。

“阿响要去追？”雪子不放心地问道。如果面包车要开走，就必须在后面追。“如果跟丢了，那就失去线索了。”

“他急急忙忙开车去追可不是什么好事。”

电梯到了一楼。两人刚冲出去，就传来了咚的一声。

“我就说吧。”

抬眼望去，响野正坐在驾驶座上，而车则在左转弯的时候陷入了车道旁边的沟里。

响野 II

おき—てがみ【置手紙】 准备出门时，或是去找人而对方不在时，写下事情并留下的纸条。也指留言本身。留存的文书。“在藤井的房间里发现了一个叫望的女人写的～。”

成濑和雪子的身影消失在入口处没多久，那帮人便出现了。响野坐在驾驶座，调整着座椅和后视镜的位置，犹豫着是否要系上安全带。

首先从楼里走出来的是一个披着男式外套的女人。仔细一看，跟成濑拿来的下属女朋友的照片有几分相像。她身后站着一个似曾相识的男人，比她还矮，戴着针织帽和太阳镜。

接着出来的是久远。手应该是被绑着，因为别在身后的手腕显得十分不自然。他旁边是一个从未见过的大汉，也戴着帽子。那是一顶棕色的贝雷帽，款式很接近鸭舌帽，帽檐压得很低，还戴着太阳镜。和久远的身高对比来看，大汉接近一米九。

响野从口袋里掏出手机，按下号码，放在耳边。

前方的男人们坐进停在大楼入口附近的面包车。响野感到很意外，那里什么时候停了一辆面包车？车身通体漆黑，就像地上的影子无声地涌上来似的。把女人塞到后座之后，小个子男人慌忙朝驾驶座跑去，身手看上去不怎么样。

“怎么了？”成濑说话了。

响野右手拧着车钥匙说：“刚才久远他们出来了。绑匪们让他们上车，正准备去什么地方。”

“是吗？马上下来。”

引擎发动了，车身在颤抖。

“我准备现在就去追。不好意思，得把你们丢在这里啦。”响野的眼睛一直盯着挡风玻璃前方的面包车。

“你别乱来。在那里等着。”成濑发出了警告。

响野笃定地说：“没问题。”便挂断了电话。就在这时，他发现面包车已经出发了。他松开手刹，用力踩下油门。追车吗？他想着，脑海里接二连三地浮现出看过的电影里出现过的追车场面，握着方向盘的手更加用力了。他忽然想到，逆行的追车场面到底是在哪部电影里最先出现的呢？

“久远，等我。”他踩下油门，“我来了。”

面包车在第一个路口处左拐，响野也慌忙转动方向盘。车速比他想象的要快。一瞬间，阳光从右边射进车里，刺向他的眼睛，他不禁“哇”地叫了一声。反应过来时，方向盘已经往左边打满。等他意识到哪里发出了一阵声响时，车已经撞上围墙，斜在那里。

“奇迹啊。”响野对追上来的成濑他们说，“撞成这样，居然一点都没有受伤，这只能说是奇迹了。”

“是吗，奇迹吗？”成濑还是用他那冷淡的口气说着，“那就好。”

“估计速度并没有想象中那么快，只是围墙撞坏了而已。”雪子冷静地说，“可是，阿响，面包车就这么跑了？”

“你到底去的是哪家驾校？”成濑调侃似的咧嘴说。

“那些人可不简单。”

“别管了，我们先离开这里，警察要来了。”成濑说着，朝大楼的方向走去。

响野慌忙跟上。“车不要了吗？”

“虽然对不住那道围墙的主人，可我们如果在这里被警察问话就不好办了。反正车也是雪子偷来的。”

“现在怎么办？”

“回刚才的房间。可能还能找到追踪久远他们的线索。”

“那个追踪器呢？现在应该还贴在那人的钱包上发射着信号吧？”响野忽然想到这点，发出高昂的声音。

成濑仍旧冷静，简洁地答道：“没电了。”

“那，怎么办？”

“只能先回房间。”

成濑说完，开始往回走。响野和走在旁边的雪子对视了一眼，跟在后面。

站在两部并排的电梯前，他们选了右边的。“两部电梯真麻烦。”响野抱怨。

“我和雪子应该一人乘一边。失算了。”成濑答道，微微举起了双手。

“已经发生的事多说也没用，别因为失败就垂头丧气。”响野安慰着从高中就在一起的朋友。

到四楼后，一行人直奔走廊右边尽头的房间。成濑迅速掏出钥匙，插到把手边的锁孔里转了一下。可能是确定里面已经没有人，他并没有在意发出的声响，门轻松地被打开了。

“你是说这里会有线索？”

“不一定有。如果有更好。”

进门后首先看到的是一间和宽敞的办公室一样的房间，摆着几张桌子，角落里有一台大电视。另外还有将近十台小电视和一堆录像机、录音机之类的东西堆在那里。这场景让人想起田中的房间。

雪子走到窗户边，拉开窗帘，确认外面的情况。

响野大致扫视了一下屋子，哼着古诺的《圣母颂》，将角落里柜子的抽屉一个个打开看。

有的抽屉放着文具用品，还有的塞满了电线之类的东西。看了三个左右，他想起了一个重要的问题，抬起头。“成濑，我们到底在找什么？”

没有人回答。他仔细一看，成濑已经不在了。应该是去其他房间了。他正想着的时候，传来了声音：“喂，响野，你来看这个。”

成濑在东边的房间里。里面放了一个皮沙发，上面还装饰了毛皮之类的东西，看上去像是一间小型接待室。墙边有一张简易单人床。左边墙边还有另外一扇门。

“久远好像来过这里。”成濑指着那张床说。

“你怎么知道？”响野认真观察四周，并没有久远的名字或足迹之类的东西，“你说的话模棱两可，真难懂，就跟爬山时的路一样，完全无法掌握全貌。”

“你一年前是不是也说过同样的话？”成濑皱着眉头。

“说过几遍我都会继续说。”

“唉，你还是别一遍又一遍地重复了。”

“你什么事都看得那么透，这样真的好吗？正因为不知道未来会发生什么，人生才有意思。如果知道了魔术的秘密，那看演出还有什么意思？”

“嗯，你这么说也不是没道理。那你的意思是，与其告诉你事情的真相，不如瞒着你，你才更开心？”

“那是当然。基本上啊，我都已经心里有数了，只是觉得无聊才故意装出不明白的样子。”

“你装不明白的样子装得真像。”

“还行吧。”

“哎，看上去是有人在这里待过。”雪子低头看着床上揉作一团的毛毯说。

“我也是抱着试一试的想法，就伸手摸了摸。”成濑说着，指了指那张床，“结果就发现这东西贴在床底下。”说着，他递给响野一张纸片。

那是从广告传单上撕下来的纸片，反面用钢笔潦草地写着“傍晚四点山岸公园赎金”。

“这是……”响野盯着纸片看了半天，一边交给雪子一边看向成濑。

“是久远留下的。”成濑说着，视线慢慢转向简易床的旁边。那里掉落着一卷胶带。“跟那小子之前说的留下凶手名字的手法一样。”

“那时候我还觉得肢体语言比较好呢。”响野呆呆地嘀咕道。

久远 II

にん—い【任意】 随心所欲。任凭自己的意愿行事。随意。

にんい—ほけん【任意保険】 自愿保险。凭当事人的意愿决定是否购买的保险。“～虽说是自愿，可是不加入也不行啊。”

久远就那样戴着手铐被推进了车后座。后面的座位有两排，车内也很宽敞。小西紧跟着坐到旁边。压得很低的帽子和太阳镜将小西的脸遮得很严实。如果仔细看，或许可以大致看清长相，可是从礼貌上来说，总盯着别人看不好，所以久远便放弃了这个念头。不过，体格魁梧是小西的一大特征，作为罪犯来说十分吃亏。这一点让久远十分同情他。

“小兄弟，对不住了，你就这样给我老实点啊。”小西说。虽然他体形结实，像极了橄榄球运动员，给人一种压迫感，可声音却又尖又细，态度也很温柔。

“但是能顺利吗？”头戴针织帽、手握方向盘的大田惴惴不安地说，“筒井他真的会带着钱来吗？”

“只能赌一把了。”小西说得很无奈。随后，他又似乎在为同行的良子着想似的添上一句："为了女儿，就算是简井，也会乖乖把钱准备好吧。"

"不，我爸是个倔脾气，又不服输，所以还真不知道他会做出什么事来。"良子说着，也不知道她此时内心是豁达还是伤感。

"就是，你爸那种人就是舍不得钱，宁愿不要你。"开车的大田说。

"你小子别说人家老爸的坏话。"

"对不起，小西哥。"

"喂，都让你别叫名字了。"

"对不起，小……"这时，大田终于反应过来要闭上嘴。

久远不禁叹息，这算什么事啊，这些缺根筋的绑匪。"那些帽子和眼镜，是为了掩饰身份吧？"他问道。嘴没被塞起来，还是可以自由地说话。

"那当然了。"大田得意地说，"干这种事，让人质看到自己的脸多麻烦。如果真看到了，那就只能杀人灭口。"

听到"杀人灭口"的瞬间，良子抖了一下。而久远却想告诉他们，互相叫对方的名字也是大忌。

"合格的绑匪软禁人质的时候，应该找一个跟自己没什么联系的地点。"久远说。

大田似乎有些不安，辩解道："那当然了，刚才的公司什么的，那地方跟我们一点关系都没有。"

净说谎，久远哑口无言。那地方都挂着"小西企划"的牌子，怎么可能没有关系？

也不知是不是因为被戳到了痛处，大田开口威胁道："你小子别太嚣张，我们差点就准备杀了你灭口呢。"

“你说话别那么夸张。”小西立刻接过话，“这位小姐在配合我们，既没瞎折腾，也没做什么出格的事。别的不说，我们如果做出那么不人道的事，不就跟那个筒井成了一路货色？”

绑匪说出这种矜持的话，久远觉得很可笑。既然已经把人绑了，那还说什么人道不人道。他想起了良子说过的话：“那些人比我还老好人，好得都让人受不了。”

一天前，久远打开自己的手铐后找到良子，小声地告诉她“我是来救你的”。事情进展得很顺利，接下来就只剩下从房间里逃出去。

可他们没有逃。就因为这个良子拉住了他的手，说了句“等等”。

“还是不要逃比较好。”良子的眼神十分认真，看上去不像在开玩笑。

“不要逃？”久远皱起眉头，不明白这到底什么意思。

“如果我逃走了，绑匪就拿不到钱了。”

“那当然，人质都跑了，还上哪儿去要赎金。”

“如果那样，那些人似乎会很为难。”

“为难？”

“他们好像急需钱。”

“哦。”听到这里，久远终于明白了良子想说什么，“你啊，身为社长千金，人太好了吧。你是那种看到可怜人就不能撒手不管的类型吗？”

“因为我叫良子嘛。[①]”说这番话的她不但没有笑，反而像要哭似的，“我也已经习惯了别人批评我不谙世事。”

①上文中“人太好了吧”的原文为“人が良すぎるんでしょ”。“良”可解释为“好”。

"哦，是吗。"久远噘起下嘴唇，"可是，这个世界上缺钱的人到处都是，你或者你父亲没必要对这些歹徒出手相助吧。跟你们又没关系。"其实他还想继续说，真正需要帮助的也不是人，而是那些因为人而生活艰辛的动物。

"不，和我有关系。"良子眼睛湿润，双手握拳，身体也颤抖了起来。

真是个麻烦的女人，久远有些不耐烦起来。"有关系是什么意思？"

"你也知道我爸是开药房的吧？"

"挺有名的。到处都在开分店。"

她微微低下头，脸颊上泛起一阵红潮。"他的商业扩张似乎很激进。我之前完全不知道。他专门在小药房旁边开店，把那些小店面一个个都挤垮了。那个小西也是受害者之一。"

"这是从绑匪那里……那个小西告诉你的？"

"嗯。"

"绑匪竟然跟人质说这么多？"久远目瞪口呆，难以相信。如果说出这样的话，那跟把自己真正的身份公布于众有什么区别？

小西抓住良子后，似乎对她说过："只要你听话，就会放你走。所以你配合点。"他告诉她，"我们是为了那些因为你爸而受苦受难的人要钱的，所以你要配合。"

"所以你就配合他们了？"

"那你觉得我还能怎么办？"

久远闻言也不知该说什么好。良子得知有人因为自己的父亲而遭遇不幸，受到了打击，进而将这些都当成自己的错，内心感到痛苦。"你也真够天真的。"久远下意识地说道，"啊，慢着，你到底是什么时候被绑架的？”

“前天。市内有一家我经常去的银行，前天我也去那里取钱了。结果大田就忽然在后面用刀抵住我。”

“啊，就是那家银行？”

“那家银行？”

“没什么，其实我当时也在那家银行。”久远明知道可能被怀疑，可还是说道，“后来忽然来了帮银行劫匪，吓了我一跳。”

“被大田用刀抵着，我正想着赶紧逃跑，可劫匪却出现了。”

“你是因此才没跑掉？”

“嗯，差不多吧。”

“那可真是不好意思了。”

“你为什么要道歉？”

“不过啊，那些劫匪还挺有风度的吧。”

“我怕得不行。那些卑鄙的罪犯才是真的不能原谅。”

“是啊。”

“站在柜台上说个不停倒是很新鲜。”

“那个不怎么样。另外两个倒还不错。”

“有吗？那么卑劣。”

“是啊。”

“对了，我想确认一下现在的状况。你本来就是为了让你父亲担心才离家出走吧？”

良子甚至没有再问“你怎么知道”就点了头。她也许觉得久远是从她男朋友那里听来的。“嗯，撑了几个星期，可是我爸似乎看透了我，所以也没什么效果，本来马上就要失败了。”

“结果就在这时被绑架了。”

“嗯。”良子点了点头。

屋外传来了咚的声响，应该是准备从厕所出来的大田在用力推门，还不止一次。

“总之你就是想配合他们从你父亲手里要到赎金？”

“是不是很鲁莽？”

“不是鲁莽，是危险。”

“但是他们跟我说好了。”

“说好了？跟谁？”

“嗯……跟小西他们。”

“你相信绑匪说的话？”

“那些人没有乱来，我觉得他们应该是好人。”

“应该而已。”

“所以你别管我了，自己逃吧。”她说。

“才不呢，如果这样，那我也留下来。我要是不带着你走，会挨骂的。”

“被谁？”

又不能告诉她是劫匪同伙。“你男朋友。”久远只能这样回答，“总之，我肯定不会一个人回去。”

这时，背后的门忽然开了。久远刚想着大事不妙，大田就出现了。“你在干什么？”他看着久远的手腕气恼地说，“你怎么把手铐弄开的？”

“不知道为什么忽然开了。”久远挠着头说，“我还觉得我运气挺好。”

虽然力道很轻，可大田还是踢了久远一下。久远夸张地大叫着躺倒在地。

“这个人跟我爸没什么关系，只是随便乱转走到这里而已。”良子慌忙插嘴解释。

什么随便乱转，把我说得跟猫似的。久远想。

于是现在，久远也被押到车上，朝交付赎金的地方驶去。就在几个小时之前，大田给筒井打电话下了指令：“今天下午四点，带五千万到山岸公园来。在钟楼那儿等着，会打你的手机。”

山岸公园位于横滨市南郊，是一座占地面积很大的公园，里面有种满了百合花的花坛，虽然很朴素，可也是个很受欢迎的场所。

挂断电话后，大田问良子说：“你老爸会不会报警？”

“不知道。我爸的想法很出人意料。”坐在沙发上说这番话的良子看上去竟有几分像绑匪的同伙。

对于如何处理久远，他们似乎感到最棘手。如果放了久远，任他去跟警察告密，对他们很不利，可是当场杀人灭口这种事他们又做不出来。

“请放过我。我真的只是随便乱转而已。我保证不会乱说，只要别杀我。”久远保持着双手被铐在身后的姿势，连续磕了好几个头，恳求道。

小西问他：“你小子不是一直在打听我们吗？”

“打听？”久远真的没听懂。

“最近好像总有人在这附近转来转去，我去外面喝酒时听别人说的。我以为说的就是你。”小西抱着双臂，一动不动地盯着久远。

他们似乎就是因为怀疑这一点，才把久远拖进了房间。

可是不管怎么看，久远也只是个普通的年轻人。“这个人真的跟我没有关系。”良子也在背后帮他说话。最后小西终于说：“你跟我们一起去，等事情完了就放你回去。”久远担心他们怀疑自己手里的接收器，于是解释说那是游戏机，他们竟然相信了。

久远十分意外，差点问他们“这样真的可以吗”。他几乎无法掩饰对小西他们这种马虎办事方法的惊讶，也很难相信他们真的对被绑来的良子说“你应该配合我们”这种话，可眼见他们做事全凭想当然，除了准备不充分之外无法做任何解释。

“我并不是想让小姐你受惊吓，”小西在车内说起话来，“只是如果不从筒井那家伙身上弄点钱，我实在咽不下这口气。”

“你们是因为我爸的店才遭遇不幸的吧。”

听到良子这样说，小西那架着太阳镜的鼻梁开始发紧。“说是遭遇不幸，可不光是店被挤垮了那么简单。”他的声音显得有些激动。

“那到底还有什么仇恨？”久远问道。

“你猜啊，蠢货。”大田边转方向盘边说。

“别说得跟猜谜游戏似的。”小西一教训，大田又回答“对不起，小西哥”，让久远无话可说，只觉得他真是没救了。

小西继续说道：“听好了，曾经有一家小药店，由一对老夫妇和他们的二儿子悉心经营。可是就因为筒井那家伙在旁边开店，小药店倒闭了，老夫妇也因为心力交瘁双双离开了人世。”

“啊？”良子打心眼里觉得不可思议，双眼大睁，“怎么会这样！”

真是个天真的女孩啊，久远感叹。

“不仅仅是这样。”小西又抬高了声调，唾沫横飞。久远看了看前方，正开车的大田也在痛切地点头，似乎在说：说得没错，说得没错。

“而且那个二儿子也很惨，接连的不幸让他惊恐不安。结果因为太过疲劳又睡眠不足，造成了交通事故。”

“怎么会这样！”良子的表情就好像亲眼目睹了从未见过的悲剧。

需要这么惊讶吗？久远心想。

“对方住院了，而且也不好惹，要求支付精神损失费和治疗费之类，金额还很过分。”

“不是有保险吗？”久远下意识地问道。

小西转过脸，直勾勾地看着他。虽然戴着太阳镜，可仍然可以看到他眼睛里闪着锐利的光。

“我弟弟因为要收拾店面，还要打理父母的丧事，没来得及更新自愿保险。”

“怎么会这样！”良子更加惊讶。久远甚至觉得她差不多要哭出来了。

同时，久远并没有忽视刚才从小西口中说出的“弟弟”这个字眼。可能是不小心说漏了嘴，总之小西无疑就是“药店老夫妇的二儿子——造成交通事故的男人”的哥哥。虽然不知道他说这番话时有几分认真，可是不管怎么样，小西这帮人的脑子并不好使。只要他们一开口，时时刻刻都在暴露自己的身份。

“结果，我弟弟只得一个人揽下了全部债务。”小西又说了一遍“弟弟”，“他当然不可能有那么多钱。而且你们好好想想，这难道不全都是筒井那家伙的错吗？从道理上讲，该出钱的应该是筒井。所以我才想从他那里拿钱。”

“所以，你就想到了绑架？”久远趁机问道。

“算是吧。”小西又鼓了鼓鼻孔。

“想法还挺大胆啊。”

“在喝酒的地方忽然想到的。”

“喝酒的地方？”

“我偶然跟其他客人发了点牢骚，那人就跟我说起可以通过绑架要钱的事。”

竟然还有这样的客人，久远皱了皱眉。他绝对不想去有教唆他人绑架的客人存在的酒馆。

“为什么只有我们这样受苦，筒井那家伙却安然无恙？所以啊，大小姐，虽然对不住你，但这道理也说得过去吧。”小西大声说。

手握方向盘的大田也微微地点了点头，仿佛在说“当然有道理”。而良子竟也跟着说“没错”，那表情真是让人琢磨不透。

“我说，”久远不禁脱口而出，“那么随随便便就去绑架，你们就没有考虑过风险吗？你们准备怎么拿赎金呢？”

“什么随随便便！”大田立刻恶狠狠地说，“拿赎金还有什么怎么拿，不就是他拿钱来交换人质吗？”

“你们什么都没考虑过？”

“有必要考虑吗？”小西反问久远，似乎想说“我还真没想过”。

为了抑制心中的亢奋，久远不得不长长地叹了好几口气。“我说，你们怎么能这样丝毫不做计划就行动呢？”

“面对一个你无法原谅的人，你还能悠闲地制订计划？”小西就像在说世上的真理。

“看什么情况。”久远觉得小西他们很可悲。

来到公园附近时，小西又用他那尖细的声音大声说道：“车停到公园路边，大田跟我去看看情况，你们在车里老实等着。”

可能是因为两人都戴着手铐，所以他并不担心。

小西他们打开车门出去后，久远便打开了手铐。响野他们有没有看到自己的留言条呢？他想。

成濑 IV

けんーとう【検討】 ①调查访问。详细调查之后判断合适与否。
②意为“其实什么也不做”的宣言。“我们一定认真～。”

成濑坐在副驾驶座上，任凭左右变道的车把自己的身体甩向两边。他看了一眼时间。

“我想勉强能赶上。”旁边的雪子喃喃道，“我没仔细查过去山岸公园的路，不敢断定，但差不多四点刚好能到。”

看了看时间，现在是三点三十分。虽然这次没能避过所有的红灯，但也行进得十分顺利。

“拿赎金也不是那么简单的事吧。”后座的响野嚷嚷着，“喂，成濑，到底那些绑匪准备怎样把钱夺到手呢？”

“谁知道呢。可能会首先把对方叫到那个公园，然后再指示他去别的地方。”

“那他们是计划周密、货真价实的绑匪了？”

“或者……”

“或者什么？”

“或者他们只是不管三七二十一的外行。”

“久远现在什么情况？”

“别什么都问我啊。应该也被带着一起去拿赎金了吧。”

“他也是个人质啊。对了，如果要为久远交赎金，那谁交？我还从没听他说过自己的父母呢。”

“那家伙如果成了人质，新西兰的羊群应该会拼命往日本跑吧。就为了救他。”

“这笑话真无聊。”响野从鼻子里发出笑声，“不过，我也觉得有可能。”他说。

雪子忽然一脚踩下刹车。还没等众人反应过来，她已立刻向右转动方向盘。车冲上超车道。

或许是道路没有雪子想象般拥堵，又或是红绿灯的时间碰巧刚好，到达山岸公园时才三点四十五分。

公园旁的路边停着几辆车，雪子也将车并排停下。附近并没有禁止停车的标志，但雪子仍说：“我想我还是在这里等着比较好。”成濑也表示同意。

成濑下了车，跟响野一起朝公园入口走去。

“差不多也该脱下这身搬家公司的制服了吧？”响野说，“搬家公司跑到这种公园来也太奇怪了。”

“做完搬家的工作，畅快淋漓地流了一身汗，到公园来享受美好的黄昏。大家会这样看我们的。”

这是一个东西向的细长公园，从上空看就像个长方形。右半边是百合花花坛，左半边则是长椅和小路。成濑二人从长方形的右下角进入公园，一直顺着下方朝左走去。小路铺装整齐，各种街头艺人在路旁表演。可能是为周末的演出在练习，有丢铁环的，还有踩着巨大高跷的，也许因为是工作日，场面实在算不上热闹。公园里有不少散步的高中生情侣，有坐在长椅上的二十几岁的女人，还有正怀抱婴儿弯下腰，好让孩子看百合花的妈妈。除此之外，并没见到什么特别引人注目的身影。

“就在这里交赎金？”

“谁知道呢，附近好像也没有警察的踪影。”成濑应道。如果筒井选择与绑匪对抗，并已经报警，现在这附近的长椅上肯定早已坐满了目光凶狠还带着无线电通话装置的男子。筒井可能并没有去找警察。如果他真为自己的女儿着想，这样做的可能性很大。

成濑看了看时间。已经快四点了。绑匪到底会在哪里现身呢？成濑开始观察。筒井会被叫到哪里呢？绑匪不可能只说在公园里，那样范围太大了。当然，筒井也可能在到达公园后再次接到绑匪的电话，收到下一步指令。可即便如此，首先总需要一个具体的地点作为参照吧？

这时，立在长椅旁边的一块路牌进入了成濑的视线。路牌上写着“钟楼”两个字。“难道是这个？”

“怎么了，成濑？”

“那个钟楼说不定就是他们选定的地点。”

“你怎么知道？”

“我也不知道。”

“你这算什么？”

“就因为我不知道，所以只能从可疑的地方开始查。”

“你这种不冷不热的说话方式真让人不舒服。”

“或许吧。”

“你看你这不冷不热的说话方式。”

“让你不舒服，对吧？”成濑不耐烦地抢在响野前面说，“我就想让你不舒服。”

前面有个街头艺人。成濑从旁边走过时，朝这个化了妆的男人的耳朵到后脑一带看了看。如果他是警察假扮的，那么为了跟其他警察联系，不管是耳机还是话筒，不管是骨传导耳机还是其他什么，总会有痕迹。可是，这个要弄着巨大铁环的男人身上并没有异常。站在他前面看表演的观众只有一对母子和一个推着婴儿车的女人，看上去也不像警察。

成濑注意到已经出现在视线里的钟楼状建筑物，他凝神看了看，心想就是这个。这时响野拉了拉他的衣袖。“喂，成濑。”

“怎么了？”

“那边路上停着一辆车吧？”响野用右手指了指。

五十多米开外，越过百合盛开的地方再往前走一点，有一道栅栏。栅栏前面就是马路，跟雪子停车的路边情况差不多，可响野指的是离雪子很远的前方。那边停着一辆面包车，勉强可以看到。车身是黑色的。

“是甩掉我的那辆面包车。”

“真的？”

“你还不相信我说的话？”

“非常遗憾，我不信。”

“不会错，就是久远被推上去的那辆。”

成濑没有回应，换了个方向，朝右边走去。响野立刻跟上。

两人的脚步不自觉地变快。如果真有警察在附近埋伏，那么一旦跑起来就可能被怀疑并陷入险境。成濑正犹豫，响野却难得说出了一句中听的话：“成濑，我们现在可是一身搬家公司员工的打扮，就算跑起来，人家可能也只觉得我们在赶工。”

“或许吧。”成濑说着便跑了起来。

“他们会不会已经在交接赎金了呢？”响野气喘吁吁地说。

“不知道。也有可能准备先在车里观察一下情况，再打电话给出其他指令。”

两人沿路绕过花坛，尽量跑最短距离。来到栅栏边，他们趁人不注意一跃而过。栅栏的高度只及腰部，稍一用力就可以跨过去。成濑看着响野轻松越过栅栏的身姿，觉得他的运动神经还真不错。

两人来到马路边，前方十米左右就是那辆黑色面包车。

“怎么办？强行闯进车里？”

“就装成搬家公司员工的样子敲窗户看看。”成濑说着放慢了脚步，顺着栅栏朝前走去。

这时，面包车的门忽然打开，两人猛地停下。正想着是怎么回事，却见车上滚下个人，就像被人踹出来了似的。

“久远！”成濑喊道。

面包车发动了，发出巨大的声响后消失在马路尽头。

成濑和响野朝倒在地上的久远走去。

“你们也太慢了。”久远皱着眉头。

“现在流行这样下车吗？”响野问。

雪子 III

ちんぴら【チンピラ】 黄口小儿。对明明是小人物，却假装成大人物行事的人的讽刺说法。引申指行为不端的青年男女。“被～纠缠。”

“什么？也就是说，一个身份不明的男人忽然冲进车里，然后把你推下来了？”响野在后座问旁边的久远。

“太过分了！”

“那男的是谁？”成濑说。

“没见过。很年轻，是个流里流气的黄口小儿。”

“字典上对黄口小儿的解释是明明是小人物，却假装成大人物行事的人。跟你简直一模一样啊，久远。”响野笑着。

“你真烦。”

雪子朝黑色面包车离去的方向追去，可早已找不到对方的踪影。

“四处随机找找，有没有可能碰到？”副驾驶座上的成濑说。

“绝对不可能。”

“好了，那我们来梳理一下吧。”响野气势高昂的宣言在车内回响。

雪子已经放弃了追车，但她瞥了一眼成濑，见成濑用目光示意“再多开一会儿”，便决定照办。成濑可能也想就这样在车里整理一下事情的来龙去脉。

“你发现了筒井良子，可是她并不准备逃走，为的是让那些绑匪拿到赎金？”

“对，对。”

“而那个小西，按照久远的想法，应该是因筒井药房而倒闭的小药店那个引发交通事故的人的哥哥？”响野一一确认，“真复杂。”

“对，对，是长子小西胜一。”

“那些人难道直接跟久远你报了全名吗？粗心大意也得有个度吧。”雪子忍不住说道。

“唉，那些人简直就是马大哈大王。真的好久没见过那么蠢的罪犯了，真叫人目瞪口呆。但那全名是我偷了那人的钱包看了驾照后才知道的。”

“你不是被戴上手铐了吗？”

“上厕所的时候会替我解开，我就趁机得知了小西的名字。”

“你们从楼里出来的时候我看见了，是那个身材很魁梧的男人吧？”响野确认道。

“好脾气，又有力气，容易意气用事，魄力却又不够。就是那样的人。家里如果有个不成器的大哥，大概就是他那种样子。离开家里，随心所欲地生活。但得知家里的情况后又忽然不知所措，怒气冲天，作为长子的使命感忽然涌上心头，完全不顾给旁人添麻烦，也无视现状。”

“天真啊。”响野感叹道。

“对，那些人很天真。”

“大田又是什么人物？”

“我只知道他是小西的同伙，应该是一起工作的吧。”

“对了，那个小西企划屋子里的机器啊、摄像机啊什么的，东西倒不少，恐怕是个拍摄下流影像作品的工作室吧？”响野像是忽然想起般说道。

“啊，有可能。”久远也同意。

“那样还同情他们，还说什么想配合，那个良子也真够不谙世事啊。”响野皱起眉。雪子透过后视镜也看得清清楚楚。

“幼稚。”成濑地说。

“好像她已经习惯了别人这么说她。”

“然后，他们为了拿赎金，就去了刚才的公园。这时又出现了一个从未见过的黄口小儿把久远踹了出来。是这么回事吧？”响野问道。

“是。很突然。”

“踹你的是谁？”

“我哪儿知道。”久远不满地说，“不过，”他又接着说道，“不过啊，好像之前有人在小西他们周边打探他们的消息。我一开始也被他们怀疑是来打探情况的。”

“打探？”成濑像是在思考什么，手伸向下巴。

“是不是来收缴下流录像带的？”响野说。

“录像带早就过时了。”久远嘲讽道。

“这么说来，我曾听田中说过，”成濑开口道，“筒井药房的社长好像跟一些危险人物很熟。田中是这么说的。那些人单独去找小西他们也有可能。”

“那么，那些人把良子带回家了？”

“现在良子已经平安回到筒井社长身边了吧。”响野说。

雪子瞥了一眼成濑。在这种时候分析事情经过，像架构智力游戏般决定接下来的行动是成濑擅长的。“阿成，接下来怎么办？”

成濑一言不发。不一会儿他开口问道：“喂，久远，你没偷那个年轻人的钱包吗？”

“我正看着呢。”久远悠悠的声音就像是从后面飘过来的。

雪子苦笑一声说道：“还真偷了啊。”

“他踹我下车的时候，我们稍微扭打了一下。”

“不论何时何地你都要偷人家钱包，很没素质哦。”

“明年七夕时我就在许愿签上写：我想变成像响野哥一样有素质的人。”

“你一定要写哦。”

“不要。”

“那人的住址知道吗？”

“嗯，知道。”久远说着，忽然又小声发出惊呼，“这原来是真名！”

“什么？”

“那个男人，叫花畑实。”

“那是谁啊？”成濑立刻问，“你知道？”

“是欺负过和田仓叔叔的人。”

“和田仓叔叔又是谁啊？”响野像看怪物似的看着他说。

“就像刚被剃了毛的绵羊一样可怜的和田仓叔叔啊，你不知道吗？”

“我怎么会知道！”

“成濑哥刚才说筒井社长跟一些危险人物很熟，说不定这家伙就是那个危险团伙的一员。”久远像在自言自语，“原来是这样，是那个赌场啊。”他嘀咕着，“今天多给我点时间行吗？我要去调查一下。明天再说吧。”

响野 III

はな—ばたけ【花畑】 ①栽培花草的田地。②经营赌场的鬼怒川的手下。

第二天，四人聚集在国道附近的购物中心。在被商店包围的中心区域有一个广场，那里有很多露天小摊。为了让客人们可以买完东西坐下来吃，那里摆着很多椅子，环境看上去有点像露天啤酒花园。

“我让田中帮我查了一下，筒井药房社长的女儿并没有回去。”成濑首先说。

“为什么田中知道这些事情？”响野觉得实在不可思议。

“这个嘛，可能是有情报网，可能只是给筒井家打了个电话说要找他女儿，也可能根本就没有查，只是凭感觉回答。”

“这么不可靠的情报能行吗？”

“以防万一，我今天白天也装作不经意地问了问大久保，他果然也还是一样，没能跟筒井良子取得联系。”

“也就是说，那个花畑并没放良子回家的可能性很高。”久远不知为何显得很开心，“到我的情报出场的时候啦。”他笑着说。

“你昨天说到的那个和田仓，他是什么人？”成濑跷着二郎腿追问道。

“前一段时间，我因为一些事情认识了他。和田仓叔叔喜欢赌博，而且是跟地下赌场借了钱。后来因为还不起钱，又想不出什么办法，就只得听别人使唤，去协助他们犯罪了。”

“这故事怎么听起来这么耳熟。”成濑一本正经地说着，稍微看了一眼雪子。

“是啊，可能不管哪里都会有这种事。”雪子也平淡地答道。

就在一年前，雪子的前男友也因为欠债无法偿还而被迫参与犯罪活动。

“坏人们的想法是不是都差不多啊。”久远笑了，“如此说来，当时我们好像也是在这里开的会。”

“大家就不能忘了那件事吗？”雪子的表情看上去很痛苦。

“嗯，总之，和田仓叔叔从那个赌场里借了钱。”

“经营赌场的家伙们寻找可以利用的对象，让他们输钱，逼他们背上高额债务，然后以此为理由唆使他们参与犯罪活动。这就是他们的手法吗？真是越看越像一年前的神崎啊。”响野一副无精打采的样子说。

“我们的对手注定永远都是这样的人。”

“骗人的人也像，被骗的人也像啊。被人利用的人基本上都是溜溜男。随波逐流地滑溜溜地活到现在，到头来还是走投无路。”

“又来了，溜溜男。”久远苦笑，“你以前也说过，关于这个溜溜男的话。”

“难道还有法律规定不许总说溜溜男吗？对了，那个和田仓到底是协助参与了什么样的犯罪活动？”

久远跳过具体的细节，只淡淡地说：“在强盗逃跑时替他们开车。”

“什么？”雪子诧异地说。

久远做出一副要详细解释强盗到底是怎么回事的样子。“那个啊……”刚讲到一半，他又说，“还是算了。老是说些无关紧要的话，就变得跟响野哥一样了。”说完闭上了嘴。

“你什么意思？”

“总之，虽然他们逼和田仓叔叔去参与一场可疑的犯罪活动，但他还是放弃了。”

“那他和目前的情况又有什么关系吗？”成濑说。

“嗯。赌场那边出面给和田仓做出指示的就是花畑实。我开始还以为这么奇怪的名字一定是假的，可昨天看驾照的时候发现竟是真的，吓了我一跳。”

“确定是同一个人？”雪子眯起眼睛。

“不会错的。昨天我去找了和田仓叔叔，听他讲了赌场的事。”

“你是怎么问出赌场情况的啊？”

“很平常啊。就说‘不是火灾，是赌场哦’之类的。”

“说这种玩笑，看来你也上年纪了啊。”

“难道还有法律规定年轻男子不能开这种玩笑吗？总之啊，我给他看了驾照上的照片，结果他立刻说那就是花畑。而且……”

“而且？”

“据和田仓叔叔说，那个花畑最近似乎还在计划绑架别人。很意外吧。”久远笑着。

“也就是筒井药房社长的千金吧？”响野探身向前说。

“他竟然跟那个和田仓说那么多。这个花畑的嘴巴也真大。”成濑一脸轻蔑。

“是说我吗？”

“你话多还需要现在专门拿出来说吗？”

下班后准备回家的男人们和学生们来来往往。他们拿着在小摊上买的关东煮和罐装啤酒之类，在桌子周围走动。

“我还问了花畑的老大，也就是赌场老板的名字，叫什么来着，反正是个很可怕的名字。”

“可怕的名字？”雪子眉头紧皱。

“是。嗯，好像是鬼在发怒什么的……”

“鬼怒川？”成濑说道。

“就是那个！”久远拍着手说。

“鬼在发怒什么的，不是跟名字几乎都一样了吗？”响野实在忍不住纠正久远。

“难道还有法律规定几乎一样但不记得名字不行吗？”久远一副不满的样子，“总之啊，鬼怒川就是赌场的老板。”

“我也跟田中确认过，跟筒井社长关系很好的危险人物好像就是鬼怒川。”成濑说。

“慢着，那个本应该关系很好的鬼怒川现在却绑架了筒井良子？”响野说，“这不是太奇怪了嘛。”

“实际上关系没那么好吧？”雪子答道。

成濑也点点头。“我是这样想的。首先，老好人小西他们绑架了筒井良子，给筒井社长打电话要求赎金。那时，筒井社长的直觉让他误会一切都是我的下属大久保在搞鬼，还给他打了电话，过后才知道判断错误。最后，他终于认识到，真正的绑匪是某个跟自己有仇的人。”

“小西有时候意气用事，我觉得他在电话里肯定也说过类似的话。比如说‘都怪你我们才会这么惨，所以你要给钱啊’什么的。”

“筒井社长没有报警，可能是怕事情曝光。小西他们如果被抓，筒井药房那种不人道的连锁店扩张手段估计也会被推到舆论的风口浪尖吧。”

“可是，开连锁店本身也不违法，我倒是觉得堂堂正正就好。”久远说。

完全正确，响野也这么想，但也不是不能理解。让这个世界正常运转的不是法律，而是外在印象。

“也就是说，筒井社长去求了他认为比警察更值得信赖的、名字可怕的鬼怒川？”雪子抢着问道。

“是的。”成濑的语气很有自信，“筒井社长可能还会请求帮他顺便解决掉小西那帮人。”

“因为对方比警察更可靠嘛。”响野换了个姿势重新抱起手臂。

“所以鬼怒川那帮人就去打听小西他们的消息，不但把他们找了出来，还抢走了人质？亏他们能找出来啊。”

“虽说跟小西他们不是一路人，可是对于鬼怒川这种混黑道的人来说，收集情报还是比较容易的吧。”成濑如此说明，但响野还是不太理解。

“怎么会那么顺利就查出了绑匪的身份和位置呢？”

“不管怎么说，他们确实找到了，还追到山岸公园，把人质抢走了。”

“但如果按这个推理，筒井社长的女儿现在不是应该已经回家了吗？事情到此应该告一段落了啊。”久远伸出手指随意乱挥。

“估计是鬼怒川他们要求筒井拿更多的钱来赎回女儿吧。”雪子淡然地说。

“对了，正志前两天还打电话来说了。”

“说什么？”跟正志关系很好的久远看上去很开心，脖子伸得老长。

“正志说‘还有其他人’。他那个时候也许是想说绑匪另有其人，跟小西他们并不是同一伙。”

“正志真不得了啊！”久远感叹道。

“你想太多了吧。”响野插嘴。

“是啊，是有点想多了。”成濑也立刻认同。

“对了，小西现在人到底在哪儿呢？还在山岸公园吗？”响野问道。

“应该早跑了吧。”成濑满不在乎地说，“赎金没拿到，车也不在了，人质也没了。小西他们可能会误以为计划暴露，人质已经被警察保护了。”

“也可能会说一句‘哎，车哪儿去了’，然后急得团团转。那两个人是真的不行。”久远的语气中夹杂着一丝好感。

“我们还要不要回那个小西企划看看？”雪子为保险起见询问大家的意见。

“情况恐怕不像我们想的那么乐观。”成濑回答。

“那我们就来思考一下接下来应该做什么吧。”响野终于摆出一副要总结讲话的样子，气定神闲地搓着双手。那些复杂的猜想和推理早让他不耐烦了。

“我们要做的应该是救出被绑架的女孩子吧。”久远说着，却没有表现出任何热情，“动物也就算了，这么拼命去救一个人，我还真没什么动力。”

“是啊。”成濑的声音很生硬，像一把冰冷的汤匙。

“如果硬要选，我倒是希望帮助小西那边。”

“就算他们是绑匪？”雪子眯起眼睛。

“看到那么可爱又愚蠢的人，我就想帮他们嘛。而且他们其实都是好人，简直是把脾气温顺力大无穷的北极熊精神发挥到了极致。北极熊现在因为温室效应都快濒临灭绝了。拯救北极熊困难，帮助小西还是手到擒来的。”

“那些傻乎乎的罪犯，你就别操心了。那种人反而更长寿。”响野打心底里对小西他们的去向不感兴趣。

“筒井良子如果还在鬼怒川手上，那她在哪里的可能性最大？久远你有什么线索吗？”成濑问道。

“其实我从和田仓叔叔那里听说了。”久远打开包，从里面抽出一张复印纸似的东西。

“这是什么？”

“赌场的示意图。”

“这地图也真幼稚。”成濑说。响野也看了一眼，小声地笑了出来。跟平时成濑从专业施工人士那里弄来的图不一样，这明显是久远自己手绘、水准极低的地图。连尺子都没用的手绘地图上写着“吧台”“入口”“卷帘门”之类的名称，画着歪歪扭扭的方形和圆形记号，旁边还添有“赌博机二十台左右”“扑克桌大概能坐五人”之类的备注。

“纯手工制作。”就连平时最严肃的雪子此时都露出了些许笑容。

“要不要拿去给慎一做暑假自由研究的课题？”久远随意开了个玩笑，随即又一本正经地说，“据和田仓叔叔说，这里好像有个 VIP 房间。”他指着轮盘赌区域后方，“这里有上楼的台阶，上去就是。”

“谁是 VIP 啊？”响野说。他甚至有些想问：该不会是我吧？

“如果打算监禁什么人，似乎就会用到那里。”

“VIP 房间其实是牢房？是想搞笑吗？”成濑愣住了。

“那么，筒井社长的千金就在那里喽。”

“可能性很大哦。但据说房间附近有人严守。”

“像门卫一样？”雪子说。

“对，对。据说是体格魁梧、像武士一般的男人。估计身上还带着危险的武器。”

“应该是违反法律规定的武器吧。”响野也能想象出个大概，“那么，”他拍了拍手，“我们必须要突破的难关是什么？”

“第一，”久远忽然伸出手臂，“进入那个赌场。”

“第二，”雪子稍稍举起手，“请门卫让开，进入 VIP 房间。”

“第三，”成濑摊开手掌，“救出被绑架的女人。”

“第四，”最后是响野伸出双手，“逃出赌场，把女儿还给筒井社长。嗯，这样列出来一看，好像也不是什么非常难的事情嘛。”

“什么时候去？”久远好像在询问春游的日期。

“因为要有所准备，今天或者明天立刻行动是不可能的。”成濑想了想，回答说。

“还需要准备吗？”响野还以为立刻就能冲进赌场有所作为。

“至少给我明天一天时间。后天行动怎么样？”成濑说。

“到那时候人质还平安吗？”雪子问了一个最基本的问题，“不尽快把她救出来没问题吗？”

“是啊。”久远表示赞同。

成濑也沉吟一声，露出思考的表情。“这个担心还是有的。”

“如果这样，”久远打了个响指，“我们就先调查一下花畑和鬼怒川他们周围的情况吧。偷听他们。至少应该查一下良子是已经被放了，还是仍然被绑架。”

“怎么偷听？”响野皱着眉。

“总会有办法。之前偷来的驾照上还写着花畑的住址呢。”

“花畑是个坏人吧？”响野说。

“是啊。”

“坏人驾照上的住址难道不是伪造的吗？”

“有可能。”难得成濑也会赞同自己的想法，响野的心情变得愉悦了些。

“那么，既然我们已经知道了赌场的地址，只要在附近埋伏，总会等到花畑出现。然后我们就跟踪他，趁机在他衣服上装上窃听器。或者直接跟踪到他家，偷偷溜进去，装在他的皮包里也可以。”

“你去做吗？”

“我跟花畑见过面，所以不行。毕竟在那辆车里扭打过了。响野哥去就好啦。”

“为什么要我去？”

“没问题的。如果是简单的公寓门锁，我都可以教你怎么开。”

“那如果不是简单的门锁怎么办？”

“那车呢？车锁的开法雪子姐最拿手了。把窃听器扔进花畑开到赌场的车里就可以了。只要花畑在车里打电话什么的，我们就可以偷听到。”

“那种半吊子的偷听根本就没意义吧。”

“不，现在只要能得到情报就赚了。只要那样就好。”成濑冷静地说道，“响野，不是我偷懒顺着久远的话说，你不去试一下吗？如果是窃听器，我们还有去年用过的手机形状的那个。”

“喂，喂，为什么要我去做？如果那样，找田中去不就好了吗？不管是赌场还是花畑的手机，无论哪里，他肯定都可以替我们装上窃听器。没必要让我这个外行的小学徒出手吧？”

“响野哥就当是去试试看好了。”

“久远，你小子站着说话不腰疼。”

“找田中也不是不行，可是得看他的心情，说不定会非常花时间。而且我们如果总是依赖田中的情报或者道具，也许人家会认为我们没用。”成濑露出一副不快的表情。

“被谁认为？”响野的声音不自觉地大了起来。

“人家说不定会看穿我们，觉得我们的行动全都是靠田中，只要有田中在，一切就都能搞定。”

“我问你到底是谁！”

可接下来，大家已经开始就如何窃听七嘴八舌地讨论起来。雪子也对响野说：“我之后就会教你车锁的开法。”就好像这已经变成了响野的责任。

“如果想进赌场，应该怎么办？”成濑问久远。

“和田仓叔叔说，那个赌场采取的是介绍制，新面孔是进不去的。通往地下的入口就像那种带有电子锁的公寓门一样，只有会员才进得去。”

“那，让那个和田仓带我们进去就好啦。”

“不，和田仓叔叔现在可很麻烦。不但欠债，上次交给他的工作他也没去做。就这么大大咧咧往赌场里走，肯定危险。跟着他的我们也得挨骂。”

“我讨厌挨骂。”成濑开玩笑似的说。

“那让其他什么人带我们去不就好了嘛。”响野焦急地望着久远，“你应该有办法吧？”

“有。”久远就像在给小动物喂食，露出纯洁无瑕的笑容，点了点头，“和田仓叔叔告诉了我一个大客户。”

久远 III

ねん—の—ため【念の為】 ①为确保成功而加大注意力。慎重起见。②对自己的行动没有自信时用来解释的词语。"～，我才问的。真的，只是～。"

在购物中心碰头后的第二天上午十点，久远看着手上的照片。"就好像曾经的不良少年一点没变地长成了大人似的。这是谁啊？"

"我们要和这个男人搞好关系。"

"搞好关系，让他介绍我们进赌场？"

"正是。"成濑一身西服，右手拿着一个公务用的大皮包。

照片上是一个颇有威严、眼神像蛇一样的男人。不经意间，久远竟想起了小西。他觉得，跟戴着并不合适的鸭舌帽和太阳镜拼命掩饰真面目、晃动着巨大的身体干着自己并不熟悉的绑架的小西比起来，照片上的这个男人看上去要凶恶得多。久远竟开始担心起来，小西该不会还在山岸公园找车吧。

人声极度嘈杂的东京站里，久远正和成濑站在一起。行色匆匆的乘客们来来往往，有公司职员，也有旅客。前面不远处排列着乘坐新干线的检票口，电子列车时刻表闪烁着。久远跟在成濑后面走过那里，来到了人工售票窗口前。

“这情报到底还是从田中那儿弄来的？”

成濑似乎按照自己的方法得到了一个跟赌场有关的人的情报，他打算通过这个男人进入赌场。

“昨天我去找他，他立刻就给了我这张照片。而且时机也很不错，还得到了今天这个人准备坐新干线去关西的消息。”

“所以就忽然把我叫出来了？”

“不好意思。”

“是成濑哥的委托，也没办法。可是我明明已经从和田仓叔叔那里问出了客人的情报，你却要利用其他客人，让我觉得自己好像不被信任，心情不好。”

“不是那个意思。”成濑苦笑，“嗯，就是算个保险。”他糊弄着说道，“你查来的那个人，如果有特殊情况可能用不了。”

“比如说？”

“遭遇事故啊，大病一场啊，总之有去不了赌场的可能性，对吧？”

“也对。”

“所以，我就想再多找一个人，跟他搞好关系。如果你查到的是客人A，那我们现在准备去跟他拉关系的，就是客人B。有备用还是必要的。”

成濑一直在笑。善于看穿谎言的成濑难道也善于说谎吗？在久远看来，他不知道成濑的这番话到底哪里是玩笑，哪里是真心。

“那，我们已经到新干线的乘车处了，虽然现在问可能有些晚，我们要怎么去认识那个客人B呢？在他刚好走过这里时迎面相撞跟他搭话？”

“那样做也太可疑了吧。”

“是吧。”

“想要让疑心重的人相信，就要装成更偶然的样子。”成濑平静地说，“需要一个他怎么都想不到是人为控制的方法。”

“你说的那个方法跟你这个包有关系？”久远指着成濑手中的皮包问。

“这就好像是为了达到目的的小道具，”成濑点头，“是上次事成之后我分到的钱的一部分。”

“哎？”

“看准时机，把这个拿给对方看。等他认为我是个有钱人后，或许会显示出一些兴趣来。”

“前提是别做得太刻意。那我应该怎么做？”

“其实现在客人B正在人工窗口那里买新干线的车票呢，在排队。”

“排队买车票，这个客人B倒是很平民化啊。”一听到是赌场的熟客，不知为什么，久远想到的是那种带着众多小弟、大张旗鼓的有钱人。

“每次去见女人的时候好像都是一个人。”

“那他是去见情人？”

“嗯，好像是昨晚忽然被叫出来的。这是田中得到的消息。那人现在正在买指定席的车票。”

“会不会是软座车厢？”

“如果有座，应该是吧。如果没座，也可能只是普通的指定席。而且他讨厌烟味，肯定是禁烟席。所以久远，你接下来要混到中间，观察他将买来的车票放在哪里，然后选准时机把票偷出来。”

“偷？”

“然后再把我买的立刻放回去。”不知什么时候，成濑右手已经捏着四张新干线的车票了。一共四张。“这是我早晨买的。如果他买的是软座车厢，就放软座车厢的，如果是普通车厢的指定席，就放普通指定席的。把票放回他那里。放之前确认是靠窗户还是靠过道。”

“什么意思？”久远从成濑手中接过车票问。

“刚才给你的两张指定席的票，我分别都有两边的票。”

“这样啊。想要假装偶然坐在他旁边？”

“是。如果对座位位置有特殊的癖好则另当别论。一般的乘客买完票后只会注意是不是指定席、禁烟席，是靠窗还是靠过道。所以应该不会想到票会被调包。然后我再装作素不相识坐在他旁边，途中尽量跟他套近乎。我从田中那里也得到过一些情报，包里的这些钱没准也会给他留下一个好印象。等到他下车的时候，肯定已经对我抱有好感，想约我一起去赌场了。”

“响野哥肯定不行，成濑哥你的话也许真的可以。”

“虽然拿他做比较对象有些不合适，但你能这么说，我还是觉得很荣幸。”

听到这里，久远也只能立刻行动。他留下成濑，走向人工售票处。自动门打开，他走了进去。看了一眼从成濑那里拿来的照片，他朝买票的队伍望去。找出目标并不算太困难。

对方穿着看上去很高级的双排扣西装，鹰钩鼻，眉毛很浓。看上去真像个大人物啊，久远一边想，一边思量着自己应该做的工作。

看准那人将票放到哪里之后，撞上去，偷来。如果票放在钱包里，把钱包整个偷来就好。然后确认票的种类，换成事先准备好的票，放回钱包。

事情本身并不难。久远心里想的是成濑竟连这种方法都想得出来。

既然事情已经这样了，和客人A的接触应该就不需要了吧，久远考虑着。不过就像成濑说的，多上一道保险总没有坏处。而且客人A和雪子还见过面，是某个剧院的老板。没道理不利用这一点。

雪子 IV

おん【恩】（君王或父母的）恩泽。慈爱。“师～”“～惠”。“不为～死却为情亡”，为报恩舍命的人少，为人情义理而死的人却很多。

同样，购物中心碰过头后，第二天雪子就来到了C剧院。时间是夕阳西下的傍晚。见到忽然来访的雪子，C剧院老板那双眯缝眼不停地眨着。他并没有责怪雪子随便就从后门进了办公室，只“哦”了一声，说：“之前来过啊，那个秒表。”说完便咧嘴笑了起来。雪子之前没有注意到，他的牙已经掉了一些。他的脸上像是有些开心，又像是有些苦闷，“又来找我一决胜负了？”

“不，我有事求你。”

“求我？好啊。年轻女孩子的愿望我不管什么都想听。”

“我还是年轻女孩子吗？”雪子板起脸，一副警惕的样子，不知道对方到底是在讽刺还是客套。

可老板脸上完全看不出任何恶意。“对于快到六十的我来说，你太年轻了。”他笑着说。

竟然没有任何有失风度之处，这让雪子很是感慨，心想回去后一定要跟慎一说，好好炫耀一下。“别看我这样，我也年轻过。”

“那真是太让我意外了。你想求我什么，说来听听。”

“我想去鬼怒川开的赌场。”

这时老板的表情僵硬了。他皱起眉头，惊讶雪子为什么会知道这种事，那表情就像一个生怕被别人举报的间谍。“你说什么？”他说，“你到底是什么人？”事到如今，他才开始关心雪子的底细。

当久远说“是和田仓叔叔告诉我的客人的情报”并提起C剧院的老板时，雪子也吃惊不小。听姓名的时候她还不知道，可听说是个开小剧院的，并问出剧院的名字后，她便立刻想了起来。

“其实，我从某个人那里听来了赌场的事，我朋友说想去那里。”

“某个人？”老板两眼放光。

“是一个姓和田仓的人。公司职员，在赌场欠债了。”

“啊，知道，知道。”老板的面色稍有缓和，“原来是那个悲惨的和田仓啊。”这时，不知为何，老板的脸色又恢复了平静，似乎也忘记故意装出不知道赌场的样子。“那就没办法了，我欠和田仓人情。”

“人情？”

“你没听说过吗？我犯病倒地时，是他替我叫的救护车，那可是我的救命恩人。”老板说完还沉吟着点头，“明白了，我带你去吧。”

“想让你带的是我的朋友。”

“朋友啊。”

“一个啰唆的男人和一个欢快的年轻人。如果你介绍，就可以进去吧？”

“我听到风声说最近鬼怒川变得挺神经质的，但应该没问题。”

“变得神经质？”

“赌场老板毕竟也不是什么正经行业，鬼怒川好像疑神疑鬼地觉得有什么人盯上他了。传闻说他认定最近会有不知哪里的团伙袭击自己，正打算逃到国外去呢。”

雪子想，或许是因为要逃亡，他才更需要钱。他难道不是为了这个目的才抢走人质的吗？“恶人神经质一点正好。”雪子为了顺着老板，这样说道。

“不过，他的性格中也有毫无顾忌地相信他人的一面。”

“什么意思？”

“他在居酒屋喝酒时如果遇到谈得投机的，也会立刻把人家认作志同道合的同志。”

“挺有人格魅力啊。”雪子胡乱应付着。

“他似乎很相信自己看人的眼光。”

“也许是过度自信。”

“正是。”老板说完又是一笑。

“那，明天可以吗？他们后天就准备去国外了，说想在那之前去一趟赌场。”

“怎么看都不正常啊。”老板的眼里闪着光。

“去赌场的人基本上都不正常吧。”雪子满不在乎地答道。

“也是。”

之后，雪子又和老板开始商谈细节，确定了响野和久远跟他碰面的时间和地点。雪子问有没有什么需要带的，他开心地答道：“钱包和胆量，还有运气。”

雪子并不觉得这个回答有多大帮助，可还是露出一副钦佩的表情说：“不愧是老板。”

“那，就这样吧。明天。”老板准备转身离去。

“啊，还有一件事。”

“什么？”

“火灾报警器大概在什么位置，你还记得吗？”久远之前的确说过，老板此前曾经想要故意去按火灾报警器。

走出C剧院后，太阳已经落山，夜晚的街道被盖上了一层昏暗的幕布。剧场入口处，前来观看当天演出的观众已经排起了队。雪子一边用余光扫视一边朝停车场走，这时电话响了。接起电话放到耳边，雪子听见了同事鲇子的声音。

“雪子，”对方的声音听上去很平静，“联系上了哦。”

“真的？怎么说？”

“稍微有些意外，但觉得挺有趣的。”

“我去请他帮忙也没事吗？”

“嗯，我是这样跟他说的。他好像非常忙，说其他小一辈的剧团团员可以去帮忙。”

“我也没打算让奥谷奥也亲自帮忙，所以没问题。不好意思啊。”

“没关系啊。他欠我的还多着呢。”

“多亏有你，帮我大忙了。”雪子道完谢，问清那个剧团的地址记了下来，“对了，服装的事也帮我问了吗？”

“啊，问了。说是只要在舞台上演过的角色应该都有，但够不够每人一件就不知道了。”

“消防员的衣服呢？”

“要我现在问问看吗？”

“啊，还是我直接去确认吧。”雪子说完，向鲇子道谢，挂断了电话。

响野 IV

にん—げん【人間】 ①人所生活的空间。社会中。世间。世上。②人，或者人类全体。③人物。人品。

にんげん—りょく【人間力】 ①人间力，个人带有的人品或人性具备的影响力，或由此产生的效果。②寻找消失在街道上的公用电话时必需的能力。

同样，在购物中心碰过头后，响野第二天通过公用电话联系上了成濑。

时间是晚上七点过后，太阳已经下山，街道上的路灯开始醒目。响野所在的地方是市内一片老旧的住宅区，他走进了一座孤零零立在路边、好像是被遗落的失物般的电话亭。

“为什么从公用电话打来？”响野报上名字后，成濑似乎很意外。

“电池没电了。真是难以置信，手机电池没电之后竟然这么麻烦。”

“如今的日本，想找到公用电话恐怕是难上加难。”

“真的很惨。不管哪里都拆掉了，我差点想找个走在路边的年轻人揍一顿，把手机抢过来。”

“没办法立刻找到公用电话，肯定是因为你的人间力不够。”

“那是什么？靠日常生活中做这做那去积攒的？”

“嗯，算是吧。以你的人间力，本来能找到的公用电话也找不到了。”

“真是个冷酷的人。你欠缺的是热情、气势和对朋友的温柔。”

“窃听的事办好了吗？”

“你还是老样子，冷酷的人。”响野对成濑很无奈，但还是说起自己的行动，“我可是按照你的要求去窃听了花畑。”

“驾照上的住址是真的？”

“全是假的。那间公寓里只住了一对老夫妇。徒劳啊，徒劳。人生就是徒劳。”响野粗重的叹息声全钻进了话筒，“没办法，只能在赌场门口埋伏。”

“花畑去赌场了？”

“嗯，去了。本以为今天已经不行了，结果就在几个小时前，他去了。到地下去了。久远的肖像画虽然惨不忍睹，但特点竟还抓得不错。一看到他我就认出来了。”

赌场在离樱木町站不远的地方，是一栋位于美术馆和瞭望台东侧办公区里的气派大楼。响野原本以为是那种位于闹市区的肮脏建筑，或者是大型弹子房一样的地方，可是结果令他十分意外。

从装潢上看，那是一座十分普通的办公楼，里面有税务师事务所、律师事务所等承租者，正门入口处还有气派的大堂。难道位于地下的是一处富丽堂皇的赌场吗？响野想象着那场景，觉得有些不可思议。

“难道那座大楼本身也是鬼怒川的财产？”

“应该是吧。”成濑答道，“就跟真正聪明的罪犯会注重外表一样，他可能原本就想把赌场设在雄伟的大楼下面。那，窃听器装到花畑的车上了吗？”

“我说，”响野长长地叹了口气，“哪儿有什么车啊。花畑是走路去的赌场。亏我还那么辛苦地跟雪子学车锁的开法，我要怎么用到一个走路的人身上？我的绝望你不可能懂。”

“刚才有一个伟人说过，人生就是徒劳。”成濑立刻说，“那你怎么做的？”

“唉，花畑后来又出来了，我就跟着他。在他傻站在那里等红灯的时候，我偷偷将手机滑进他拿着的纸袋里了。”

“你不是挺能干的嘛。”

“我当然能干。”

“那，偷听到了？”

“嗯，信号虽然不是很好，但还是听见了。那个花畑不管是走路还是坐出租车都说个没完。”

“具体什么情况？”

“总之，那个叫良子的大小姐暂时还没事，而且确实在赌场的VIP房间。我很走运，还听见了花畑给筒井药房的社长打电话。两人就赎金问题讲了半天，唉，反正跟你当初想的差不多。”

“说什么了？”

“筒井的女儿被绑架。为了解决这件事，他就去找了鬼怒川，让对方找到小西他们之后解决掉。鬼怒川按要求找到了他女儿。只是这时候，筒井竟然说要压低报酬。”

“所以鬼怒川发怒了？”

“不但不还他女儿，还加价了。”

“笨蛋绑匪小西他们的消息呢？”

“完全没有。小西他们早已是被遗忘的助兴节目了，现在完全是筒井和鬼怒川之间的交易。”

“他们会在近期交换人质和赎金吗？”

“定在下周末。花畑不停地说待他女儿很好，让他放心，重复的次数越多，听上去竟越像是威胁，真厉害。”

“筒井相信了他的话，正在老实地等周末？”成濑说，“正常的父亲难道不想尽早救出自己的女儿吗？”

“筒井当然怒不可遏啦。只不过现在主导权在鬼怒川那边，一定程度上也只能听他们的话。应该是只能选择相信吧。”

“就这样？”

成濑的话听上去有些愤慨，做父亲的就这样？确实，如果成濑站在筒井的立场，而成为人质的是正志，成濑应该会带着常人难以想象的执着去行动。响野试着想象。

“总之，我们去赌场的救援活动是有价值的。”

“只不过……”这时，响野说出了自己的担心。他下意识地用手指绕起电话线。“花畑曾经跟鬼怒川通过一次话。”

“怎么了？”不知道是不是错觉，响野觉得成濑的声音忽然紧张起来。

“鬼怒川似乎有所警惕。”

“警惕什么？”

“不知道。好像不知从哪里听到了风声。他感到危险正逼近他的赌场和他自己。”

“直觉不错啊。”

“而且，花畑还跟筒井说，万一他的女儿在交赎金之前被强行抢走，他们就打算立刻行动再次绑架她。还跟筒井说，现在只是一时手下留情，第二次就不能保证生命安全了。”

“那就算我们把她救出来，她最后还是会被绑走？”

“如果花畑说的是真话。”

“那可麻烦了。”

“真的麻烦了。”

最后，响野又试着说出了内心的担忧。他目光呆滞地望着前面驶过的车灯。“我们没有立刻去救，而是慢悠悠地准备，结果明天行动时发现她已经遭受严刑拷打，遍体鳞伤。应该不会有这样的事吧？”

“谁知道呢。”成濑表现得若无其事，“就算是那样，我们又有什么损失吗？”

“没想到你竟是这么冷酷的人。”

“银行劫匪就是这样。”

“确实啊。”

第四章

“坏蛋们”按照原计划深入敌后，却因意外情况手忙脚乱

“小富即安才是最大的财富”

久远 IV

けむり【煙】 ①烟雾，物体燃烧时产生的气体。有时候也指一些与燃烧无关的有色气体。②人为制造效果，使其看上去像①的样子。“躲在～里逃出险境，这种方法都已经被人用滥了。”

“进入赌场了。第一阶段成功过关啦。”久远对站在旁边的响野说。

“那都无所谓，可是你那衣服是什么玩意儿？”

“因为赌场都给人很华丽的印象啊，所以我觉得还是打扮得出众点比较好。”久远又看了一眼自己的衣服。上身是缀满红黄蓝三色花点的开襟衬衫，下身是棉质修身喇叭裤，头上还戴着牛仔帽。“而且，响野哥，如果被人记住长相就麻烦了，你还是小心点好。”

“还说这话，那你不是更麻烦？你跟花畑可见过面。”

“唉，也是。所以我才戴上帽子伪装嘛。”

“可是进门的时候，已经被拍了那么多照片，现在做这些还有什么用。”

“那个还真是意料之外啊。”

就在二十分钟前，久远二人跟着C剧院的老板一起来到赌场。

气派的办公楼背面有一段通往地下的楼梯，尽头是一扇看上去十分牢固的门。

“每当走下这个台阶的时候，心跳都会加快，会变得斗志昂扬。还是那句话说得好：生命在于胜负。”老板走在前头一边给久远他们带路，一边发出兴奋的声音。

真是个奇怪的大叔，久远不得不这样评价他。他对初次见面的久远和响野的真实身份毫不在意，还很开心地说：“你们也喜欢啊。不过也是，只要听说有赌场，就会心痒痒啊。婆婆妈妈的家伙最没用了。”

入口的门边有为输入密码准备的按钮，老板先刷卡，然后输入密码。过了一会儿，响起了通过麦克风发出的声音：“后面的客人是谁？”是例行公事般的提问。

久远四下看了看，才发现门上面有一块像黑色细长板子一样的东西。圆圆的摄像头正在里面移动。应该是通过摄像头拍摄来客的影像，然后在室内某处进行监视。

“是我的同伴。”老板说。

于是话筒又说：“抬头看门上面的摄像头。”结果两人被命令拿掉帽子、直视摄像头，到底还是被拍下了面部特写照片。

面部特写拍完后，门生硬地开了。“终于到了一决胜负的时候啦。”老板继续兴奋地往里走。久远他们跟在后面。面前的房间仍让人意外，摆有大桌子和沙发，看上去就像豪华会议室。

“当警察怀疑地下的情况进来调查时，就可以骗他们。这是掩饰用的房间。”老板略带自豪地说，朝正面挂着画的墙壁走去，碰了碰画框。也不知道他是怎么操作的，原本没有任何异常的墙壁忽然向两边打开，一阵轰鸣伴随着突如其来的骚动扑面而来。赌场随即展现在门的另一侧。

“真肯下功夫啊。”久远打心底震惊。门被设计成从里面出来时只要把手放在门边就会自动打开的形式。“可是，如果有人把这个机关的秘密说出去，告诉别人外面的会议室是伪装，不就露馅了吗？”

“好像真的有过这样的人。”老板回答说，“因为不想还欠赌场的钱，就打算跟警察告密。”

“结果呢？”

“警察那边也有鬼怒川的客户，那人反倒把自己暴露了。从那以后就再没有人见到过他。”

“好可怕！”久远将双手覆在脸颊上，做出一副瑟瑟发抖的女高中生的样子。他真的觉得很可怕。

如果警察内部也有同伙，跟鬼怒川以及这个赌场作对可不是什么上策。

“可怕的事还多着呢。”老板开心地说，“有些人在赌场里出老千被抓，就会想往外跑吧？这时候，里面的人只是装出要追的样子给他看而已。”

“只是装着追？”

“在赌场里出手伤人什么的，事后不是很麻烦嘛。所以，这种时候就只是一直吓唬他，让他往外面跑。”

“就让他那么跑掉吗？”

“其实在楼梯上面通往外面的地方早有同伙等着了。你们想想，走到楼梯上面，不正好是楼与楼之间的小道吗？那就是为了便于夹击而准备的。先把人赶到外面，在那里用枪砰的一声。总之就是要伪装成跟赌场无关的样子。”

"还真不嫌麻烦。"

"不管赌场跟警方有多密切的关联，如果在里面出现死人，总不可能脱得了干系。过分张扬的事无论如何也要在赌场外面做。"

"好——可怕！"

"拍照片的事实在出乎意料。那个和田仓没提起过吗？"响野问，"就算我们能平安救出人质，事后难道不会因为那些照片遭到追捕吗？"

"那倒是有可能。"久远不得不承认。名字之类细节上的东西虽然做了假，可如果照片在他们手上，确实麻烦。"不过也只能硬着头皮上了。还是说先跟成濑哥商量一下？"

"难道要跟他说'哎，哎，我们被拍照了，怎么办才好呢'？他又不是我们的监护人。而且，他今天难道不是也准备到这里来吗？"响野靠近面前排列着的赌博机，投进硬币，拉动拉杆。机器中间的卷轴转了起来，不一会儿响野便啪啪地按下了按钮。从左边开始，画面一个个定格：香蕉、香蕉、7。看上去并不像会吐币的样子。

"成濑哥应该也来了，但人比想象得要多，完全不知道他在哪儿。"既然久远他们由剧院老板带着进了赌场，那成濑一定也通过在新干线上结识的男人被介绍进来了。

赌场里面熙熙攘攘。老板留下一句"那接下来你们就好好玩吧，祝你们成功"，便消失在会场里的人群中，似乎久远他们无论怎样都已经无所谓了。

"要不喊成濑的名字吧，大声哦。"响野虽然是开玩笑，可就算真喊也不一定听得见。虽然大部分的客人都没怎么说话，可赌场整体非常吵闹。整个会场充满了轮盘赌和赌博机的声音，还有客人们时不时发出的欢呼和叹息。

赌博机、扑克桌和轮盘赌都各自占了相当大的空间，客人们像在参加自助晚宴一般不停地往来穿梭，整个会场给人一种喘不过气的感觉。

“啊，你看，成濑哥在那边。”久远在远处，几乎呈对角线的墙边发现了成濑的身影。他正和一个不认识的男人说话。有可能是在这个赌场刚认识的客人。

“哦，还真来了啊。”响野用一种上司般的口气说。

“要去找他说话吗？”

“算了，可能会被怀疑，而且什么事都得靠他，你不觉得心里憋屈啊。”

“我心里才不憋屈呢。”久远说着又朝成濑那边看了一眼，“他没事就好。”

来赌场的日子本应该是前一天。可是成濑却打来电话，推迟了一天。他说为了赢得进赌场所需的信任还需要一点时间。哪怕计划实施的日子只推迟一天，筒井良子的危险也会增加。久远表示反对，可成濑并没当回事。“没想到成濑哥你这么冷酷。”久远这样说的时候，成濑回答：“你不知道吗？”久远则回道：“可能知道吧。”

“不过，我想象中的赌场应该更金碧辉煌，更人声鼎沸。这里好像有点暗，感觉很沉重。大家好像不是来玩，是来拼命的。”

“嗯，这赌场就这样吧。跟那些去拉斯维加斯旅游的观光客比起来，他们的人生和目的都不一样。可能还有些招待客户公司高层来玩的老板，反正不管怎样，这里都不是什么正常的地方。”响野不满地说。

说完，响野又再次握住赌博机的拉杆拉了下去。他从左边开始按按钮，出现了三个小狗的标志。他“哦”地叫了一声，不一会儿，下面就滚出了大约二十枚硬币。“成功啦。”

“挺好的嘛，响野哥。”

“我一直隐隐约约地感觉自己好像有某方面的才能，说不定就是赌博。”响野面色认真地点头。

“什么才能，不就是运气吗？”

“那样的话你也只能现在说说了。看好了。”响野说着，又拉动了赌博机的拉杆。

两人的眼睛直勾勾地盯着结果，毫无意外地没中。久远站在连响都没响就停下的赌博机旁，只说了句：“看到啦。”

“先去找找那个 VIP 房间吧。”

“是啊。”久远脑子里回想着那张根据和田仓的情报制作的地图，缓缓地在大厅内走动。他看了看手表，才刚过晚上六点。他觉得有些不可思议。这些成年人也不工作，却在这里为游戏忙得不可开交。

“喂，那个饮料要怎么拿？”跟在后面的响野轻拍久远的肩膀说。

“什么饮料？”久远停下脚步。

会场里有穿黑色兔子服的女招待。说是兔子服，也就是头上戴着玩具耳朵，身上只有连体泳衣一样的黑衣服和网袜，跟兔子相差甚远，还戴着时髦的太阳镜，应该是赌场方面的工作人员。会场里零星地散布着这样的女招待，每个人手上都拿着托盘，上面放着高脚杯或玻璃杯。因为戴着太阳镜看不清表情，每个人都散发出一股神秘的气息。

“难道不是免费喝的吗？”看上去很像在分发免费饮品。

“可是，如果以为是免费的，过去了之后却被人家说‘瞎说什么呢’，那不是很丢脸？”

“那你别喝不就行了。”

“可是我想喝嘛。”响野像孩子般耍赖。久远觉得麻烦，便不理他继续朝前走去。走到中央的二十一点区域朝左转，前面就是轮盘赌，他们要找的楼梯应该就在那后面。

“喂，你等等啊！”响野追了上来，“刚才我灵光一闪，那些女人的衣服难道不能用吗？”

“什么意思？”

“带着人质女孩往外逃的时候啊。那个兔子装扮一定可以起到伪装作用。”

“这样啊。”久远听到这个主意也点了点头，“可是，你现在要怎样弄到那个衣服呢？”他问道，“让她们脱给你吗？”

“这是个问题。”响野一脸愁容。

VIP 房间就在和田仓所说的地方，看上去比和田仓描述的还要冰冷。

前面是轮盘赌的桌子，包括在一旁观战的，桌边挤满了客人。两人混迹在客人当中，朝区域边缘走去。面前出现了类似高级酒店前台的柜台，似乎是兑换赌博用筹码的地方。旁边有一段楼梯通向上方。

久远和响野决定顺着楼梯上去。两人装作是第一次来分不清方向的样子。他们觉得与其战战兢兢地试探着前进，不如自然一些更不会引人怀疑。

爬上楼梯后是一个回廊，正好绕赌场一圈，可以尽览赌场全貌。回廊上铺着华丽的地毯，一边的墙壁上有好几扇门。

“明明是地下却还有两层，真不得了。”响野凑过来说。

“真豪华啊。”久远应道，“人啊，有一个致命的缺点，就是不知道该怎么花钱。”

“动物不也不知道花钱吗？”

久远环视左右，在右边墙壁的一扇门上看见了“VIP”字样。

“既然是VIP就应该再大气些嘛，这么土。”

“挺有威严的啊，那扇门。真不愧是VIP房间。”

“再怎么说也是个关押人质的地方，真没品位。”

响野满脸不快，朝久远伸了伸舌头。

“喂，你们是干什么的？”这时旁边忽然有人说话，久远吓得身子一抖。他慌忙转过头，发现一个从未见过的体格强壮的男人正站在那里。那是个比久远还高一头、大概有两个久远宽的男人，嘴巴四周留着胡须，一头茶色头发半长不短。

“啊，我们不小心就顺着楼梯上来了。”久远发出不安的声音。

“我们今天第一次来。”响野也吞吞吐吐地解释。

“无关人员禁止入内。”男人冷冰冰地说。

久远意识到，这家伙就是门卫。他的视线条件反射般落到对方腰间。对方应该是带着什么危险武器，腰间稍有些鼓。久远看了响野一眼。响野也会意，垂下双眼。

“这是工作人员的房间吗？”

“跟你们没关系。”门卫看上去并不想理他们。

“是啊。喂，回去吧。妨碍到人家工作了。”响野演戏似的夸张地说，拉着久远的手腕走下楼梯。

走过兑换筹码的柜台，回到轮盘赌的客人后方时，响野说道：“好了，差不多该动手了。”他看了看手表，“已经到预定时间了。火灾报警器的位置知道了吗？”

“你看，这个轮盘赌桌子对面的墙壁上有个小东西，跟那个剧院老板告诉我的一样。感知到热量后，它就会喷水。”说着他从口袋里掏出一个小圆盘形状的装置。

他将那个装置放回口袋，从外围绕过桌子。

终于到了墙边。虽然人很多，可是大家的注意力都集中在轮盘上。为了不引人注意，久远故意装作蹲下来系鞋带，把发烟装置贴在墙上。装置的设计很简单，就像那种带有双面胶的超薄空气清新剂，可以随处贴。他用手指折断了外壳边上一处塑料凸起。折断五分钟后，它就会发热并喷出烟雾。

喷出烟雾的一瞬间连久远和响野都没发觉。最开始烟雾很微弱，就像上升的水蒸气，然后渐渐地越来越强。

久远和响野发现已经开始了的时候，并不是因为看到了烟雾，而是因为周围的人群开始骚动。

不知是谁大叫了一声“失火了”，随即四周的喊叫声就交杂在一起，根本听不清。负责轮盘赌的庄家瞪大眼睛环视周围，他不知道这种情况下应该怎么办，正寻找场内的工作人员。

久远和响野交换了一下眼神，点了点头。按照事先商量好的，久远朝刚才的楼梯跑去。

“这些客人在赌场的事如果败露了，肯定很麻烦，所以火灾肯定可以引起恐慌。”开会的时候成濑这样说过。

实际上，事情也正如他料想的那样发生。

客人们都快速朝出口跑去。警铃响了。赌场的消防装置可能是只要一处有反应，其他地方也会跟着启动的设计，喷头猛地开始喷水。天花板到处出水，让下面的客人们更加混乱。

久远正准备上楼的时候，耳边传来了响野的声音。“各位，请冷静。如果太慌张，原本能跑掉的人都跑不掉了。请大家再冷静一些！”他在楼梯下面大喊。

会场内已经充满了烟雾，久远所在的楼梯处的视野也变得模糊不清。人跌倒的声音、相撞后的惨叫声和谩骂声从四面八方涌来。

客人们还在骚动。响野不管那么多，依旧说道：“大家都到这边来吧。到面朝出口的左侧来，排成一队。烟雾很浓，但烧得好像并不厉害。大家用手帕捂住嘴趴到地上。”

失去判断能力、惶恐不安的时候，如果有人忽然站出来发出指令，大家反而会意外地非常听话。这也是开会时成濑说的。“响野，反正你也喜欢在众人面前演讲，你就试着指挥那些因火灾而仓皇逃跑的客人。首先让他们老实待在那里别动。这时久远就去 VIP 房间。门卫肯定也正因火灾狼狈不堪，久远趁这个机会把钥匙偷来就好。”

“偷来就好。说得那么轻松，我可很难办啊。”久远有节奏地轻声嘀咕着，爬上了楼梯。右转后，他向着刚才已经确认过位置的 VIP 房间走去。烟雾越来越多，他凝神看着，眼前出现了一个人影，他惊讶地朝后退去。

门卫正靠在回廊的扶手边查看下方赌场的情况。

久远毫不犹豫地朝他背后走去。他注意着不发出脚步声快速前进，在距离越来越近的同时眯起眼睛，开始判断钥匙在对方身上的哪个位置。他很擅长根据口袋膨胀的程度、重心偏转的方向等线索判断出物品的所在。他快速用手驱散眼前的烟雾，目不转睛。从旁边走过时，他伸出手朝对方裤腰带摸去。

对方瞬间抖了一下，可是好像并没有注意到消失在烟雾中的久远。久远逐渐远离门卫，确认着手中捏着的钥匙。

“没想到轻松获胜啊。”

他站到 VIP 房间门前，立刻将钥匙插进锁孔转动。咔嚓的声音响起。他推开门，大声说道：“我来救你啦。你喜欢猫还是喜欢狗？”他原本准备一字不差地说完这句话，可刚说到一半便停住了。房间带有厕所和洗脸池，就像酒店的客房，里面并没有人。“哎？”

四处都找不到人质的踪影。

“有种不祥的预感。”久远下意识地说道。

响野 V

わな【罠】 ①绳子等绕成的圆圈。《徒然草》:“只须一圈圈将细绳绕起，将绳头自上而下穿过～即可。”②为打败他人而想的计谋。“完全中了对方的～。”③写有“完全免费”“绝对保密”等字样的广告或忽然收到的邮件。

“好了，大家就这样趴着，尽量避开烟雾往墙边靠。没关系。只要冷静下来，就什么问题都没有。现在并没看到什么火势，刚才喷过水后应该都灭得差不多了。大家的西服可能都湿了吧，可是只淋了水就会死的人并不多。相反，请大家小心烟雾。火灾时因为吸入烟雾死去的人应该不少。”响野说得很快，却也很清晰，“我已经给消防队打电话了，他们很快就会来，在那之前请大家一定不要乱动。那样是最危险的。想要从赌场中逃走，最重要的三件事分别是不要忘记拿走赢来的钱、尽量弄乱输掉的数目和不要慌乱。”

为了让众人不要乱动，响野继续胡说八道。所有人都离墙很近，或是趴着，或是抱着膝盖。其中也有剧院老板的身影。

响野看了看手表。消防员们差不多快该按计划来了。

久远还没好吗？响野开始凝神朝场内飘着的白烟望去。

按照原计划，在这一片混乱中，久远应该已经带着人质回来了。这时，响野发现楼梯处隐约有人影闪动。他心想终于回来了，刚放下心，却发现走来的只有久远一人。

“人质怎么了？”

“没在。”

“没在？”

“我有种不祥的预感。”

久远苦笑的同时，响野身上的手机响了。手机在口袋里震动。他抓起手机放到耳边，是成濑。

“你到底在哪儿？也不来帮忙，你干什么呢？我跟久远可正拼命……”

“别管那么多了，赶紧跑！”

“跑？从赌场？你到底在想什么？消防员还要来呢。该不会是雪子找的那帮演戏的人临阵脱逃了吧？”

雪子带着托朋友找来的剧团演员们伪装成消防员冲进赌场，让人质趁势从赌场逃走。原本应该是这样的。

“快逃！”成濑的声音虽然短促，却像针一般锐利，“暴露了！”

“什么暴露了？”

“我们早就被查得底朝天了。名字吓人的鬼怒川知道这件事。总之，你们赶紧逃出去！”

“逃出去？”

“带上筒井的女儿，从地下往地上跑。”

“我告诉你，你听了可别吓着。那个人质不在。吓着没有？”

“一会儿让我别吓着，一会儿又问我吓着没，你烦不烦啊！但没关系，人质还在，就在大厅。我刚才看见了。”

“大厅？”响野不明白成濑在说什么，下意识地朝着烟雾逐渐消散的四周望去。他摸了摸头发，还滴着水。由烟雾带来的混乱似乎不会再持续多久了。

“挂断电话后，你就让久远使劲挥手。估计那女人会发现你们，并往你们那边去。然后你们就往出口跑。客人那么多，他们也不敢随便开枪。”

“开枪是什么意思？”响野焦躁地大声斥责，与此同时发生了两件事。

首先，大厅内响起了不知什么人的声音。

其次，成濑的电话断了。

声音在回荡，忽然又有客人发出短促的叫声。响野慌忙寻找声音的源头。

“那边。”久远在旁边伸手指道。是楼梯上方回廊的扶手边。由于烟雾的关系看得不太清楚，但可以确定有个年轻人站在那里。再仔细一看，他的手上还拿着枪。

“你们别动！”他的声音很大，右手拿枪，左手拿话筒。赌场大厅四周装了喇叭，声音通过喇叭传了出来。

响野和久远面面相觑。

“别东张西望！说你们呢，你们！”

是我们吗？响野像在确认似的用食指指向自己的鼻子。

“对，对，就是你们。搞出这种失火的把戏，你们到底什么目的？那个戴帽子的，你是之前那家伙吧？那个被我从车上踹下去的家伙。从门口进来的时候我就发现了。你们是想来偷钱吧，真可惜啊。”

“是花畑。”久远依旧向上看着，小声说道。

“花畑，就是那个抢走人质的人？”

“总之，其他客人不要慌。这不是真的火灾，只是假的烟雾，跟玩具似的，所以不要慌。只不过是来了些准备干蠢事的蠢货而已。”花畑拿着话筒说。

响野和久远同时咂嘴。响野看了看出口附近，心想消防员怎么还不来。

“你们就那样给我老实点。我有事情想先问你们。”花畑说完，将话筒交给了旁边的人。再一细看，花畑旁边站了好几个体格健壮、穿黑西服的男人，之前那个门卫也在。他们同花畑一起走下楼梯。

“跑吗？”响野捅了捅久远的腋下，“成濑刚才说让我们跑。”

久远回头看了一下出口。“要跑勉强应该可以。”他点头，“可良子怎么办？”

“只能先跑，然后再考虑。”响野快速地说，“如果让他们走得太近，可就再也跑不掉了。”

久远点点头。

就在这时，久远背后有人弯着腰靠了过来。响野一惊，正准备出声，才发现那是刚才一直在提供饮料服务的兔女郎。他不禁倒吸一口凉气。

响野以为是敌方派人来抓自己了，下意识地做出拳击时的动作，双拳紧握，转动腰部。可就在他出手前的瞬间，女人摘下了太阳镜。

“啊，你是……”久远大喊。

“你认识？”再不逃就来不及了。响野十分焦急，轻声问久远。

“这个人就是良子。”久远似乎也十分茫然，声音听上去一点都不真实。

“什么？”响野看着那个女人，“她是鬼怒川的手下？”

“不是，不是。”良子挥手否定，然后又问，“你们是要跑吗？”

“我们可是来救你的。”久远皱起鼻子，“你不是被关起来了吗？”

“我也不知道为什么，今天他们忽然叫我到这个大厅来做事。”

“到底怎么回事？”响野看着久远。久远耸了耸肩。

已经没时间思考了。烟雾已经变得很淡，花畑一帮人也已经走下楼梯。“别乱动！”他说。

“先跑吧。”久远看着响野，点了点头。

没有理由反对。响野看着良子，说了声“跑”，脚便蹬向地面。

蹲在地上的客人们不知道发生了什么事，全都愣在那里。三人注意避开其他客人，向外跑去。

“我要开枪了！”花畑正在靠近。

“会被打中的。”良子的声音从响野背后传来。

“这么多人，又有烟雾，他怎么可能开枪。”

就在这时，枪声响起。

“他开枪了！”良子的声音很慌张。

“凡事总有例外。”

趴在地上的客人们似乎觉得事态很可疑，逐渐站起身。烟雾的效果变弱了，整个大厅就像是个魔术表演意外穿帮的舞台，开始变得苍白而无趣。

出口的门开了，前方就是用作伪装的会议室。

“响野哥，我们说不定会被埋伏。”久远的声音从身后响起的时候，响野已经冲进了会议室，幸好那里没有鬼怒川的手下。

“走！”久远拉着良子追上响野，朝通往地面的楼梯跑去。

他们听到身后花畑正追上来。

“快！快！”响野不停地催促，“浪漫不在这里。”他自嘲似的说。

令人意外的是，出口并没有赌场的人。入场的时候都要神经质地拍脸部特写，出来时就能这么随意吗？响野很惊讶。不过这也算是一种幸运吧，他边想边朝楼梯上跑去。

响野一步步蹬着楼梯，C剧院的老板说过的话忽然从他脑子里闪过。

“赌场里死了人，其他客人也会觉得讨厌吧，所以要先赶到外面再动手。”

大事不妙啊！想到这里的时候，响野已经走上了地面。

久远 V

はさみ【挟み】 从两旁钳住。

はさみ—うち【挟み撃ち】 从敌人的两侧包夹攻击。

"响野哥，快走吧。"

到达地面后，良子在久远身边喘着气。太阳镜因为碍事早摘掉了。仔细一看，她连鞋都没穿，正弯腰赤脚，粘在腰后的白色尾巴看上去很可爱。

爬上所有楼梯，大楼背面的小路几乎已经一片漆黑。因为被两栋大楼夹在中间，所以即使朝上看，也只有一条细长的天空。周围也没有路灯。回想起刚才赌场里的灯火辉煌，甚至让人觉得虽然是打算往地上跑，可其实是潜入了地下也不一定。

"久远，可能有麻烦。"响野不停地朝左右看，一副戒备的架势。

"什么麻烦？"

"那个老板不是说过吗？赌场里的人如果想收拾谁，首先会把他赶到赌场外面，然后再动手。"

"啊！"久远也立刻想了起来，脸当即变得惨白。他感觉到一种黑暗之中不知何处的枪口正瞄准自己的恐怖。“对了，地下的人没有追上来。”

“怎么回事？”良子的乳沟此时格外显眼。她终于抬头看着久远。

恐怕不会有狙击手在瞄准那么夸张，但以防万一，久远还是将良子挡在身后。

“响野哥，怎么办？”

“给成濑打电话吗？”

“会被成濑哥认为你没了他就什么都干不成，那样也行吗？”

“我才不愿意呢。”都这种情况了，响野还是很嘴硬，“总之，只有先跑了。”

“哪边？”

“你喜欢的那一边。”

“那就右边吧。”久远想都没想，凭直觉做出了判断。他拉起良子的手，朝右边跑去。响野跟在后面。

虽说这是条路，其实也就是楼与楼之间的缝隙。如果五个成人并排，那就得挤成一团了。久远正想着，发现前方数十米外就连着一条大路。

“上了大路后就坐出租车走。”响野说。

“雪子姐会不会来？她有没有察觉到我们的危险？”

“就算有人来，也只可能是外星人。”

“消防员去哪儿了？”确实是啊，久远也觉得。按照计划，雪子找的一群演员本应该扮成消防员冲进赌场。他们则趁乱逃出赌场，完成任务，这是事先预想好的进程。

“别问我。”

“还真是不应该跟响野哥一起来。”

“你不觉得应该说得委婉一些吗？”

“因为完全没有按照原计划进行嘛。”

“按部就班的人生有意思吗？”

“肯定比我们现在这样有意思。”

两人随意斗嘴的时候，久远感觉再不快点走上大路就麻烦了。可能是因为焦躁，这条小路显得特别长。

此后，他才发现前方的人影。奔驰在大路上的车灯从右往左照过，让黑暗中正朝这边走过来的两个人影浮现出来。

久远停下脚步。响野似乎也察觉到了，站在原地。

“怎么了？”良子眨着眼。

响野又转身朝后。“麻烦了，可能我们后面也正有人过来。”

“骗人的吧？”

“现在骗人做什么。”

“谁会来呢？”良子的脸色惨白。

“可怕的人们。”久远只能这样回答她。

此时既没有脚步声也没有喘气声传来，但是他们知道有人正在靠近。

“在这种地方枪杀三个人，也太招摇了吧。”响野皱着眉，前后来回确认情况。

“不如你这样劝他们试试？”首先可以肯定，他们是鬼怒川的部下。

“正劝着呢，我就被打死了。”

“响野哥，怎么办？”

“你被他们打中的时候，我带着她跑，怎么样？”

“这种时候响野哥还能开玩笑，佩服。”

“啊，枪！”良子哽咽着发出声音，几乎要哭出来。她颤抖着伸出手。确实，前方的人影手中拿着的不管怎么看都是枪。

三人一步步被逼进绝境，无论何时被打中都不奇怪。连久远都吓得两腿发软了。

就在这个时候，传来了一阵气势不凡的吼声。由一群人发出的不知是“吼”还是“哦”的声音从三人后面传来。

久远慌忙转身盯着后方。起先他觉得是从背后来的敌人为了威慑而发出的吼声，可立刻又觉得不管怎么听都不像。

“什么？什么？”响野也瞪圆了眼睛。

隔着一段距离的那两个男人此时也发出了略带疑惑的怒吼：“你们是干什么的？”

一群人没用多久，几乎是一瞬间，就来到了久远等人面前。

这是一群穿着柔道服的男人，恐怕有十个人左右。他们排着队，几乎塞满了整条小路，喊着口号越走越近。

久远目瞪口呆。为什么？难道这里是柔道部的训练路线？就算要跑步，其他的路还多着呢。

疑惑的同时，柔道部的一群人仍在靠近。就好像雪崩挤进了这条小路似的，让人感到难以承受的压力。

久远正想着要被柔道部轧死了，却被穿着柔道服的男人抱了起来。他“哎”了一声，已被两个男人从两边腋下架起。他恍惚间觉得身体好像浮了起来，就这样被抬走了。

他慌忙朝旁边看去，响野和良子也同样被穿柔道服的男人的波浪吞没。

“这是怎么回事？”他转向右边，看着身穿柔道服的男人。

“有人让我们这样做。让我们在这儿演一场戏。”这个一脸胡子的男人看上去一把年纪了，声音却很年轻。

“演戏？”

“有人叫我们穿着柔道服跑步，看到三个人后把他们带走。哎，你们不知道吗？我觉得这工作没什么价值，但还挺有意思的。好像完事后奥谷先生还要请我们吃烤肉呢。”

“什么跟什么啊。你们这是柔道部还是什么？”

“不是啊，我们都是演员。哎，你真的不知道？我听说上面还有摄像机正在拍呢。”这个看上去完全不像演员的男人说。

这时，左边的另一个穿柔道服的男人也快活地说：“这种无聊的事情我最喜欢啦。”

“让开让开！”另外一个穿柔道服的男人喊道。

再看前面，那两个人手里拿着枪，愣愣地站在那里。

久远下意识地暗叫不好。但也许是因为他们不可能朝着这样一群人开枪，又或许是因为被这群大晚上穿着柔道服跑步的人吓着了，他们并没有举起手中的枪，并迅速朝道路左右两边避开。

抬着久远等人的男人们一鼓作气从那里跑了过去，看上去就像体育社团的队列，一丝不乱。

“这到底是怎么回事？”久远感觉自己就像被抱着的婴儿，大声问后面的响野。

“别问我。”

“这样被抬着走，还挺有意思的呢。”良子天真地说。

雪子Ⅴ

かい—がい【海外】 隔着海的国外。

かいがい—とうぼう【海外逃亡】 劫匪题材的小说中，大团圆结局的一种方式。

“竟然还有这样的事，可帮了我大忙啦。”坐在车后座一直盯着窗外的男人转身朝雪子说。他丝毫没有戒心，一副打心眼里放松的样子，静静地盯着窗外不断后退的街道。“你就是那个成田的司机吗？”

这个人细长脸，目光像蛇一样，眉毛很粗，头发已经秃了一大半。个子虽然不高，却透着一股不知源自何处的精悍气势，看上去就像主张强硬的政治家。

成濑在鬼怒川面前自称成田。这是个简单的假名，但可能比太过做作来得好。雪子也顺着他的话：“是啊。他让我尽快送鬼怒川先生您去机场。”

眼前的信号灯变成了绿色。雪子又用力踩下油门。国道上的车并不少，可只要来回变道行驶，还算比较顺畅。

“起初我还怀疑呢。”鬼怒川的口气就像在怀念旧时好友，“我们是两天前遇到的。很巧，坐新干线的时候，成田就坐在我旁边。”

“那还真是巧啊。”雪子也已经从成濑那里听到了事情的大概。通过让久远换掉车票，成濑坐到了鬼怒川旁边。原本只期待如果聊得投机，或许能得到关于赌场的情报，可是随着对话的进行，鬼怒川竟对成濑表现出好感，因此成濑就想到了另一个作战计划。

“我身边的人全都对我虎视眈眈啊。一点都不能放松，不管是朋友还是手下都不能相信。虽然大家都说我是被害妄想、神经质，我却认为小心再小心总没有坏处。因为跟成田是偶然在新干线上碰到的，我才很开心。是不是好人，只要说两句话我就知道了。”

雪子想起了曾经听说过的国外黑手党的事。那个老大就是因为在飞机上对邻座的刑警放松了警惕，才被抓了起来。

“成田也因为认识了鬼怒川先生您而高兴呢。”雪子一边注意不能说漏嘴，一边转动方向盘。她切到右边的车道，超过了前面的车。

成濑将上次抢银行得来的钱塞进包里带在身边，装作在偶然的情况下让鬼怒川看见，让对方相信他是个钱多得花不掉的人。之后，他便开始说：“东京那边不知道有没有好玩的赌钱的地方啊。”

“这真是太巧了。正好我就是开赌场的。”

“成田也是十分意外。”

“而且到了昨天，他竟忽然向我透露了别人盯上我的情报。”

“好像是有这么回事。”

成濑装作忽然得到消息的样子。“你的赌场好像被人盯上了，你还是小心一点好。”他故意装成在给鬼怒川忠告，“好像有两个人想袭击赌场，然后抢钱逃跑。”

“但您竟然真的相信了。”雪子不经意间说出了真心话。就算成濑成功地假装了偶然相遇，可对疑神疑鬼的鬼怒川说“赌场被盯上了”这种话，鬼怒川竟然还真的相信了他，这的确让人难以置信。

“当然，一开始我半信半疑，甚至我还怀疑了。”鬼怒川的声音忽然变得锐利起来，雪子感觉到背后如针扎般紧张。

“是吗？”

“当然了。刚认识没多久的人忽然就拿来一条跟我有关的消息，这时机也太巧了吧。我会怀疑也是理所当然的。”

“那为什么又……”

“有好几个理由。第一，想骗我，企图从我这里得到什么的人，一般都是拿好话来哄我。像这样告诉我危急消息的情况实在罕见。”

“这样啊。”

“另外，成田解释得很明白。他说有个团伙盯上了赌场，他们会假装火灾，使用制造烟雾的装置引起骚乱，然后趁机抢钱。如果那时候成田找我要什么好处，那我就会怀疑他，可是他也没有那样做，只是告诉我要小心。这总值得一信吧，是不是？”

“那实际上呢？真的有火灾吗？”

“就在刚才。出现了烟雾，大厅里一片混乱。跟成田说的一样。而且，我的一个手下还说见过其中一个闹事的人。”

“是吗。”雪子想，那应该是久远吧。

“好像是他在处理别的事时见过的年轻男人。那人还想戴着牛仔帽尽量遮住脸，其实在进门的时候就已经暴露了。那时起我们就开始监视他们，果然不出所料。”鬼怒川就像在炫耀自己抓住的猎物，“成田全都说中了。”

“那就好。”

“现在跟你说也无妨，如果今晚赌场没被袭击，我可不准备就那么轻易让带来假情报的成田回去。”鬼怒川似乎很开心，大声地笑了起来。

“是吗？”

“因为我最讨厌假情报了，被骗比其他任何事都更让我生气。但这次不是这样，真是太好了。就算是刚认识不久，做掉成田估计我也会心痛。而且现在通过成田的安排，还让我坐上了你的车。”

“是啊。赌场出事的时候，还是躲到其他地方比较安全吧。”雪子按照成濑事先的指示说道，“立刻离开那里是明智的，我也这么觉得。但那些制造假火灾的人最后怎么样了？”雪子脑子里浮现出久远和响野的脸。事先并不知情的两个人肯定以为计划被赌场那边知道了，恐怕正急得乱窜呢。

“我的赌场基本都是先把那种人赶到外面再处理掉。现在那两个人恐怕已经在大楼后面的小路上奄奄一息了。”鬼怒川开玩笑似的说，接着又张大嘴巴笑了起来。这性格也说不清到底是豪放还是神经质，或许是二者兼有。“不瞒你说，我赌场里可是什么样的客人都有，有警察也有政治家。处理掉那些碍事的家伙，也不是什么大不了的事。但我想还是休养一段时间比较好。现在手头上的事交给手下去办也没什么问题。”

鬼怒川所说的“手头上的事”毫无疑问就是筒井药房社长的女儿。他听成濑说“有人要袭击赌场”的时候，开始还误以为是筒井要来抢人质，所以才想出将良子从 VIP 房间放出来，把她混在工作人员当中藏起来的办法。

“飞机赶得上吗？”

“按现在的情况没问题。”雪子驾车前往的目的地是国际机场。

“我很感谢成田。就在我正想去海外的时候，他给我介绍了一个好地方。”

“这么快就能取得您的信任，成田也觉得很荣幸。”其实雪子想说的是：亏你还真相信了。两天前的晚上，雪子见过C剧院老板之后，成濑告诉了她这个计划。那时她还怀疑能不能进行得那么顺利呢。

“这就是命啊。这世上的失败者大部分都是因为没能抓住突如其来的机会。”

“您一个人去没问题吗？成田好像另外还安排了好几个人。”

“不，不用了。我暂时打算一个人休养一下。总之，成田办事这么迅速，我真是感激不尽。”

“这种事情成田还是很靠得住的。”雪子说着，用力踩下油门。

“我有敌人、同伙和家人，就是没有朋友。成田或许还真能成为我的朋友。”

朋友估计是当不成了。雪子感到些许痛心。一定要让这个鬼怒川成功逃往海外。她打起精神。

响野 VI

くど—い【くどい】 ①啰唆。话语过于冗长招人厌烦。“～的说教”“～的内容”“～的伏笔”。②将一个无聊的笑话说得更加无聊的必备条件之一。

身着柔道服的男人们的架势甚至让响野担心，他们是不是会这样抬着三人直接走进樱木町站的自动检票口。可是到了离赌场一段距离的地方后，他们只说了声“那，就到这里”，就唰地全走掉了。简直就像舞台表演一样，堪称华丽整齐的退场。

留下来的响野只得和久远面面相觑，除了皱眉还是皱眉。这是一个车流量很大的地方，还立着好多巨大的电影海报的广告牌。一群看似大学生的人有说有笑地从他们身边走过。

“响野哥，这到底是怎么回事？”久远说。他摸了摸头，看上去有些惊慌。“啊，帽子不知道去哪儿了。”

“我也不知道是怎么回事，但是我们被那帮柔道部的家伙救了是千真万确。”刚才如果继续像那样在那条小路走下去，迟早会被那些凶恶的男人用枪拦住，恐怕早就完蛋了。

“他们好像不是柔道部的人，是演员。”

“是雪子找的演员吗？”

“成濑哥肯定全都知道。”

“应该吧。”响野脑中浮现出看破一切的成濑那冷静的目光，“真烦人。”

“可是，你为什么没在 VIP 房间，跑到大厅里了？”这时久远问良子。

良子也还是一副摸不着头脑的样子。“我刚才也说过，理由我真的不太清楚，只是被那样命令了而已。”她答道。

“也就是说，你那时候其实也可以自己跑出去？”

“他们威胁我，说即使我跑掉了，也能立刻把我抓回来。那些人好像跟我爸爸很熟。”

“是吗。亏你能找到我这里。”

“大厅里，有个客人告诉我的。我给他拿饮料的时候，他悄悄跟我说：‘这里肯定有一个你见过的人，你去找他，跟他一起逃出赌场。’”

“是成濑啊。”

虽然还没定下来要去哪里，不过三人决定先朝车站方向走。

“我应该怎么办才好呢？”良子茫然地说。与其说她是在提问，不如说她只是单纯地将心里的疑惑说出口。

“都已经得救了，却一点也不开心啊。”久远有些生气。

“是啊。”响野也同意，“回家跟你父亲报个平安不是很好吗？泪眼重逢，多好。”他轻轻地拍手。走着走着，他又忽然想起来似的说：“或许应该跟你父亲说，是被难得一见的善良绅士救出来了。”

“哦。”良子像是正在思考什么。

“你最好充满感情地向他讲述，让他慌慌张张地认为这个恩必须报。”

“响野哥，你这种时候还真啰唆。”久远笑着说。

“你是在笑我傻？”

“从生下来到现在，我一次都没觉得响野哥你傻。想都没想过。”

不一会儿，良子又带着不安的表情问道：“那么这次的事是不是就算解决了呢？”

一开始响野没明白这到底是什么意思，可马上就想起来了。之前他窃听花畑打电话时，花畑说过一番威胁的话。

“就算现在回家了，也可能再次被绑架，你是在担心这个吗？”

“啊，这倒是有可能。”久远抱起手臂，“不好办啊。”

“不，不是这个。”良子瞪大眼睛摇着头，“是小西他们。”

“确实，小西他们现在怎么样了呢。”

“他们不是为钱所困吗？结果问题还是没解决。”

“你还担心那个？”响野叹气道。他只是单纯地因为意外而叹息，并没有不快。“明明都被当作人质了，你还不反省，真是个老好人啊。”

“我有些不谙世事。”她很不好意思地缩了缩脖子，满脸通红，“我男朋友也经常这么说我。”

“秀恩爱哪。”久远指着她说。

“男朋友知道你被绑架的事吗？”响野在意地问道。

“失去联系这么长时间，他现在一定很担心。”她答道，好像恨不得立刻就听到男朋友的声音，“我可以去打个电话吗？”

“你身上有手机吗？”久远问。

“没有。手机在被绑架时就被拿走了。我去找个公用电话。”

“如今的日本，想找到公用电话恐怕是难上加难。”响野想起了自己之前的痛苦经历，“我也吃过好一番苦头，肯定没那么容易找到。这种事啊，估计是跟人间力有关系的。”

“啊，那边就有！”良子很有精神地喊了一声，便朝人行道边的电话亭走去。

久远笑了起来。

久远 VI

にいがた【新潟】 ①位于日本中部地区东北方，濒临日本海的一个县。历史上曾管辖越后、佐渡两国。面积一万两千五百八十三平方千米。人口两百三十八万三千，下辖二十个市。②新潟县中部的城市。县政府所在地。“～的潟字我不会写，就不给你寄贺年卡了，行吗？”

“嗯，你是……”男人面对忽然出现在玄关的久远，有些不知所措。这处住宅保持着古朴的日式风情，庭院虽然狭窄，屋顶上的青色瓦片却很美。

“忽然打扰，真是不好意思。”为了消除对方的不安，久远尽量轻快地打招呼，“我是从横滨那边来的。”

“特意？”

要说是偶然路过，新潟也太远了。

昨晚刚从赌场救出良子把她送回家，今天一大早成濑就打来电话，久远很意外。“怎么了？”

“要不要去看看连续遭遇不幸的小西药店？”

“去。”

第一次来到这片土地，不知为何，久远感到一阵愉悦。刚才走过的路上，拴在农家屋边的杂种狗也让他觉得很新鲜。

“我是因公顺便过来的，有人拜托我。”久远将手上的包递过去。

站在对面的男人明明才三十几岁，却有很多白发，皮肤也很干燥，毫无生气。久远歪着头打量屋里的情况，可能是因为没有其他人住吧，里面充满了冷清和寂寞。从门牌上来看，他应该叫小西胜次。大哥叫小西胜一，真是十分好懂的取名方式。

“是谁拜托你的？”

“筒井药房的社长。”久远微笑着，男人却眨了眨眼睛，神情僵硬。

“你家药店是在其他地方吧？”久远又问道。

“嗯。”男人投来试探的目光，“以前在商业街那边，现在已经没有了。”

“为了表示歉意。”久远将行李包放在对方脚边，迅速打开。

事关双亲的仇人，男人像是要看什么肮脏物件似的弯下腰。看到里面的东西后，他瞪大了双眼。

“不是说想用钱来解决问题，只是希望这些能解你的燃眉之急。”

“这，到底，有多少钱？”男人愣愣地开口问道。

“不好意思，得给你现金。筒井药房现在也有很多问题，所以这些钱还请不要声张。”久远说道。他真想告诉对方，其实这些钱是从银行里抢出来的。虽然跟自愿保险的赔偿金比起来可能少了些。

“我不能收。”男人加强了语气。

久远微笑道：“请收下吧。其实，你哥哥还照顾过我呢。胜一哥。”

“哥哥吗？”对这个男人来说，小西胜一似乎是一个疏远与亲近的综合体。他露出了这样一种难以琢磨的表情。

“体格很好，是个好人。”

“是啊。哥哥不是坏人，可是好像在东京做着什么不正经的工作。”

“最近你们有联系吗？”

至今为止还没有听到小西胜一因良子的绑架事件而被逮捕的消息。可能他还在跟那个大田一起四处逃窜吧。

“只在一个星期前通过一次电话。”

“他说了什么？”

“哥哥说，他会想办法凑一些钱来，让我等着。他总是这样，任性地做事，给家里添麻烦。做事就一根筋，从来不考虑后果。”

“可以理解。”久远总觉得，小西和大田也许现在还开着面包车在山岸公园附近找人。“那个小姑娘应该已经不在了吧。”大田说。“别说这种不负责任的话。要是不能把他女儿平安无事地还回去，那我不就跟那个筒井成了一路货色？”小西教导大田。肯定是这幅场景。然后大田应该会说“对不起，小西哥”，再低下头认错。

“总之，这个钱就是你哥哥准备凑到手的钱。请拿去还掉欠款或是其他东西，也可以用来当作事故的补偿金。”

“那件事你也知道吗？”男人露出一丝惊讶的表情，“可是不知道为什么，最近那个被害人也不怎么打电话来了。之前还一直吵着要精神损失费和治疗费。”

“哎，为什么呢？”久远的口气就好像面对面和朋友聊天，“算了，别管了。总之，这笔钱请你自由支配。”

“那个……”

“那，我就先走了。如果你不喜欢，就偷偷扔掉吧。”久远说完，准备转身离开，“代我向你哥哥他们问好。”他又添上一句。

无法把握情况的男人一脸茫然。

“你就说是来推销恐怖报纸的，他们可能就知道了。”

“怎么样？”离开那座房屋，回到来时的路上，成濑不知从哪儿冒了出来。

“勉强把钱留下了，但对方可能也有些怀疑吧。”久远向成濑解释了自己跟小西胜次的对话过程。

“虽然不是全部，但好不容易抢来的钱竟然给了毫无关系的人，我们也真是好事啊。”

“最近那个人好像不找他要交通事故的损失费了。”

“这样啊。”成濑陷入思考，“我在来这里的新干线上偶然想到，也许一开始小西胜次的那起交通事故就是鬼怒川的手下干的。”

“啊，什么意思？”

“鬼怒川和筒井的关系很好，所以可能也得知了在新潟被迫关店的小西。向弱者下手原本就是那些家伙的拿手本事。他们通过调查得知小西的父母去世了，可能就盯上了他的遗产，便故意让他卷入事故，想通过这个来敲诈他的钱。”

“可是小西并没有买保险啊。”

“这件事对鬼怒川来说可能也在意料之外。事与愿违，小西几乎没什么财产。这样就拿不到钱，鬼怒川他们也慌了。只是这时候，他们注意到了小西胜一的存在。他做着不正当的行业，如果真要说，跟他们也是同一个世界的人。你之前不是也说，小西他们是在酒馆喝酒时想到绑架计划的吗？可能就是鬼怒川的手下装作不知情的样子跟他套近乎，唆使他去绑架。对鬼怒川来说，最后能间接拿到那笔赎金也好，筒井花钱拜托他救人也罢，只要能达到目的就行。”

“成濑哥你这么一说，不管什么事听上去都跟真的似的。”久远满是困惑地说。

两人到了开往火车站的巴士站牌旁。确认了一下时间，到巴士来大约还有三十分钟。

“怎么办？走路吗？”

“怎样都可以。”成濑看上去似乎真的无所谓。

“那，就等等吧。”久远说。一时间，两个人沉默不语地站在那里。好几个少年骑着自行车从他们面前通过。“正志还好吗？”

“正志啊，时不时会打电话来。”

“真想见他啊。跟正志在一起真的感觉很轻松。”

“是吗。”成濑微微一笑。

“啊，对了，之前我还跟响野哥聊来着，成濑哥你为什么离婚？”

“忽然问这个干吗？”

“也不是什么忽然啊，难道问问题之前还得预告一下吗？哎，到底为什么离婚？”

“这种事别问我这个被离婚的人。”

“你每次都这样糊弄。”

“那，你让响野告诉你就好了。”

“响野哥怎么可能告诉我这些正经事呢？你知道有句格言叫‘说得最多，做得最少’吗？”

这时，成濑挠着太阳穴，稍微思索了一会儿。他看上去也不像想再次将话题糊弄过去似的，却说了句“差不多了”，然后看了看手表，掏出手机。

“打电话？难道是给前妻？”

“才不是。”成濑苦笑后回答道，“是响野。”

“响野哥？”

成濑 V

ふり【振り】 ①挥舞。摆动。挥动的状况。②外形。姿态。③习惯。规矩。④架势。动作。举动。⑤装样子。

“你小子，昨天那个到底算怎么回事？”电话一通，响野便大声嚷嚷，“跟预定计划根本不一样！那个柔道部又是怎么回事？”

“要让敌人相信自己，如果不让他看看赌场被袭的样子可不行。我把你们当成了诱饵，让鬼怒川相信了。所以计划也随之改变了一点。”

“鬼怒川？什么意思？你给我说清楚，给我解释！”

“解释的话下次再慢慢说吧。我还有事拜托你。”

“什么？”

“你认识的那家酒吧老板不是会说南美那个国家的语言吗？”

“南美？”响野愣了一会儿，但很快又说，“是黑矾的老板说的那个吗？那个对毒品的管制异常严厉的国家。”

“是，就是那里。”

“那又怎么了？”

“鬼怒川马上就要到那里了。”成濑又看了一次手表。这到底在说什么？旁边的久远兴致勃勃地听着两人的对话。

“啊？为什么鬼怒川要去那个国家？”

“我劝他的。他说想暂时藏到国外，悠闲地休养一段时间，我就帮他安排了。”

“你到底是哪边的人？”

“我偷偷在鬼怒川的包里塞了点毒品。”

“行李查得最严一般不是出境的时候，而是入境的时候。”

“对吧。估计他在那边入境检查的时候会被拦下来，但我还是想小心再小心。所以，我想让你帮忙让那个老板给那边的机场打个电话，就说有个男人准备携带毒品入境。”

“你到底要干吗？”

“我想让鬼怒川在那边被捕。”

“所以我问你啊，为什么？”

“那个国家不是对毒品管得很严吗？我想让鬼怒川在那边多留一段时间，至少留到他忘记筒井药房的绑架事件为止。你也不想立刻就见到他吧？老板如果不见了，估计这边赌场的家伙们也就没工夫管我们了。”

响野似乎仍然无法释怀，沉默了很久。“原来是这样。”过了一会儿他终于说道，“黑矶的老板也有把柄在我手上，这点小事他还是会听的。”他接着补充。

“就是这样。拜托了。”

“能问你一件事吗？”响野说，“为什么你事先不告诉我们那个作战计划？”

“‘如果知道了魔术的秘密，那看演出还有什么意思？’这话不是你说的嘛。”成濑右手挠着头，简短地说道。

他听到响野在那头“啧”了一声。

“而且，”成濑继续说道，“我还以为大部分情况你都已经心里有数了。”

“我？你看也知道我没有吧。净胡扯。”

“是吗？因为你装不明白的样子装得很像嘛。”

成濑不经意地转过头，看见久远不知什么时候已经走到了巴士站牌的另一头，正蹲在地上抚摩一只野猫。

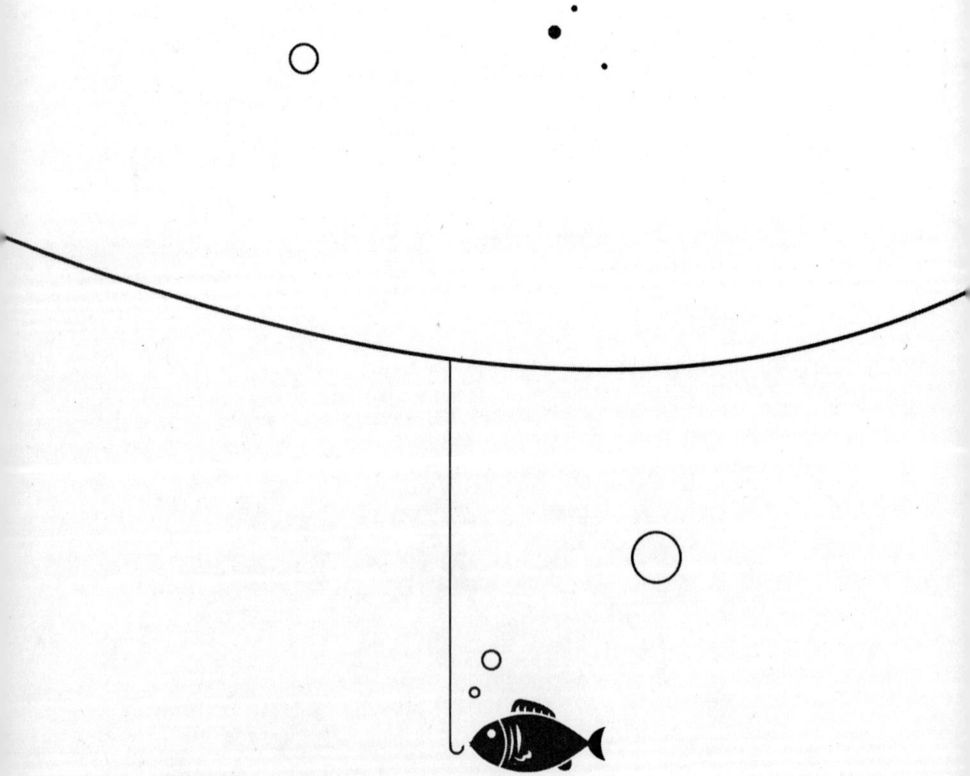

外一篇

大海里还有
跟错过了的那条一样好的鱼

今天 I

矶原的目光茫然地落在手边，那里放着一个杯子。抬起头，祥子正在微笑。他将摊开的地图折好。

“我没要续杯啊。”

“免费赠送，免费赠送。”她说道，“哎，那是什么地图啊？”

“啊，”矶原下意识地叹了口气，“这是客户住址的地图。我接下来要去上门道歉。”

“道歉？矶原你不是在搬家公司工作吗？”她的表情好像在问：搬家公司的工作还包括道歉吗？

“只要客户生气了，搬家公司也得道歉啊。搬家时用的纸箱没有及时回收啦、搬运方式太粗鲁啦，等等。如果是因为我们这边的不小心而被骂，那也是没办法的事，可这次完全没道理。可以说就是找碴儿，冤枉我们。这次搬完后，客户打电话来投诉说‘被炉给碰坏了’。”

“那当然得赔礼道歉吧。”

“但是不管怎么看，那个被炉都不是搬家时的那个。当初清点时是一个小号的被炉，搬家时似乎也是那个小的。所以那肯定是搬家后买的或者是从哪里弄来的，趁机想要我们拿去修。”

“那可太过分了。”祥子露出一副打心底里同情的表情。

矶原每每看到她这副样子，都会想起一个做学术研究的朋友说过的一句毫无科学依据的话：“植物十分纯真，将它们放在屋子里，可以得到心理上的安宁。”祥子真是纯真啊，他常这样想。

“只是，武断地回绝他也会造成问题，所以得先上门调查。就算是他不讲道理也不行。做生意就是这样。”

“矶原，你体格不错，适合跟客户周旋打交道，应该很受器重吧。”

可能是因为从小学开始就一门心思练棒球，矶原个子很高，身体也很壮。他一直认为自己最大的长处就是身体好，可是这身板前两天也因为感冒而落得卧床不起，令他完全丧失了自信。“果然压力太大就会生病啊。我还是头一次去药店呢。”他感叹道。

“都过二十五岁了还没去过药店，那才奇怪呢。”祥子笑道，“那头一次去药店感觉怎么样？”

“看到收银台的人戴着比我还大的口罩，衣服也厚得无法形容，觉得很好笑。”矶原说，“连药店的人都弄成那样，让人还没吃药就已经觉得这药没什么作用了。”

“你这想法也真奇怪。”祥子咧开嘴笑着。

“也没那么好笑吧。”矶原笑得有些牵强。

“病才刚好，今天就得去生气的客户家啊。几点？”

“约的是四点。”矶原下意识地看了看手表。还有大概一个小时，可目的地离咖啡店并不是很远，有二十分钟就足够了。

矶原将杯子放到嘴边，啜了一口咖啡。他的脑子里闪过一个疑问：为什么比起店主响野做的咖啡，他老婆祥子做的咖啡会好喝那么多倍呢？或者说，为什么他做的就那么难喝呢？这样一个人怎么会想起开咖啡店，这才是个谜。

“啊，矶原你喝啦！你喝了这免费的咖啡，就必须告诉我了。”祥子忽然说了这么一句。

“嗯？”

“咖啡钱不要了，作为交换，你得告诉我你当初被女朋友甩了的事情。”祥子露齿一笑，那轻盈的笑容就好像女高中生。

“你刚才不是说免费赠送嘛，怎么突然间又要问什么前女友的事情了？”

“你以前不是说过嘛。被从学生时代就开始交往的女朋友甩了之后，你悲伤万分，曾试图往猪苗代湖里跳。”

“那都是三年前的事了。那痛苦我好不容易才忘记，你别揭我伤疤啊。对了，我跟祥子姐你说过这事吗？”

“你第一次来我们店时跟我老公说过。”

矶原的脑子里浮现出那个喋喋不休的店主的样子。确实，三年前第一次来这家店，正是跟女朋友分手不久的时候，他或许跟响野哭诉过。

“是响野哥告诉你的？真是个大嘴巴。”

“就算是讨论自己到底有多爱说话，他都能讲上两个小时。”祥子耸耸肩，做出一副无可奈何的样子，“我想听听你从猪苗代湖回来后的事呢。”

“那是误会，我可没想过投湖自尽，只不过是想换换心情才跑去那里。”

自己到底说没说过这些话，他已不记得了，但那时的他确实已经失去了平常心，狼狈不堪。那时，面对他为什么非分手不可的质问，女朋友只是一味重复着“我已经无法再相信你了”“我们分手吧”。

“也就是说她怀疑你有外遇了？”祥子问。

“好像是她看见我跟另外一个女的走在一起，然后就误会了。”

“只是这样？”

“因为我有过前科。”开始交往的第一年，矶原曾经对一个来看他打棒球比赛的短期大学女生出过手。

“惯犯。”

“才不是呢。从那以后我就对她一心一意了。”

“说得轻松。”

“这句话从有着靠嘴皮子吃饭的老公的祥子姐你嘴里说出来，显得格外有说服力。”

“是吧。”

“可是，是真的。我真没有外遇。可她就是疑神疑鬼。说不定是因为我在其他地方太随便了，那才是真正的理由。”

“随便？”

“往小了说，比如不管被说多少次出门都不带手帕啊，也从来没主动收拾过餐具啊之类的。”

“那往大了说呢？”

“因为说起来太麻烦，所以一次都没提过结婚的事。”

“啊，”祥子用力地点点头，“那确实够随便的。”

“我当时太乐观了，总觉得就算不用努力和忍耐，也可以和她过一辈子。”

“没有任何理由？”

“没有任何理由啊。”矶原说着，自己也笑了起来。确实，他当时没有任何可以称之为理由的东西。

“背上了外遇的黑锅，你就没恼怒吗，矶原？”

“我当然火了啊。她也失去了冷静。最后两个人在互相谩骂中分手。”每当想起这些，他都会变得忧郁。交往了那么久，有过那么多快乐的回忆，为什么最后却变成这样呢？他的心头涌起一股寂寞。

“你该不会是说了‘比你好的女人多得是’这种话吧？”

“嗯。我们都互相说着‘跟错过了的那条一样好的鱼在大海里多得是’之类好像谚语的话。”

“听起来怪伤感的。”

“嗯。”

或许是咖啡喝得太多，一股尿意袭来，矶原站起身朝厕所走去。他打开店内最里面的那扇门，在马桶前小便，又回到洗脸池前看着自己的脸。以前从未如此注视过自己的脸，他觉得额头和面颊上的皱纹很刺眼。

忽然，他想起了三年前跟他分手的她的面庞。这记忆是如此清晰，反而让他有些困惑。

两个人同龄，但是她却一直显得年长，要强又唠叨。矶原也知道这是因为她爱操心，有时候反而感到一种踏实。分手的时候，或许压抑已久的担惊受怕终于爆发，她十分激动，言辞激烈，矶原也毫不示弱地应战。结果就是他一个人去了猪苗代湖。

矶原伸出双手接住龙头里流出的水，唰唰地搓着。他发现这里既没有纸巾也没有烘干机，只得在空中挥舞手掌，将水滴甩开。他感叹着自己还是没有带手帕，真是一点都没有成长。

从厕所里出来回到吧台时，那里坐着一个从未见过的男人，正跟祥子打招呼。

昨天

“那，你和他的重逢完全是偶然喽？”

站在友里绘旁边的祥子微笑着，把手里的咖啡杯轻轻放到她身边。热气轻柔而温暖地飘荡。

“嗯。”友里绘点头，“三年前分手的。没想到还能再见到。”

“这是偶然呢，还是命运呢？”祥子一边朝吧台里走，一边饶有节奏地说。她虽然比友里绘年长，却让友里绘觉得似乎在跟同级生说话。

“只是偶然，而且他应该并没有意识到见到的是我。”

“哎呀，那你的样子和当初跟他交往时的不一样了？”

“也不是，”说着，友里绘哗啦哗啦地从怀里的包中掏出一个大口罩，“我当时戴着这个呢，他应该没注意到。”

“感冒了？”

“药店的店员得了感冒，还戴着巨大的口罩，真是没有比这更糟糕的事了。”友里绘笑道，“因为其他店员的时间排不开，我不得不站到收银台去。”

穿得比客人还厚，还戴着口罩，从这样一个店员手里买药的客人到底会有什么样的心情呢？友里绘觉得很过意不去。

“你立刻就意识到那个人是矶原？”

“最开始没有。首先我不知道他住在附近。而且，他原本是个从不感冒的人。”他总是骄傲地说自己打棒球练出来了，从来就跟生病无缘。

祥子似笑非笑地眯起眼睛。“确实，看起来是挺结实。”

“嗯。粗心马虎，毫无细腻可言，所以身体才那么结实。”

“那现在可是粗心马虎，毫无细腻可言，而且身体也不好了。”

“是啊。”友里绘也笑了出来。自己下定决心来这家咖啡店真是来对了。在药店偶遇矶原的友里绘不知道他是碰巧路过还是就住在附近，只是心里隐约觉得“能在这种时候重逢也挺有意思”。前天，当她再次在药店前狭窄的单行道上发现矶原宽阔的背影，而一身西服的他又走进这家咖啡店时，她再也忍不住想“在这最后的时刻知道事情的真相”。而昨天，或许是从公司回家的路上吧，友里绘发现他再次走进了这家咖啡店，心想他肯定是这里的常客，于是今天决定要来这里打探一番。刚好店里没有其他客人，于是她就抱着试一试的心情问吧台对面的女人：“常来这里的客人中，有没有一个姓矶原的？”

“矶原？”比她年长的女人略一思考，随后便“啊”的一声睁大了眼睛，“莫非你就是跟矶原分手的女朋友？”

瞎猜也得有个限度吧，友里绘心想，不过还真的猜对了。她也只得红着脸答了声：“是。你怎么知道呢？”

“感觉吧。”女人回答，又报上了名字：祥子。

“事到如今，你又想知道矶原当初到底是不是有外遇了？”祥子说。她正朝水池里放水，认真地洗起了杯子。

她的话里并没有任何嘲讽或好事的意味，友里绘松了口气。“三年前我觉得矶原绝对有外遇，可时隔这么久再见到他，又觉得会不会真的误会他了。”

“那如果是误会，你还想和好吗？”祥子抬起头，微笑着问。

“怎么可能！”友里绘说完，对自己如此坚决地否定感到意外，“我并不是为了这个，只是觉得冤枉他不好。而且那个时候我非常生气，光顾着发火，吵架吵得不可开交。如今想想，我觉得就算分手，也应该分得更成熟一些。”

“你和矶原都住在这附近，真的只是偶然吧？”

友里绘用力点了点头。她和矶原分手后，曾一度辞去工作，回到新潟市的老家。但是两年后，她再次回到东京，一边在药店做兼职一边找工作。她选择住在横滨这片区域并没有什么特别的原因。[①]矶原以前也是住在东京市内的一处廉价公寓。因此两人在这里相遇只能说是不明缘由的偶然。

“或许是命运吧。”

“只是偶然。”友里绘笑道。

“可是，你为什么要到我这里来呢？”祥子夸张地眨着眼，“反正矶原也住在附近，直接去找他，两个人坐下来慢慢谈不是更好？都已经过去三年了，真相到底怎样，这时候也应该可以说清楚了吧。”

“嗯，确实是这样。”友里绘说着，猛地抿起嘴唇，又无力地松开，“也不知道这时机到底算好还是坏。我……明天，就要搬家了。”她继续说。

---

①东京离横滨不远，搭乘电车就可往返。

“搬家？”

“我已经找到了工作，明天开始就要去关西的培训中心。行李都已经寄了过去。”

“那，药店的工作……”

“那天刚好是最后一天。”

“不会再回来了？”

“之后是什么情况还不太清楚，但据说要在国外工作两年。”

“哎呀，那也太匆忙了。”

“最开始我还庆幸总算找了个可以充分发挥药剂师资格的地方，可似乎是个很忙的工作。不过，也没有比现在更好的选择了。”

“可是，你还有未了的心愿吧？”

“见到矶原时才猛然意识到的。如果矶原真的是清白的，我想跟他道歉。”

“清白是指……他其实并没有外遇？”

“嗯。所以，如果有一天，矶原证明了他的清白，你可不可以替我转告他：‘友里绘冤枉你了，她已经道歉了’？”

这种要求似乎有些过分，友里绘想着，可祥子似乎并不生气，只是说了一句：“清白这说法不知为什么听起来很好笑。”她微微笑了笑，“但我也没有自信是否能从矶原嘴里问出那些话。”她挠着太阳穴说道。

“嗯，力所能及的范围内就可以，拜托了。”友里绘低头行了个礼。

接下来，友里绘和祥子开心地闲聊了一会儿，随意地谈着各自的家乡和工作。友里绘坦诚地谈起自己再就业的艰苦，而祥子则谈起外甥最近长成了小大人，歌声像极了鲍勃·迪伦，而且好听得叫人想哭。虽然祥子说话时不紧不慢，但友里绘还是被她的话吸引了。

“对了，你能在我家老公没在的时候来，这真是太好了。”结账时祥子说。

“你老公是店主吗？”

“算是吧。要是他在这里，那就烦得不行，或许你立刻就想逃往国外了。”

“那还真是值得庆幸。”

友里绘拿了找零，收起钱包，答谢祥子没有拒绝自己堪称怪异的请求。

“但说真的，如果三年前矶原没有外遇，那会是什么样子呢？你，还会跟他在一起吗？”祥子问道。

友里绘并未多想就答道：“不好说。他一次都没提过结婚的事。那种情况下，很难想象我能否一直等下去。”

祥子笑道：“那种事还真的不好说啊。”她点了点头。最后，她又像想起什么似的说道：“那个，如果明天矶原来到店里，而且也可以证明他当初并没有外遇，你怎么办？”

“啊？”

“如果，在你去关西之前，可以断定矶原的清白，是不是该最后见一面呢？”

“是我要你帮的忙，这样说可能不大好，可就算现在忽然问矶原当初有没有外遇，我觉得他也不一定就会说实话。只有今天明天这么短的时间，恐怕是搞不清楚的。”

“我认识一个可以看穿别人谎言的人，你要不要试着相信他看看呢？”

“什么？”

今天 II

“好了，把门关上，要出发了。”坐在驾驶座上的女人通过后视镜看着矶原说。

矶原被她冷漠的说话方式所震慑，恍惚地应了声“是”，随即关上车门。隔着车窗，可以看到祥子正快乐地挥手。

“这到底是怎么回事啊？”矶原试着问初次见面的驾驶员。

她并未给出回应，取而代之的是车子的前进。

那大概是十分钟前的事。矶原从厕所出来，由于没带手帕，他胡乱甩着手回到吧台边，那里坐着另外一位客人。那是一个目光锐利、行为冷静的男人。祥子介绍说：“这是我老公高中时的同班同学。”似乎姓成濑。

“哦——”矶原发出感慨的声音，“跟店主的气质完全不一样啊。”

他坦率地说出自己的想法后，成濑的脸色缓和下来。“跟他一样就太麻烦了。”

矶原不时确认着时间，估摸着可以结账了，祥子却忽然说：“哎，对了，矶原你当时真的没有外遇吗？”

砚原吓了一跳，他对成濑有些顾虑，畏缩地说：“这话就用不着再翻出来讲了吧。”

“好了好了，你回答我的问题嘛。嗯，首先，你跟友里绘交往的时候，曾有过一次外遇，是真的吧？”

祥子虽然在笑，声音里却带着锐利，而砚原又到了不得不走的时间，于是坦率地答道：“嗯，是真的。”

“那，你跟友里绘分手的时候，是真的有外遇了吗？”

“不，那是个误会，我是冤枉的。刚才不是已经说过了嘛。我的外遇只有一次。”

祥子默不作声地望向成濑。成濑转向祥子，微微地点了点头。至少看上去似乎是在点头。

“你们到底在搞什么啊？”

“好。”祥子拍了拍手，“砚原你的嫌疑已经排除，是友里绘她误会了。”

“所以我说到底是怎么回事啊！”砚原皱起眉头，不知道现在到底是什么情况，“对了，祥子姐，我告诉过你友里绘这个名字吗？”

“告诉你，友里绘今天就要乘新干线去关西了，暂时不会再回这里，跟砚原你或许一辈子再也见不到面了。”祥子的语气比平时郑重许多，一股脑地说完。

砚原还是听得一头雾水。“到底是怎么回事啊？”他又重复了一遍。他无法理解，为什么祥子这时候非得告诉他友里绘的事情不可。“还说什么一辈子再也见不到面，三年前我们就已经分手了。”

“她因为错怪了你，现在觉得很内疚。就因为这种误会，你不觉得不甘吗？所以啊，不如把握住最后的机会见一次面，好好跟她道别吧。”

“为了分开而跑去相见，这多别扭。”

“好啦好啦，”祥子看了看店里的钟，“哎，时间很紧了，现在如果不马上朝新横滨站出发，可就赶不上了哦。”

祥子说出友里绘要坐的那班车的时间，矶原觉得无论如何都赶不上。他说出自己的想法后，祥子又说：“没关系。只要开得快，应该没事。”说完还点点头。

“不可能，肯定赶不上。”

这时，一直坐在一旁沉默不语的成濑忽然开口说：“越说赶不上就越来劲的驾驶员，现在就在外面等着呢。”

完全搞不懂。矶原再次叹了口气，一口喝完杯子里剩下的咖啡。“可是，我接下来还有公事要办呢。”他说，“我得去见打电话来投诉的顾客。”

“那件事我会想办法处理。”祥子笑着，说得胸有成竹。

“祥子姐，那事跟你完全没关系啊。”

“我说矶原，我告诉你一件很重要的事。”祥子说着瞪大眼睛，略带微笑地将脸凑过来，“如果你现在不去见友里绘，那可能这一生就再也见不到她了。可是，投诉的客户就算今天没去见，以后什么时候想见都能马上见到。如果今天你爽约，人家明天肯定还会恼羞成怒地打来电话。”

“所以我才不放心啊。”矶原无力地回答。只是，这时他发现内心确实已经开始想：总会有办法的。

所以如今，矶原正坐在一辆异常敏捷地穿梭于各车道之间的车子后座。就好像篮球运动员重复着左右踏步和转身一般，这辆车来回变换车道，不停地左右转弯。

“请注意别出事故啊。”矶原说道，他的身子如同被按倒在椅背上。

开车的女人伸过一只手，说了声“这个”，递过一张地图。

矶原看了看，那是一张站内结构图。“这是什么？”

“接下来你要去的车站的内部地图。因为时间很紧，你得按照地图上画的路线去站台。”

地图上手绘的线条标示出通往新干线站台的道路。“这中间的圆圈记号是什么？”

“一个年轻男人会在那里等你。你要从他手上拿站台票。”

“到底是什么人？”这个问题，矶原是针对眼前正在开车的女人问的，可她似乎并不这么认为。

“喜欢动物，讨厌人类，是个奇怪的年轻人。”她回答道。

这到底是在开什么玩笑？正想着，车子又来了一个锐角转弯，矶原差点倒下。

今天 III

刚到车站，开车的女人便朝他喊道：“好了，快跑！”矶原按照指示下车，顺着记下的路线前进。来到检票口前，有个年轻男子站在那里问他：“矶原先生吗？”他看上去既天真无邪又英俊聪敏，“应该赶得上，加油！”他说着迅速递过站台票。

如此一来，矶原虽然内心充满疑问，却忍不住觉得听从指示就是自己应该做的事，下意识地回答了一句“我会加油”，随即接过站台票冲过检票口。

工作日午后的车站内有一些旅客来来往往，虽说有一定影响，矶原还是勉强能避开行人顺利前进。他越走越快，不知何时已开始奔跑。我到底是在干什么？他忽然像恢复理智一般停了下来，可立刻又开始快步穿梭。等回过神时，已然又跑了起来。

很快就找到了站台。电子显示屏上正显示出友里绘乘坐的那班新干线列车的信息。爬楼梯的时候，矶原发现自己的心跳开始加速。这感觉与奔跑后局促的喘息不同，是一种混杂着紧张和激动的情绪。友里绘真的在吗？他不停地想。就算见到了又该说些什么呢？他很烦恼。

来到站台，矶原慌忙环视四周。他看向写在那张站内结构图上的新干线信息。是二号车厢。他朝列车前进方向走去。本来他应该停下来调整呼吸，好让因奔跑而痛起来的侧腹稍微缓和一下，可因为时间不够，他还是朝前迈出脚步。

“啊！”这是友里绘发出的声音。

察觉到奔跑着靠近的矶原，她最初还以为是什么奇怪的人，正准备朝后退，但似乎立刻发现那是矶原，瞬间瞪圆了眼睛，嘴巴也张着合不拢了。停下来的矶原由于势头太猛，好像要摔倒，不过最终只是弯下腰，剧烈地喘息着。他双手扶腰，不停地喘着粗气。

“好久不见。”友里绘说。

矶原勉强立起身子，脸部由于痛苦而扭曲，可还是勉强挤出一丝笑容。“好久不见。”

“也太巧了吧，居然能在这种地方碰见。”她略带玩笑地说。

“咖啡店的祥子姐……”矶原的声音断断续续。

他试图继续说下去，可友里绘一副了然于胸的表情说道：“你的清白被证明了吗？”她微微一笑，“我完全以为那只是玩笑话。”

“或许你还是不相信，”矶原决定把该说的话都说完，“我那时候，真的没有外遇。”

她一时间微笑不语。

“是真的。”

“我现在已经可以相信你了。”友里绘轻盈地点头，“虽然那时候根本不相信。”

“你要搬家了？”

“是啊，工作定下来了。”

"恭喜。"

"矶原你还在之前那家公司奋斗？"

被问到的瞬间，矶原的脑子里浮现出前来投诉的客户的各种表情，以及自己不断赔礼道歉的身影。他自觉这完全算不上是能跟友里绘炫耀的状况，便简单地回应说："奋斗着呢，或者说，是准备开始奋斗呢。"

"我也正打算要奋斗呢。"友里绘说着，又露出笑脸。她低头看了看表。"那，聚散终有时，我们就这样吧。"她的语气一直显得轻松愉快。发车时间就快到了。

既没有要重归于好，也没心情闲聊过往寻找幸福的点滴，一切只不过是为了在这极为短暂的时间里再次相会，矶原充分明白了这一点。

"是啊，你也加油吧。"他回应道。

"矶原你也开始会感冒了，身体还是要注意点才好哦。"

"你怎么会知道？"或许是祥子姐告诉她的吧，矶原想。"那，再会。"他举手告别。

"再会。"她也点头示意。矶原不经意间发现她的眼角渗出了泪水。

还没来得及说，她自己似乎已被那滴眼泪所感染，哭得更加厉害了。

"别哭嘛——"矶原故作惊讶地说。

友里绘也露出一副无可奈何的表情说："明明也不是什么值得哭的事。"

这并不是感动或怀念，恐怕她也是因为这突然的再会而不知所措，最终在困惑中哭了出来，一定是这样。

往来于站台上的乘客不时朝二人看去。其中有好奇，可基本上是同情远距离恋爱的情侣分别时的亲切目光。矶原禁不住想：如果大家得知这只不过是三年前的分手的重演，会不会大跌眼镜呢？

站在哭得停不下来的友里绘面前，矶原将手伸向自己的西服口袋。他试图寻找不可能存在的那块手帕。如今自己能做的，似乎也只是递给哭泣的她一块手帕而已。这个念头不断在脑中回旋，使他开始憎恨没有随身带手帕习惯的自己。

矶原试图喊她的名字，提醒她该上车了，可直接叫已经不是恋人的她的名字似乎有些不妥，但在名字后面加上敬称似乎又令他更为犹豫，他竟开始烦恼起究竟该怎么称呼她了。

就在这时，忽然有人将手放在他的肩膀上，他吓了一跳。是对面走过来的人差点要撞上他，为了避开便用手轻轻推了一下。“啊，不好意思。”对方简短地赔了个不是便走远了。

矶原回过头。虽然只是背影，可矶原还是觉得刚才擦身而过的男人看上去就像之前将站台票亲手递给自己的那个年轻人。对方似乎并没有注意到这边的两个人，身影也越来越小。或许只是长得相似的路人吧。

友里绘仍旧在哭。

这下麻烦啦，矶原想着，又下意识地将手伸向口袋。指尖忽然感觉到一种布类的柔软，令他十分意外。慌忙抽出来一看，竟是一条叠得整齐的手帕。

哎？为什么口袋里会有这个？矶原被这突如其来的意外吓了一跳。他疑惑地看了看四周。是刚才擦身而过的年轻人放进来的吗？的确有些可疑，但那种事无论如何也不像会真的发生。

不过，矶原放弃了继续思考和追问，而是选择将手帕递给友里绘。“给。”

友里绘慢慢抬起头，看着那块手帕，眼中含泪地笑了出来。“你也开始随身带手帕了，”她说，“你还是成长啦。”她指着他。

“嗯——算是吧。”矶原只得顺水推舟地回答。

友里绘将手帕接过来，小心翼翼地展开，贴到脸上。

“我们都加油吧。”矶原说，“然后，我们要在大海里，找到跟错过了的那条一样好的鱼。”

“是啊。”她坚定地同意了。

两天后

“那，既没有和好，也没有约定再相见，就真的分开了？”吧台对面的祥子有些惋惜地问道。

“嗯，是啊。”矶原回答。两个人确实只是给对方打气鼓劲了而已。“不过，我觉得很轻松。”

祥子听完便说：“嗯——或许这种事就该这样吧。”说完还露出了温柔的笑容。

“可是，为什么祥子姐你还有其他那些人，要那样帮助我呢？”他拼命忍住，才没说出“大家有那么闲吗”这样的话。

“那帮人啊，平时光干坏事，所以偶尔就会像那样，无论如何都想助人为乐一下。”

“什么光干坏事啊，又不是罪犯。”

“还真就是罪犯啊。”祥子接话道。

“先不管了，”矶原探出身子，“那天那个投诉的客户，是祥子姐你代替我去见了吗？”祥子说过投诉的事她会想办法，可最终到底怎样了，矶原一直忘了问。

“不是我，是我家老公。”

“不出所料。”

“有问题吗？”祥子露出恶作剧得逞的孩子的眼神，一脸不用看都知道肯定有问题的表情。

“今天，那客户又打电话来了。说被炉的事就这么算了，让那个烦人的员工别再来了。”

祥子瞪大眼睛，满脸吃惊。“哎哟！”

“响野哥到底都说了些什么呢？”

“我家老公也有帮得上忙的地方啊！”祥子眼睛睁得浑圆，感慨不已。

后记

这本书是《阳光劫匪倒转地球》的续篇。我很想说“读这本之前必须先读完前作”，毕竟书中有不少地方是以前作为基础的，并且前作中最重要的部分有可能在本作中才慢慢抽丝剥茧水落石出，所以如果可能，希望读者们按顺序来阅读这两部小说。

关于这次的续篇，我最开始想以这四个银行劫匪为题材写一些短篇作品，每次以其中一人为主角，大概写八篇，均计划刊登在《小说 NON》（祥传社）上。

只是，登了四篇之后，我忽然开始对单纯地刊登八部短篇小说的想法产生了怀疑。

我觉得，对于这四个银行劫匪来说，叽叽喳喳吵吵嚷嚷地聊天，然后被卷入某场风波，这才是他们的强项。而在短篇中，他们的强项似乎受到了局限。

因此在我任性的要求下，当初的四个短篇并没有作为四个独立的故事出现，而是整合为第一章，然后从第二章开始写他们抢劫银行之后的故事，最后作为长篇直接出版。

当然，为了让这些短篇作为长篇的第一章发挥出应有的效果，我也在其中下了相当的功夫。因此，即使是之前读过在杂志上发表的短篇的读者，这次如果不重新读一遍，也无法理解整个故事的意思。非常抱歉。

最开始给了我创作这部续篇契机的，是在书店工作的下久保玉美小姐，非常感谢，全托你的福才会有这本书。另外，我还非常感谢当初在杂志上刊登时替我画了插画的高木樱子小姐。

和上部作品一样，每章开始的地方我都引用或改写了《广辞苑》的内容，当然里面也混杂了很多假话，这一点还请大家给予理解。

伊坂幸太郎

二〇〇六年四月十八日

图书在版编目（C I P）数据

阳光劫匪日常与袭击 /（日）伊坂幸太郎著；代珂译. -- 海口：南海出版公司，2018.7
(伊坂幸太郎作品)
ISBN 978-7-5442-9212-2

Ⅰ. ①阳… Ⅱ. ①伊… ②代… Ⅲ. ①长篇小说-日本-现代 Ⅳ. ① I313.45

中国版本图书馆 CIP 数据核字（2018）第 040850 号

著作权合同登记号 图字：30-2017-175

阳光劫匪日常与袭击
〔日〕伊坂幸太郎 著
代珂 译

出 版 南海出版公司 (0898)66568511
海口市海秀中路 51 号星华大厦五楼 邮编 570206
发 行 新经典发行有限公司
电话 (010)68423599 邮箱 editor@readinglife.com
经 销 新华书店

责任编辑 张 锐
特邀编辑 倪莎莎
装帧设计 韩 笑
内文制作 田晓波

印 刷 河北鹏润印刷有限公司
开 本 850 毫米 ×1168 毫米 1/32
印 张 9.75
字 数 226 千
版 次 2018 年 7 月第 1 版
印 次 2018 年 7 月第 1 次印刷
书 号 ISBN 978-7-5442-9212-2
定 价 49.50 元